Nané Lénard

SchattenTod

Im Verlag CW Niemeyer sind bereits
folgende Bücher der Autorin erschienen:

SchattenHaut
SchattenWolf
SchattenGift

Bibliografische Information der Deutschen Nationalbibliothek
Die Deutsche Nationalbibliothek verzeichnet diese Publikation in der Deutschen Nationalbibliografie; detaillierte bibliografische Daten sind im Internet abrufbar über http://dnb.ddb.de

www.niemeyer-buch.de

Umschlaggestaltung: Carsten Riethmüller
unter Verwendung von Motiven von shutterstock.com
Druck und Bindung: AALEXX Buchproduktion GmbH, Großburgwedel
Printed in Germany
ISBN 978-3-8271-9415-2

Nané Lénard

SchattenTod

CW Niemeyer

Der Roman spielt hauptsächlich in einer allseits bekannten Stadt des Weserberglands, doch bleiben die Geschehnisse reine Fiktion. Sämtliche Handlungen und Charaktere sind frei erfunden.

Über die Autorin:
Nané Lénard wurde 1965 in Bückeburg geboren und ist Mutter von zwei erwachsenen Kindern. Nach dem Abitur und einer Ausbildung im medizinischen Bereich studierte sie später Rechts- und Sozialwissenschaften sowie Neue deutsche Literaturwissenschaften.
Von 1998 an war sie als Freie Journalistin für die regionale Presse tätig. Derzeit arbeitet sie im Bereich Marketing und Redaktion in einem Unternehmen, dessen Schwerpunkt in der Erzeugung von Wärme und Energie durch erneuerbare Energien liegt.
Von ihr wurden bereits mehrere Gedichte und Kurzgeschichten veröffentlicht.
Beim Literaturwettbewerb von Niedersachsen und Bremen belegte sie mit "Helmut" den zweiten Platz. Platz 3 und 10 erlangte sie beim Wettbewerb "Bückeburg mordet".

Mehr über Nané Lénard und ihre Aktivitäten erfahren Sie unter www.nanelenard.de

Gewidmet allen Opfern von seelischer und körperlicher Gewalt.

Glaube, o glaube
dem Flüstern im Wind!
Höre das Weinen,
bevor es beginnt!

Das Gestern ersteht,
es ist heute schon alt.
Und stirbt in den Schatten
aus Angst und Gewalt.

Doch wehe den Zeichen
der glühenden Nacht,
dem Käfig des Denkens,
der inneren Schlacht,
denn wer sie nicht sieht,
wird zu Grabe gebracht.

Vor der Nacht

Was ein Mensch an Schmerzen aushalten konnte, erfuhr er am eigenen Leib, ohne sich dessen noch bewusst zu werden. In halbwachem Zustand hing sein Körper im fahlen Licht am Deckenbalken einer alten Scheune. Dämmerung überall. Um ihn herum, in ihm und in seinem Leben. Da war es fast Nacht geworden.

Mit den Füßen erreichte er eben noch den Boden. Die Arme waren ihm über den Rücken nach oben geführt worden. Jetzt stand er unter Spannung mit Tränen in den Augen. Doch das Hängenlassen wäre schlimmer. Seine Schreie waren einem Wimmern gewichen. Als man ihn hochgezogen hatte – das musste Stunden her sein –, hatte er zunächst kurz in der Luft gebaumelt, bis die Schultern dem Gewicht seines Körpers nicht mehr standgehalten hatten. Das Geräusch war schrecklich gewesen, als sich die Arme aus den Kugeln lösten. Er hörte es noch, während der Schmerz ihm für einen kurzen Moment das Bewusstsein nahm. Doch sie gönnten ihm die Ruhe nicht, ohrfeigten ihn wieder und wieder, bis er halbwegs zur Besinnung kam und ihnen wie durch einen Schleier zuhören konnte.

Der Winter unter der Frankenburg lag in den letzten Zügen. Er hatte noch einmal seine eisige Hand über die Landschaft gestreckt.

Für mehrere Tage war es unter zehn Grad minus gewesen. Die Kälte hatte die jungen Knospen zerstört, noch bevor sie ihr Grün der Sonne entgegenstrecken konnten.

Kommissar Wolf Hetzer fröstelte an diesem Abend und entschied sich, den Kaminofen anzumachen. Vielleicht war ihm auch aus anderen Gründen kalt geworden, dachte er bei sich. Moni fehlte ihm. Sie hatte sich entschlossen, für einige Zeit bei ihrer Schwester auf Teneriffa auszuspannen. Die Angst vor dem Krebs, und damit um das eigene Leben, hatte ihr zugesetzt. Sie hatte ihr die eigene Vergänglichkeit vor Augen geführt, auch wenn sich die Diagnose letztendlich nicht bestätigt hatte.

Als sie das Thema angeschnitten hatte, eine Auszeit nehmen zu wollen, war er zuerst gekränkt gewesen. Es müsste doch so sein, hatte er gehofft, dass die Nähe des anderen alles auffangen könnte. Aber da ging er von sich selbst aus. Moni hatte anders entschieden. Und weil er sie liebte, musste er sie gehen lassen, bis sie mit sich selbst im Reinen war.

Sie hatten vereinbart, dass er sie dort besuchen würde, denn ein halbes Jahr war lang.

Wolf hatte soeben etwas Kleinholz auf den Rüttelrost gelegt und starrte in die noch zaghaften Flammen, als er irgendwo im Haus das Telefon klingeln hörte. Nur wo, fragte er sich.

„Sag es mir!“, forderte er mit eisiger Stimme. „Gesteh endlich! Sonst wird der Schmerz noch viele Stunden dauern.“

Er wimmerte.

„Los, kneif ihn noch ein bisschen mit der Zange! Vielleicht spricht er dann“, verlangte die weibliche Stimme, deren Sanftheit so gar nicht zu den Worten passen wollte. „Er hat es verdient!“

„Wir müssen aufpassen, sonst stirbt er uns unter den Händen weg.“

„Aber ich will Antworten auf meine Fragen!“, schrie die Stimme, und ihre Worte brachen sich an Balken und Ziegeln. Sie kehrten wie Dämonen zum Schauplatz zurück.

„Hab Geduld!“, sagte er.

Rieke Sternhagen ließ sich auf ihr Sofa fallen und schleuderte die Hochhackigen von den Füßen. Sie taten ihr schrecklich weh, aber das war egal, sie hatte einen Sieg errungen. Es war ihr endlich gelungen, sich selbst ein Stück nach vorn zu bringen. Sie hatte mit ihrem Sopran-Solo den zweiten Preis gewonnen. Das war klasse. Es gab ihr ein Gefühl der Überlegenheit, ein herrliches Gefühl.

Niemand hatte je an sie geglaubt. Sie hatte erst spät begonnen, Gesangsunterricht zu nehmen, weil es sich nicht eher ergeben hatte. Genauer gesagt hatten die finanziellen Mittel einfach nicht ausgereicht. Aber sie hatte Glück gehabt und Durchhaltevermögen bewiesen. Jetzt hatte es sich endlich ausgezahlt. Sie hatte gekämpft, gegen all die Widrigkeiten ihres Lebens.

Wehmütig dachte sie an ihre Mentorin, die ihren Erfolg nicht mehr teilen konnte, weil sie inzwischen verstorben war. Noch oft saß sie an ihrem Grab auf dem Friedhof an der Scheier Straße und dachte an die vergangene Zeit zurück.

Sie lehnte sich zurück und lauschte dem Zwitschern der Vögel. Jetzt, wo sich die Kälte in die Arktis zurückgezogen hatte, verkündeten sie den nahenden Frühling. Sie fühlte ihn längst überall, auf der Haut, in den Adern und im Magen. Erfolg war ein berauschendes Gefühl. Aber sie hatte keine Zeit, sich lange mit sich selbst zu beschäftigen. Ihre Tochter brauchte sie. Sie war krank.

Kommissar Wolf Hetzer fand sein Handy im Wäschekorb. Das war heikel, denn er hatte schon kürzlich sein neues Mobiltelefon mitgewaschen. Ein teuerer Spaß, den er nicht gerne wiederholen wollte. Als er es endlich umständlich aus der Jeans herausgefischt hatte, hörte das Klingeln auf. Es war sein Kollege Peter Kruse gewesen. Er stöhnte innerlich. Das konnte nichts Gutes bedeuten. Hoffentlich keine Leiche, zu der sie jetzt noch fahren mussten. Widerwillig rief er zurück.

„Ach, hallo Wolf, ich dachte schon, du bist um diese Zeit schon ins Bett gegangen."

„Bist du doof? Es ist erst zwanzig vor neun, und ich bin noch keine achtzig."

„Nicht?", sagte Peter sarkastisch und grinste.

„Gibt es irgendwas Bestimmtes, weswegen du anrufst?", fragte Wolf.

„Nee, höchstens mitfühlende Nächstenliebe. Was macht Moni?"

Das Letzte, was Hetzer an diesem Abend gebrauchen konnte, war ein Gespräch über sein momentan größtes Problem - die Einsamkeit. Er vermisste Moni so, dass es wehtat.

„Aber was Dienstliches hast du nicht zu bieten?", lenkte er fragend ab.

„Zum Glück nicht!", sagte Peter genüsslich. „Ich wollte nur fragen, ob wir noch was zusammen trinken gehen."

„Du, tut mir leid, Peter! Ich habe wirklich keine Lust. Meine Laune ist auch miserabel. Ich wäre keine gute Gesellschaft. Entschuldige bitte!"

„Kein Problem!“, sagte Peter, streckte sich mit seinen fast zwei Metern in die Länge und gähnte dabei heimlich. „Wollte nur mal nach dir hören, alter Freund. Ich mache mir ein bisschen Sorgen um dich.“

„Wir sehen uns morgen im Büro! Und danke!“, versuchte Wolf das Gespräch zu beenden.

„Halt, eine Frage noch wegen der Logistik. Fliegst du über Ostern nach Teneriffa?“, wollte Peter wissen.

„Weiß ich noch nicht, mal sehen. Und nun gute Nacht!“

„Schlaf trotzdem gut!“, sagte Peter und legte auf.

Hetzer ärgerte sich über sich selbst. Er wollte nicht unfreundlich zu Peter sein. Aber es gab Momente, in denen man einfach keine Gespräche ertragen konnte. Dafür hatte Peter bestimmt Verständnis. Er ließ seine Schäferhündin Lady Gaga schnell noch einmal in den Garten und streichelte die Kater Max und Moritz, die es sich auf der Chaiselongue vor dem Ofen gemütlich gemacht hatten. Trotz des einladenden Flackerns wollte er lieber ins Bett gehen. Vor dem Feuer hatte er immer so gerne mit Moni gelegen. Dort würde sie ihm noch mehr fehlen.

Im Bad betrachtete er sein Spiegelbild. „Du bist jetzt schon ein alter Knacker“, sagte er zu sich. Die dunklen Locken waren von Silberstreifen durchzogen und – von den Fältchen abgesehen – ahnte man, dass die Spannung der Haut nachgelassen hatte. So sehenden Auges vor sich dahinzualtern war eine Grausamkeit der Natur, fand er an diesem Abend. Normalerweise hatte er kein Problem mit seinem körperlichen Verfall. Er hatte sich daran gewöhnt, dass er keine Schönheit war, doch heute war eben alles Mist. Es war also besser, diesen Tag schnell zu beenden. Morgen würde ein neuer kommen.

Der neue Tag kam, aber er begann zu früh. Wenigstens für Peter Kruses Geschmack. Laut vor sich hinschimpfend wälzte er sich im Bett herum und versuchte, an sein Handy zu kommen. Welcher Idiot rief denn schon vor sechs Uhr an? Genauer gesagt um zwanzig nach fünf. Mit zusammengekniffenen Augen versuchte er die Nummer zu erkennen. Hetzer war es nicht. Innerlich atmete er auf. Das Heim, in dem seine Mutter war, war es auch nicht. Er überlegte, nicht ranzugehen, bekam aber sofort ein schlechtes Gewissen.

„Kruse beim Schlafen!", brummte er in die Muschel.

„Hallo, hier ist Bernhard, tut mir leid, ich brauche dich hier!"

„Ich kenne keinen Bernhard. Quatsch wen anders voll, wenn du nachts reden willst. Und ruf mich nie wieder an, ich bin hetero!"

Kruse wollte schon auflegen und sich genüsslich wieder umdrehen, aber das laute Lachen am anderen Ende irritierte ihn.

„Was soll die Scheiße?", brüllte er in den Hörer.

„Mensch ich bin's, dein Bückeburger Kollege Dickmann", presste dieser zwischen den Lachsalven hervor.

„Du alter Sausack, sag das doch gleich!", knurrte Peter vor sich hin. „Was ist los?"

„Wir haben hier eine Leiche, die euch interessieren könnte", sagte Dickmann geheimnisvoll. „Hetzer ist ja mal wieder nicht zu erreichen.

Peter stöhnte. „War ja klar." Er machte widerwillig das Licht an. „Schieß los, was, wer und wo …"

„Was: eine Frau, wer: keine Ahnung, wo: sie hängt am Pranger der Petzer Kirche Sankt Cosmas und Damian", erklärte Dickmann.

„Und was haben wir damit zu tun?", fragte Peter missmutig.

„Na ja, sie hat eine etwas größere Wunde im Halsbereich und der Inhalt ihres Unterbauches liegt ihr zu Füßen. Die Wangen sind mit gleichmäßigen Kreuzen verziert. Ich könnte dir eine MMS schicken, aber es ist noch zu dunkel. Das Bild ist nur unscharf. Ihr kommt nicht drum herum."

„Okay, verstehe, ihr vermutet einen Zusammenhang mit unserer Toten vom letzten Jahr. Die Rothaarige, die wir auf dem Gelände der Frankenburg gefunden haben. Das hört sich tatsächlich ähnlich an. Ich muss nur erst was essen, auf nüchternen Magen vertrage ich das Schlachtfeld nicht. Dann hole ich Hetzer ab."

„Keine Bange, wir haben hier kein Blutbad. Sie muss woanders umgebracht worden sein. Auch der Bauchinhalt ist bloß eine Ansammlung rötlicher Klumpen. Wir warten hier auf euch. Aber macht hin, Ulf kann noch nicht so lange stehen mit seinem zusammengenagelten Becken."

„Ist gut, bis gleich", sagte Peter und schwang sich endgültig aus dem Bett.

Im Bad rasierte er ein Gesicht, das von Pommes frites und Pizza gezeichnet war, aber darum umso weniger Falten aufwies. Wenigstens vermutete er das. Er sah an sich hinab. Die Zehenspitzen ragten noch unter dem Bauch hervor. Das war sein Maßstab. Eine Waage brauchte er nicht. Solange sie noch zu erkennen waren, war alles gut. Bei Schuhgröße achtundvierzig hatte er da einen gewissen Spielraum.

In der Dusche fluchte er kurz wie jeden Morgen. Es dauerte, bis das warme Wasser endlich in der oberen Etage ankam. Und selbst wenn er sich sehr bemühte, nicht von dem ersten, kalten Strahl getroffen zu werden, gelang das nie hundertprozentig. Irgendwo erwischten ihn die eisigen Tropfen, auch wenn er den Duschkopf nach unten hielt. Dann endlich umgab ihn die wohlige Wärme. Wasser rauschte an ihm hinab. Es dampfte um ihn herum. Er streckte sich und genoss den ersten Moment an diesem Morgen, der schön war.

Anschließend wickelte er sich in sein überdimensionales Handtuch und stieg in seine Fell-Pantoffeln, die ein tolles Bett für Hetzers Katzen abgegeben hätten. Das wenigstens hatte Wolf gesagt. Dabei waren sie extra für ihn angefertigt worden.

Auch Nadja hatte sich totgelacht, als sie die Dinger gesehen hatte. Die Rechtsmedizinerin lag Peter Kruse seit einiger Zeit am Herzen, auch wenn er neuerdings noch andere Optionen hatte, was ihn selbst am meisten wunderte. Trotzdem hatte ihm ihr Gelächter einen richtigen Stich versetzt, vor allem weil sie ihn in Verdacht hatte, dass für diese Riesenpuschen mindestens zwei Lämmer geopfert worden waren.

Aber egal, ihm gefielen sie eben, und er hatte warme Füße.

Immer noch missmutig zog er sich an und ging zu seinem Wagen. Auf dem Weg zur Haustür schnappte er sich in der Küche eine Packung mit sechs Schokoladenmilchbrötchen. Die mussten fürs Erste reichen. Mit Kaffee wären sie besser gewesen, aber er hatte wenigstens noch eine Flasche Limo im Auto.

Kauend stieg er ein und fuhr in Richtung Todenmann. Es war inzwischen Viertel vor sechs. Da würde er doch den Hetzer einfach mal rausklingeln. Wie oft hatte sein Kollege das schon mit ihm gemacht? Er schmunzelte und griff nach dem zweiten Brötchen.

Hetzers Schäferhündin Lady Gaga erkannte seinen Wagen bereits, noch bevor er auf den Hof fuhr. Darum bellte sie auch nicht, als er an die Haustür kam. „Schade", dachte Peter, das wäre auch nicht schlecht gewesen, so zur Unterstützung. Klingelterror ging natürlich auch. Er entschied sich zum Dauerton und lauschte dem nervigen, schrillen Geräusch. Irgendwann mischte sich ein Gezeter mit hinein. Kruse hatte es geschafft. Wolf war wach.

Bis er an der Tür war, hatte Peter sich das vierte Schokoladenstück vorgenommen und hielt Wolfs Brötchenbeutel in der Hand, die der Zeitungsbote immer mitbrachte und an seine Tür hängte.

„Wenn du jetzt keinen triftigen Grund hast, werfe ich dich der Lady zum Fraß vor!", sagte Hetzer mit müden Augen. Seine dunklen Locken standen bizarr vom Kopf ab. „Ich habe heute Nacht kein Auge zugemacht und wollte eigentlich wenigstens bis zum Weckerklingeln schlafen."

„Vergiss es, du wirst sie anders füttern müssen. Zieh dich an, nimm dein Croissant in die Hand und schnapp dir irgendwas zu trinken. In Petzen haben sie eine Leiche gefunden. Da brauchen sie uns", erklärte er.

„Petzen? Und dafür weckst du mich? Dickmann und Hofmann sind längst wieder im Dienst!", schimpfte Wolf. „Petzen gehört nicht zu unserem Gebiet!"

„Na ja, jetzt schon, weil die Tote vom selben Täter umgebracht worden sein könnte, wie deine Nachbarschaftsleiche auf dem Gelände der alten Frankenburg", sagte Peter kauend und leckte die letzten Krümel von seiner Lippe.

Hetzer stöhnte, ließ die Tür offen stehen und ging ohne ein weiteres Wort ins Obergeschoss. In seiner Küche fand Peter ein Glas Milch und goss es über die Schokoladenbrötchen in seinen Magen. Dann ging er ins Wohnzimmer und ließ die Hündin in den Garten. So konnten sie Zeit sparen.

„Soll ich Gaga auch füttern?", rief Peter zu Wolf nach oben, „rausgelassen habe ich sie schon."

„Das wäre klasse, danke, bitte einen halben Becher, die Futtertonne steht im Hauswirtschaftsraum", kam es von oben.

Als hätte der Hund verstanden, worum es ging, stand er schon neben Kruse. Peter tätschelte Gaga und lächelte. „Ich kann dich verstehen", sagte er, „wenn es ums Essen geht, muss man auf Zack sein, sonst kommt man zu kurz!"

Wenig später stieg Wolf zu ihm ins Auto.

„Hmm, du duftest gut, aber hättest du nicht etwas weniger von dem Zeug nehmen können?", fragte Peter und hustete.

„Mensch, das habe ich doch eben erst draufgetan, das wird schon gleich nachlassen", gab Hetzer zurück. „So schlimm wird es doch nicht sein." Er ließ die Scheibe ein Stück herunter.

„Zum Schokoladenbrötchen passt es überhaupt nicht!", schmunzelte Peter. „Erfrieren will ich aber auch nicht, also mach das Fenster wieder zu."

„Kann man es dir denn heute Morgen überhaupt nicht recht machen?", fragte Wolf genervt.

„Nein!"

„Toll ...“

„Ist doch kein Wunder, wenn man vor dem Weckerklingeln aus dem Bett telefoniert wird, und dann noch mit der Aussicht auf eine leckere Leiche zum Frühstück. Ich kann mir was Besseres vorstellen, als bei dieser Kälte an der Petzer Kirche zu ermitteln.“

Wolf fröstelte. Er hatte seine Handschuhe in der Eile vergessen. Wenigstens hatte er an den Schal gedacht. Aber auch das war nur Routine, die er sich in den kalten Monaten angewöhnt hatte. Er hoffte auf wärmere Tage, solche, wie Moni sie jetzt schon hatte auf Teneriffa.

„Sprichst du nicht mehr mit mir?“, fragte Peter. „Oder wo bist du wieder mit deinen Gedanken?“

„Auf den Kanaren!“, sagte Wolf, und Peter lächelte.

„Diese Träume musst du vorerst verschieben. So wie es aussieht haben wir eine weibliche Leiche, die ebenso mit Schnitten verziert worden ist, wie die von der Frankenburg im letzten Jahr. Du kannst dich bestimmt noch an die schöne Rothaarige mit den verschiedenfarbigen Augen erinnern.“

„Ja sicher, war ihr Name im Rotlichtmilieu nicht Mathilda?“, fragte Wolf.

„Stimmt! Genau der ist mir auch nur eingefallen, der bürgerliche nicht. Das lässt ja tief blicken!“, gab Kruse zu bedenken.

„Der andere war zu banal, darum haben wir ihn uns nicht gemerkt. Das Außergewöhnliche bleibt immer eher hängen“, erwiderte Wolf. „Erzähl mal genauer, was für Übereinstimmungen es gegeben hat.“

„Viel weiß ich auch noch nicht, aber die Leiche hat ähnliche Schnitte und Verzierungen. Am besten wir gucken sie uns gleich ganz in Ruhe an“, schlug Peter vor.

„Vielleicht ist Nadja auch schon da, oder interessiert sie dich nicht mehr, seitdem du Anna kennengelernt hast?“, fragte Wolf mit einem spitzbübischen Grinsen.

Kruse starrte aufs Lenkrad und machte nur „Pffft ...“ Da fuhren sie auch schon auf den Hof des Petzer Kirchengeländes. Hinter dem Kindergarten stellten sie sich zu den Wagen der Spurensicherung. Die Beamten in Uniform sperrten zur Straße hin ab.

Peter hatte Nadjas Wagen schon entdeckt. Allein das verursachte leichtes Herzklopfen. Schon von Weitem sahen sie Bernhard Dickmanns große Statur an der südlichen Kirchenwand und den wirren Blondschopf der Rechtsmedizinerin, bei der es egal war, ob sie sich gekämmt hatte. Ob sie es überhaupt jemals tat, war ungewiss.

Der Körper der toten Frau war zunächst überhaupt nicht zu sehen. Sie war umringt von den Bückeburger Kommissaren Dickmann und Hofmann. Zu ihren Füßen hockte Nadja. Seppi und Mimi waren rechts und links von ihr damit beschäftigt, Spuren an den Eisenteilen und Ketten des Prangers zu nehmen. In einem kleinen Gedankenblitz fragte sich Wolf, ob der Toten zu Lebzeiten auch so viel Aufmerksamkeit zuteil geworden war wie in diesem Moment. Sie hatten sie noch genauso hängen lassen, wie sie aufgefunden worden war. Das sah grotesk aus. Lange blonde Haare verdeckten ein Gesicht, das zum Boden geneigt war. Ihre Gestalt sah aus, als vollführe sie einen waghalsigen Tanz, bei dem die Zeit einfach aufgehört hatte. Doch wohin genau schaute sie? Die Kommissare sahen nach unten. Zu ihren Füßen lag ein blassrosa Gebilde aus Haut, das so aussah wie ein Herz mit dünnen Flügeln. Kruse schluckte das oberste der Schokoladenbrötchen wieder hinunter, bevor es ihn verlassen konnte.

„Was genau ist das da?", fragte er und hätte gerne darauf verzichtet es wissen zu wollen.

Nadja drehte sich um und grinste ihn frech an. „Eine Gebärmutter mit Eileitern und Eierstöcken, sauber rauspräpariert. Hier guck mal, das gelbe sind die Ovarien."

„Können wir das schon einpacken?", fragte Seppi.

„Jetzt ja, ich wollte nur, dass Peter und der Wolf es noch so gesehen haben, wie es hier lag, leicht krümelig von der Erde, umgeben von Buchsbaum."

„Sehr eindrucksvoll, Nadja!", sagte Hetzer. „Du hast eben die Worte ‚sauber herauspräpariert' benutzt. Meinst du, der Kerl ist vom Fach?"

„Wieso Kerl? Das könnte doch auch eine Frau gewesen sein, oder meinst du nicht?", stichelte Nadja.

„Eher nicht", gab Bernhard Dickmann zu bedenken, „ihr seht doch, dass hier überhaupt kein Blut ist. Sie muss also woanders umgebracht und hierher verschleppt worden sein. Das könnte für eine Frau zu schwer werden."

„Denke ich auch", sagte Ulf Hofmann und lehnte sich an die Kirchenwand. Sein Becken schmerzte immer noch. Er hatte es sich im Spätsommer gebrochen, als er beim Pflücken aus dem Baum gefallen war.

„Was seid ihr alles für Schlaumeier", lachte Nadja, „ich wünsche mir, dass ihr euch gründlich irrt. Vielleicht waren auch zwei Frauen am Werk. Auf jeden Fall konnte der- oder diejenige mit dem Skalpell oder Messer umgehen. Wahrscheinlich müssen wir auch von einer Person ausgehen, die irgendwie mit dem Bereich der Medizin zu tun hat oder eventuell mit artverwandten Berufen."

„Gut", sagte Hetzer, „jetzt will ich mir mal anschauen, wie dieser Pranger hier befestigt worden ist.

Sind diese Eisendinger historisch? Ich meine die Armringe und die Halsfessel. Sieht wenigstens so aus. Die Ketten sind direkt in den Stein eingelassen worden."

„Na, neu sind sie nicht!" Peter schüttelte den Kopf. „Aber die Schrauben hier unten, mit denen Hals- und Armreif verschlossen worden sind, die sind neu. Habt ihr das schon bemerkt?"

„Hab ich längst fotografiert und gleich schraube ich sie ab!", sagte Seppi mit Nachdruck. „Hältst du uns für Leiermänner, die nichts von ihrer Arbeit verstehen?"

„Mein Gott, bist du empfindlich!", gab Peter genervt zurück.

„Ist doch kein Wunder", Mimi musterte ihn abschätzend, „bei den blöden Sprüchen, die ihr macht."

„Ihr seid wohl alle Morgenmuffel?", lachte Kommissar Ulf Hofmann. „Da gehe ich lieber wieder auf die Wache und schone meine Hüfte. Wollen wir fahren, Bernhard? Ihr kommt doch mit, oder?", fragte er die Rintelner Kommissare.

„Ja, wir haben hier genug gesehen", sagte Wolf, der die Kirche einmal umrundet hatte. „Wann können wir mit euren Berichten rechnen?"

„Wie immer ganz schnell", grinste Mimi ihn frech an, „aber erst, wenn wir fertig sind."

Nadja nickte. „So ist es! Erste Ergebnisse gebe ich euch telefonisch durch. Ich ziehe die Frau vor. Der Säufer aus dem Schlossgraben kann warten. Er liegt ja kalt."

Ein wenig abseits vom Geschehen wurde eine Gardine vorsichtig wieder zugezogen. Nur wer genau hingesehen hätte, hätte die leichte Bewegung bemerkt. Der direkte Blick auf den Pranger war nur noch diffus möglich, aber das machte nichts. Es war alles vorbei. Der letzte Vorhang war gefallen.

Wieso krabbelt sie nicht? Warum lässt sie sich von ihrem Bruder durch den Flur ziehen? Dabei kann sie angelehnt schon fast alleine stehen.

Sie ist ein niedliches Kind, und sie weiß genau, was sie will. Der Bruder bringt ihr den Schnuller zurück und zieht sie, wohin sie will. Wenn nicht, schreit sie.

Überhaupt hat sie viel geschrien seit ihrer Geburt. Sie ist ein besonderes Kind. Ein halbes Jahr hat sie an der Brust gelegen. Sie braucht die Nähe der Mutter.

Sie schreit überhaupt viel.

Auf dem Weg zur Bückeburger Wache waren Hetzer und Kruse zunächst still.

Jeder hing seinen eigenen Gedanken nach, bis Peter plötzlich sagte:

„Das war ein komischer Anblick, wie sie da so mit der Halswunde in dem Eisenring hing. Dieser Riesenschnitt muss von einem scharfen Messer mit unglaublicher Kraft verursacht worden sein."

„Ja, sehr makaber. Ob da wohl früher wirklich Menschen angebunden gestanden haben?", überlegte Wolf Hetzer.

„Möglich, aber wahrscheinlich lebendig." Kruses Magen knurrte.

„Das kann auch nicht schön gewesen sein, wenn es kalt und nass war, oder die anderen einen bespuckt haben", gab Hetzer zurück.

„Stimmt."

„Es gab ziemlich viele auffällige Ähnlichkeiten mit der Leiche von der Frankenburg. Mir scheint, der Täter ist hier mit seinem Werk etwas weiter fortgeschritten. Der Leib ist eröffnet worden, die weiblichen Genitalien wurden entfernt. Hast du die Kreuze im Gesicht gesehen?"

„Ja, klar, die Jack-the-Ripper-Imitate. Sicher habe ich die gesehen. Ich wette, dass sie exakt dieselbe Länge haben, wenn man sie mit den Schnitten der Toten von damals vergleicht", sagte Peter.

„Den Bauchschnitt hat er diesmal aber weiter ausgeführt und vielleicht sogar zu Ende gebracht. Vielleicht hätte er die Tote auf dem Gelände der alten Frankenburg auch ausgeweidet, wenn er mehr Zeit gehabt hätte", überlegte Wolf.

„Das ist gut möglich. Wir werden Nadja fragen, ob die Schnittführung ähnlich war, ob er zum Beispiel mehrfach angesetzt hat. Möglicherweise hat er sich bei unserem ersten Fund auch noch ausprobiert", gab Peter zu bedenken.

„Ja, aber Vorsicht. Lass uns bitte weiterhin in alle Richtungen denken. Nur, weil wir hier ähnliche Merkmale vorfinden, sollten wir uns nicht darauf versteifen, dass wir dem Täter vom letzten Jahr auf der Spur sind. Es könnte auch jemand sein, der entweder Jack the Ripper nachahmt, oder der eventuell aufgrund der Zeitungsberichte aus 2011 einmal ausprobieren wollte, wie sich das Schlachten anfühlt."

Ein Schaudern ging durch Hetzers Inneres.

„Egal wie, das hier ist unschön!"

Peter nickte und Wolf fuhr mit einem Schwung auf den Parkplatz der Wache in der Ulmenallee.

Dickmann und Hofmann erwarteten sie bereits. Irgendjemand hatte sogar Kaffee gekocht. Wolf hoffte, dass dieser hier genießbarer war als der, den Peter für gewöhnlich kochte.

„Tja", sagte Bernhard Dickmann zu den Rintelner Kommissaren.

„Jetzt sitzen wir irgendwie in einem Boot, wenigstens solange die Vermutung besteht, dass die beiden Fälle zusammengehören. Wie wollen wir denn nun vorgehen?"

Ulf Hofmann räusperte sich.

„Ich denke, wir sollten die Fakten an einem zentralen Ort zusammentragen. Da der aktuellere Fall in unserem Einzugsbereich geschehen ist, schlage ich vor, die Zentrale der Mordkommission hier bei uns einzurichten. Wie wollen wir sie nennen?"

„‚Jack' natürlich", warf Peter ein, „da wir noch nicht wissen, wie die Frau heißt, aber beide Fälle eindeutig Merkmale dieser Mordserie aufweisen."

„Sehr kreativ bist du ja nicht", lachte Hetzer, „aber es ist wenigstens kurz und knackig. Treffen wir uns also heute Nachmittag wieder hier, sagen wir gegen 15 Uhr. Wir bringen unser Material mit."

„Einverstanden!", sagte Bernhard Dickmann und sein Kollege nickte ebenfalls. „Vielleicht haben wir bis dahin auch schon Neuigkeiten aus der Rechtsmedizin oder von der SpuSi."

„Ich werde Nadja gleich mal anrufen!", erwiderte Peter und genoss den warmen Schauer, der durch seinen Körper lief, wenn er nur an diese Frau dachte. Im selben Atemzug fiel ihm auch Anna aus Vehlen ein. Er hatte ein schlechtes Gewissen. Was für ein Blödsinn, überlegte er. Er war keiner der beiden auf irgendeine Art Rechenschaft schuldig. Sie gefielen ihm, jede auf ihre Weise. Das war wieder mal typisch für ihn. Er bekam nichts gebacken. Wenigstens nicht, wenn es sich um Frauengeschichten handelte. Der Wille war ja da. An der Ausführung haperte es allerdings. Im vergangenen Jahr hatte er mehrfach versucht, sich mit Nadja zu verabreden. Sie hatte sogar schon zugesichert, mit ihm essen zu gehen. Bis heute war es jedoch nicht dazu gekommen. Mit Anna war er oft in Wald oder Feld spazieren gegangen. Sie war sehr sympathisch und attraktiv. Den Mut, ihre Hand zu fassen, brachte er nie auf. Eigentlich konnte er sich auch gar nicht entscheiden, welche der beiden Frauen ihn mehr berührte. So hatte er die Dinge einfach laufen lassen. Genoss das warme Gefühl, wann immer es sich einstellte und hoffte, dass ihm die Zeit den richtigen Weg weisen würde. In diese Gedanken klingelte sich Wolf Hetzers Mobilteil wie ein Störenfried.

Das Mädchen war sensibel. Es war keines der Kinder, das im Sandkasten mit der Schaufel auf einen anderen losging. Vielmehr ertrug sie etwas zu willig die Brutalität der Jungen und Mädchen um sich herum. Es war etwas an ihr, dass man ständig den Wunsch hatte, sie beschützen zu wollen. Etwas Zartes umgab sie, das das Herz anrührte, das einen gefangen nahm und nie wieder losließ.

Sein Wesen konnte begeistern oder abschrecken. Er wirkte ganz unterschiedlich auf Menschen. Manchem war er von Anfang an zuwider, andere ließen sich von seiner sedativen Art einlullen. Vielleicht war es einfach das Leben, das sie empfänglich machte für Worte, die wohltaten, die aber nur aus einem einzigen Zweck heraus gesagt wurden: Sie sollten verführen. Er hatte ein gutes Gespür für das Innere eines Menschen. Er sah, wo es verletzt war, wo Defizite durch die schützende Schale der Seele blitzten. Dort konnte er einhaken, seine Saat aus Verlockung einstreuen, Wohlgefühl wachsen lassen, bis ihm schließlich das Opfer bedingungslos zu Füßen lag, weil es glaubte, einen Menschen gefunden zu haben, der alles heilen konnte, was ihm widerfahren war.

Andere, die ihn erkannten als das, was er war, schauderten und hielten inne. Sie glaubten in einen Abgrund zu blicken. Sie sahen in einen Spiegel, der ein erschreckendes Bild zurückwarf aus Verderben und Hass.

Er selbst mied Menschen, die ihn durchschauten, und verließ sich auf die anderen, die Lämmchen, die sich von ihm willig zur Schlachtbank würden führen lassen und noch darum bettelten, dass er sie schächten möge.

Es war Nadja gewesen, die auf Wolfs Handy angerufen hatte. Die Neuigkeiten, die sie zum Besten gegeben hatte, waren in der Tat äußerst ungewöhnlich und befremdlich. Hauptkommissar Wolf Hetzer ließ das Gesagte noch einmal Revue passieren, als er seinen Kollegen Peter Kruse von Nadjas Entdeckungen berichtete.

„Stell dir mal vor, Nadja hat etwas sehr Interessantes herausgefunden, Peter", sagte Wolf, als er sein Handy wieder in der Hosentasche verstaute.

„Und das wäre?" Peter lehnte sich zurück.

„Wir haben doch diese Organe zu ihren Füßen gefunden ..."

„Ja!", sagte Peter und wünschte sich in seinen heimischen Sessel. Was interessierten ihn diese Fleischteile?

„Das waren nicht ihre!", erklärte Wolf.

„Wie, das waren nicht ihre? Kannst du das mal näher definieren?"

„Aber sicher doch. Du hast da die Frau mit dem offenen Bauch am Pranger in Petzen, der die Organe fehlen, aber die, die ihr zu Füßen liegen, sind nicht ihre, sondern die einer ganz anderen Frau. Die Blutgruppe stimmt nicht überein. Deswegen hat Nadja das auch so schnell herausgefunden."

„Puh, das ist eine krasse Geschichte. Da bin ich mal gespannt, wann und wo wir die andere finden, der das Innenleben gehört." In Gedanken verabschiedete er sich von dem Steak, das er eigentlich heute Abend gegessen haben wollte, und entschied sich für ein paniertes Schnitzel, weil ihn das weniger an den Fall erinnern würde. Am Feierabend musste er seine Ruhe haben.

„Daran habe ich auch schon gedacht. Vor allem, weil es sich doch im Prinzip um Fall Nummer drei handelt, falls der vom letzten Jahr mit diesen - beiden - ja, man muss beiden sagen, zusammenhängt", bekräftigte Wolf Peters Worte.

„Wir können wohl kaum davon ausgehen", bemerkte Peter, „dass diese dritte Frau noch lebt."

„Ganz sicher nicht!", sagte Wolf. „Es ist wie gesagt nur die Frage, wann und wo wir sie finden. Vielleicht kann uns Nadja sagen, wie viel Zeit seit dem Entfernen der Organe vergangen ist."

„Sie wird sicherlich einiges anhand der Zerfallsprozesse erkennen können", sagte Peter.

„Es ist die Frage, ob wir jetzt beim nächsten Leichenfund wieder Fortpflanzungsorgane vorfinden werden, die nicht zur Person gehören. Ich habe da so eine dunkle Ahnung. Sie sagt mir, dass wir es mit einer Serie zu tun haben."

„Gut möglich", antwortete Peter nachdenklich, „was will er uns aber sagen, wenn er ihre Genitalien entfernt? Das muss doch etwas zu bedeuten haben?"

„Das wäre logisch, falls der Kerl nicht einfach pervers ist. Und das kannst du in unserem Job nicht wissen." Wolf Hetzer zog die Augenbrauen hoch.

„Stimmt", sagte Peter, „die Irren sind immer mitten unter uns."

In einem Meer aus Sturm und peitschenden Wellen war Leander der Fels in der Brandung. Sein Wesen war von jener beruhigenden Art, dass man das Gefühl hatte, sich einfach fallen lassen zu können. Wenn er vor den Musikern oder dem Publikum stand mit seinem Taktstock, war er in seinem Element. Nichts anderes nahm er dann noch wahr. Er floss ein in die Musik, wurde ein Teil von ihr und schwamm mit den Tönen davon, ohne fort zu sein. Dass er in ihr so aufging, hatte zum einen den Grund, dass er seinen Beruf liebte, aber auch einen anderen, der mit der Materie nichts zu tun hatte. Die Musik gab ihm die Möglichkeit, zu fliehen, ja vielleicht konnte man sogar sagen, dass er sich in eine Parallelwelt flüchtete, in der er sich sicher und genauso angenommen fühlte, wie er war. Solches konnte man von seinem Privatleben nicht behaupten.

Dass nicht alles vollkommen schlecht lief und dass es noch einen Rahmen der äußeren Normalität gab, verwehrte ihm den Blick auf das Wesentliche. Es war keine Liebe dort, wo er seinen Lebensmittelpunkt haben sollte. Also blieb er in einem Miteinander, das keines war. Und so war er zeitgleich der Fels in der Brandung, wenn es um die hohe Kunst der Musik ging, aber auch das ruhelose Schiff ohne Anker, ein Spielball der Wellen, hin- und hergeworfen von Emotionen in seinem privaten Leben. Diese Diskrepanz ließ sich schlecht leben. Sie hatte bereits begonnen, ihn aufzufressen.

Es war ihm jetzt schon viel besser gelungen, die Eierstöcke und die Gebärmutter in einem Stück herauszulösen. Zurück blieb ein klaffender Spalt aus Fleisch- und Fetträndern. Die Gedärme musste er entfernen. Sie hätte sonst auch zu schnell unangenehm gerochen.

Zufrieden wischte er sich die Finger an seiner Schürze ab und betrachtete die Frau, die still mit endlos weiten Augen in dem Trog lag, in dem früher Schweine auf ihre Weiterverarbeitung gewartet hatten. Er hatte sie von ihrer Fruchtbarkeit entbunden und sie zum reinen Objekt der Begierde gemacht.

Rieke war eine ungewöhnliche Frau. Sie lebte in einem nie enden wollenden Harmoniebedürfnis. Das machte ihr Leben nicht immer einfach. Sie dachte viel über sich selbst nach. Manchmal sogar zu viel. Dann lag sie lange nachts wach und grübelte.

Alles, was sie immer gewollt hatte, war Liebe. Eine unumstößliche, ehrliche Liebe mit einem Partner, der sie nicht verraten würde. Doch der Verrat lag über ihrem jetzigen Leben wie ein Schleier aus Blei.

Es hatte gut angefangen damals. Alles fing immer gut und vielversprechend an. Da war die Hoffnung, der Glaube an das Gute.

Vielleicht konnte man sogar sagen, dass sie sich diesmal zu sehr in Sicherheit gewiegt hatte oder einfach nur den säuselnden Honigworten eine Zeit lang zu sehr vertraut hatte.

Nie im Leben wäre sie auf die Idee gekommen, noch so viel mehr verraten zu werden als je zuvor. Die Dimension des seelischen Schmerzes war unglaublich. Sie ging über jede Vorstellungskraft hinaus und hatte sie für immer verändert. Wie eine offene Wunde trug sie diese Verletzung unsichtbar in sich. Anfangs hatte sie noch gehofft, dass diese heilen könne. Die Vergangenheit hatte sie jedoch gelehrt, dass es Dinge gab, die niemals wieder gut werden würden. Offene Stellen, über die nur dünnes Gewebe wuchs, sodass sie anfällig waren für den Wind oder andere Naturgewalten des Lebens.

In den sechs Jahren ihres Bestehens war die Narbe ständig wieder aufgebrochen. Sie hatte geeitert, zu schwären begonnen, doch man konnte sie weder ausbrennen noch herausschneiden, weil sie in der Seele lag – unangreifbar für Instrumente oder Feuer.

Über das Feuer hatte sie allerdings tatsächlich nachgedacht oder auch ein scharfes Messer. Sie begann die Menschen mit einer Borderline-Störung zu verstehen, die sich selbst an ihren Körpern Schaden zufügten, um die inneren, seelischen Schmerzen zu betäuben.

Das größte Problem an der Geschichte war, dass die Verletzung ihr nicht unmittelbar selbst angetan worden war.

Noch einmal las sie die Geschichte, die sie damals verfasst hatte in jenen ersten Tagen nach dem Supergau, der ihr Leben verändert hatte.

Das Monster war wieder da. Es hatte sich für die Dauer des Glücks in einen Kokon eingesponnen. Jetzt schlüpfte es unter der Schädeldecke und sandte sein lähmendes Gift voraus. Sie hatte gehofft, dass es tot war. Aber es existierte noch. Versteckt hatte es überlebt. Nun begann es zu wachsen und sich auszubreiten.

Der Schmerz überschwemmte sie wie eine Welle aus Lava. Die Lähmung war nur das Vorbeben gewesen. Sie kannte das. Und obwohl sie auf ihn vorbereitet war, traf sie der Schmerz mit einer Kraft, die ihr die Luft nahm. Das Monster hatte zu fressen begonnen. Es weidete sich an ihren Eingeweiden und hinterließ ein Brennen im Nichts zwischen Hals und Magen, dort, wo die Seele ist.

Die Seele hatte nicht genug Zeit gehabt, sich in Sicherheit zu bringen. Leichtsinnig hatte das Glück sie gemacht, wie eine Motte, die im Licht der Kerze deren Wärme zu sehr genießt. Sie hatte Tanzen gelernt. Darum hatte sie sich ganz heraus gewagt. Weit, weit, viel zu weit, wie sie nun wusste. Doch es war zu spät. Brandmale überzogen die dünne Haut. Nicht einmal jetzt konnte sie fliehen. Die Lähmung war zu stark, die Wunden zu groß. Aber sie konnte nicht sterben. Die Seele war an den Körper gebunden.

Rieke hasste ihren Körper. Er war unversehrt. Sie gehörte zu den Behinderten, denen man ihr Handicap nicht ansah, weil sie es in sich trugen. Das Monster hatte ihre Seele zu einem grotesken Gebilde verstümmelt. Narben unterschiedlichen Alters waren verblichene Zeitzeugen der Vergangen-

heit. Sie hatten die Seele schwer und unflexibel gemacht. Als ob ihr die Luft ausgegangen war, lag ihr Gewebe schlaff zwischen den Rippen. Nur ab und zu leuchtete bleich ein Stückchen unversehrte Seelenhaut wie ein Versprechen hervor.

Rieke konnte den inneren Schmerz nicht aushalten. Der Tanz um die Wärme des Lichts war schön gewesen. Doch dann hatte die Flamme auf einmal zu flackern begonnen und das Monster geweckt.

Es tat gut, wie das Blut an ihrem Oberschenkel herabrann. Wie Perlen reihten sich immer neue Tropfen aus den Schnitten in eine rote Schlange, die sich um Riekes Bein schmiegte und langsam hinabwand. Rieke hatte ihr eigenes Monster heraufbeschworen. Den Körper musste sie ins Gleichgewicht bringen mit ihrer Seele. Endlich spürte sie sich wieder. Es tat so weh und gleichzeitig so gut, sich mit dem Messer zu quälen.

Wäre das Unnennbare nur ihr selbst geschehen – wieder einmal – das Unfassbare, das Unsägliche, sie hätte das Monster in ihrem Kopf bezwingen können. Sie wäre gewappnet gewesen. Gegen falsch verstandene Liebe. Fehlgedeutete Zeichen. Doch das Tier hatte gewonnen. Die Flamme hatte für den Moment der Verlockung geflackert und alles zerstört.

Als Rieke sich im Schein der Kerze schnitt, betrachtete sie zufrieden die symmetrische Anordnung auf beiden Oberschenkeln. Sie hatte es in der Hand, die Narben dort anzulegen, wo sie sie haben wollte. Ihr Körper war nicht fremdbestimmt. Das sollte er niemals mehr sein.

Der äußere Schmerz war jetzt fast so stark wie der innere. Die Flamme vor ihren Augen zitterte klein und blau, als hätte sie die Hitze in sich eingefroren, aus Angst, sie könnte ausgeblasen werden. Doch Rieke hasste das Licht nicht trotz seines Schattens. Einmal noch wollte sie die Wärme so ganz nah spüren.

Der Flamme blieb keine Wahl, als Rieke den Unterarm ganz dicht über ihre Spitze hielt, obwohl sie sich wegduckte. Die Hitze brannte ein ebenmäßiges Loch ins Fleisch. Und endlich tat es so weh, dass Rieke nichts Inneres mehr spürte. Es war geschafft. Jetzt konnten beide heilen. Die Seele kroch in ihr Versteck und hinterließ mit dem Brandgeruch eine Spur aus Wundsekret. Nur Rieke wusste, wo sie hinging und wo man sie jemals wiederfinden konnte.

Vorsichtig stellte sie das Licht in eine Laterne. Es war sanft und schrecklich zugleich. Aber sie wollte es bewahren vor dem eigenen Flackern und vor der Zerstörungskraft des Atems. Denn die Flamme hatte Rieke zugleich das Sehen und Tanzen gelehrt – und sie gebrandmarkt.

Das Monster jedoch war satt. Zufrieden zog es sich zurück in seinen Kokon aus gesponnenen Gedankenfäden.

Die der falschen Person zugeordneten Eingeweide beschäftigten Wolf Hetzer und Peter Kruse immer noch, als sie aus Todenmann in Richtung Dienststelle fuhren. Im Heck des Wagens saß Lady Gaga, Wolfs Schäferhündin, die derzeit ein etwas einsames Dasein fristete, seitdem Moni eine Auszeit auf Teneriffa genommen hatte.

„Weißt du eigentlich jetzt, wann Moni zurückkommt, Wolf?“, fragte Peter behutsam. Er wusste, wie sehr sie Wolf fehlte.

„Nein, immer noch nicht. Ich denke, ich werde aber jetzt doch bald hinfliegen und sie besuchen.“

„Schreibt ihr euch denn?“, wollte Peter wissen.

„Sicher, wir mailen, ihre Schwester ist glücklicherweise online. In den letzten Tagen hatte ich sogar den Eindruck, dass sie ein bisschen Heimweh haben könnte. Am Telefon klang sie etwas wehmütig“, sagte Wolf und sah in die Ferne.

„Das kann ich mir vorstellen, die Lady wird ihr fehlen!“, antwortete Peter und grinste frech.

„Aber jetzt was anderes. Wieso entfernt jemand einer Frau die Geschlechtsorgane, nachdem er sie umgebracht hat? Wissen wir schon, ob sie missbraucht worden ist?“

„Nein“, Wolf schüttelte den Kopf, „wissen wir nicht. Wir wissen überhaupt nur deswegen schon etwas, weil so eine Blutgruppenbestimmung relativ schnell geht. Ganz bestimmt können wir aber trotzdem davon ausgehen, dass wir es mit einem Mord zu tun haben, bei dem Macht und Sexualität eine große Rolle spielen. Taten wie diese sind immer sexuell motiviert. Dabei spielt es keine Rolle, ob es zum Verkehr gekommen ist oder nicht. Darüber habe ich erst kürzlich mit meinem Freund Thorsten Büthe vom LKA Hannover gesprochen. Es ging dabei um diesen Fall mit den zwei Jugendlichen, der auch durch die Presse ging. Du erinnerst dich?"

„Ja, das war doch in Bodenfelde, das Mädchen und der Junge, oder?", fragte Peter.

„Genau, dieser makabere Fall. Ich will nicht weiter ins Detail gehen. Der Täter hat sein Geständnis damals aufgeschrieben. Für die Fallanalytiker ein Glücksfall, denn sie konnten im Grunde hinterher nachlesen, dass sie mit ihren Ermittlungen und Vermutungen im weitesten Sinne recht gehabt hatten. Das kommt nicht so oft vor", erklärte Wolf.

„Mich würde interessieren, was dein Freund zu unseren zwei, na ja, wahrscheinlich drei Morden zu sagen hätte. Vielleicht wäre es eine gute Idee, ihn mit einzubeziehen, wenn wir nicht weiterkommen." Peter sah ihn fragend an.

„Ob du es glaubst oder nicht, diese Idee hatte ich auch schon. Ich wollte ihn sowieso in Hannover besuchen. Das ließe sich bestimmt verbinden. Vielleicht leckt er Blut und stellt uns sein Wissen und seine Erfahrung zur Verfügung." Wolf nickte zufrieden. „Wir müssen es ja nicht offiziell machen."

„Eine Undercover-Fallanalyse?" Peter runzelte die Stirn. „Das kann ich mir schwer vorstellen."

„Nein, erst mal ein paar wertvolle Tipps. Das wäre doch ein Anfang, und eventuell ein bisschen Recherche über das ViCLAS-System, in dem alle Fälle und ihre Besonderheiten aufgeführt sind. Dann wissen wir, ob es irgendwo anders schon ähnliche Tatmerkmale gegeben hat", erklärte Wolf.

„Das solltest du möglicherweise schon bald machen", gab Peter zu bedenken, „ich habe das Gefühl, dass wir erst am Anfang einer Serie stehen. Aber ich kann mich natürlich auch täuschen. Falls ich aber richtig liege, sollten wir schleunigst beginnen zu verstehen, mit wem wir es zu tun haben."

Als die beiden Kommissare auf den Parkplatz der Rintelner Dienststelle im Hasphurtweg einbogen, meldete sich Hetzers Handy und ließ ihn wissen, dass er einen Anruf verpasst hatte. Es war Nadja gewesen.

Rieke hatte auch in ihrem jungen Leben nur eines gewollt: Glücklich sein! Das war ihr reichlich misslungen, als sie im zarten Alter von zwanzig Jahren die Ehe mit Martin Rübsam eingegangen war. Sie war vorab von etlichen Menschen gewarnt worden, dass dieser Mann noch niemals treu gewesen oder eine lange Beziehung eingegangen war. Es hätte sie abschrecken können, aber genau dieses Gerede stachelte sie noch an. Sie wollte beweisen, dass alle anderen gänzlich Unrecht hatten und Martin vollkommen verkannten. Sie würden sich noch wundern.

Es hatte wirklich alles ganz gut angefangen, damals in jener Silvesternacht. Ganz anders war er, als alle dachten. Sie lernten sich kennen und lieben, verbrachten viel Zeit miteinander, während er seine Ausbildung auf der Polizeischule beendete.

Später zogen sie zusammen und beschlossen, auch zu heiraten. In der ganzen Zeit konnte sich Rieke nicht beschweren, dass Martin jemals fremdgegangen war. Als sie sich Mitte der achtziger Jahre das Ja-Wort fürs Leben gaben, konnte Rieke nicht wissen, dass es nur für rund acht Wochen gelten sollte.

In jener Zeit wurden endlich Frauen zum Polizeidienst zugelassen. Martin fuhr Streife mit den jungen Polizeianwärterinnen und verliebte sich in Sarah. Eine knackige, blonde Schönheit mit Löwenmähne, der die Dienstwaffe noch das gewisse Etwas gab.

Rieke fühlte schnell, dass sich etwas in ihrer Beziehung verändert hatte. Sie hatte eine feine Antenne, Dinge zu erspüren, die sich ganz plötzlich anders wahrnehmen ließen. Ihr war kalt geworden in Martins Gegenwart. Er hatte sich zurückgezogen. Fünf Wochen nachdem sie aus den Flitterwochen von Lanzarote zurückgekommen waren, hielt sie es nicht mehr aus und stellte ihn zur Rede. Es dauerte nicht lange, da konnte er ihren bohrenden Fragen nicht mehr ausweichen und gab zu, ein Verhältnis mit Sarah begonnen zu haben. Ja, es tat ihm leid. Sie glaubte ihm das. Als er begann zu weinen, tröstete sie ihn. Auch wenn in ihr alles leer war. Auch, obwohl sie selbst nicht mehr weiterwusste. Sie hoffte noch. Eine einmalige Entgleisung, dachte sie sich, müsste dies gewesen sein. Doch Martin, der ihr zunächst versprochen hatte, die Beziehung zu Sarah zu beenden, gebärdete sich wie ein Süchtiger und konnte nicht von ihr lassen. Oft wusste sie nicht, ob er Dienst hatte oder bei dieser Frau war. Sie sahen sich kaum noch, schrieben sich Zettel und sie hatte das Gefühl, dass er ihr nur noch aus dem Weg ging.

In ihrer Einsamkeit holte sie sich aus dem Tierheim einen Kater. Das half ihr über die erste große Leere hinweg, doch der kleine Kerl konnte die Lücke nicht füllen. Sie trauerte und wusste auch nicht, wie sie ihren Eltern die Blamage eingestehen sollte, dass ihre Ehe nur so kurz gehalten hatte. Immerhin hatten sie die Hochzeit bezahlt.

Als sie vom Ehebruch erfahren hatte, war es Mitte Oktober gewesen. Bis Ende November brauchte sie jedoch, um zu erkennen, dass es weise war, die Hoffnung endlich aufzugeben. Martin war Sarah verfallen. Er würde bei ihr bleiben.

Nichtsdestotrotz entschieden sie sich, ein letztes Weihnachtsfest zusammen zu verbringen. Vielleicht war Sarah bei ihrer Familie und hatte keine Zeit für ihn. Rieke wusste es nicht. Sie wusste nur, dass auch sie nirgendwohin konnte. Ihre Eltern gingen ja davon aus, dass das junge Paar glücklich unter dem Tannenbaum saß. Es war ein trauriger Heiligabend mit dem Duft der Vergänglichkeit, der schon eingezogen war, bevor man ihn darum gebeten hatte. Die Geschenke, die sie sich überreichten, waren zugleich Abschiedspräsente. Es waren mit Wehmut behaftete Gaben.

Vor dem Zubettgehen sagte er ihr, dass er gedachte, den Silvesterabend mit Sarah in der ehelichen Wohnung zu feiern. Sie würde sicher einen Ort finden, wo sie hingehen könne. Sie weinte, weil sie nicht wusste, wie sie das ertragen oder wo sie übernachten sollte. Aber sie zog sich still zurück ins Schlafzimmer und überließ ihm das Sofa. In dieser Heiligen Nacht weinte sie sich in den Schlaf. Sie wusste nicht, wie ihr Leben weitergehen sollte.

Irgendwie lebte sie in einer Art luftleerem Raum. Später würde sie sich nicht mehr daran erinnern können, wie sie die Tage bis Silvester überstanden hatte.

Die Kleine lief spät und weinte viel. Sie hatte große Probleme mit ihren Ohren. Immer wieder wurde sie von heftigen Mittelohrentzündungen geplagt, die dazu führten, dass ihre Mutter keinen Schlaf bekam. War der Infekt vorbei, hatte sich das Mädchen an den veränderten Schlafrhythmus gewöhnt und rief nach ihrer Mutter, deren Augen bereits tiefe Ringe hatten.

Es war die Kinderärztin, die ihr riet, das Kind doch in dieser Extremsituation mit ins Bett zu nehmen. Es nütze nichts, meinte die Medizinerin, wenn sie auch noch ausfiele. Die Mutter zögerte zunächst, erlag dann aber der Versuchung, einmal nicht aufstehen zu müssen.

Was er vorhatte, würde er schaffen. Das wusste er. Jetzt ging es darum, sich ein neues Nest zu suchen, ein schönes Fell, in das er seinen Rüssel bohren und versenken konnte, um ihr Blut zu saugen. Erst ganz langsam, doch dann, wenn der Widerhaken verankert war, konnte er sich hängen lassen, sich gehen lassen und von dem schönen Saft trinken. Solange das Blut nicht zur Neige ging, hatte er Ruhe, aber er wusste nie, wie schnell sie den köstlichen Saft nachproduzieren konnten, der ihn ernährte. Darum war es ratsam, stets die Augen offenzuhalten, um sich notfalls in einen anderen Pelz zu retten.

Wolf Hetzer war es leider nicht mehr gelungen, Nadja kurzfristig selbst sprechen zu können. Sie hatte die Hände bereits wieder in einem anderen „Patienten" und bat um Nachsicht, da sie sich ganz auf die Obduktion konzentrieren wolle. Sie könne sich später noch melden und ließ lediglich ausrichten, dass ihr noch eine Besonderheit aufgefallen sei, als sie Gewebeteile der Gebärmutter unter dem Mikroskop betrachtet habe. Etliche Zellen seien geplatzt gewesen, sprach sie mit näselnder Stimme in den Hörer, den man ihr zwischen Haube und Mundschutz hielt. Das spräche dafür, dass die Organe eingefroren gewesen wären.

Nein, sie sei nicht erkrankt, erwiderte sie auf Hetzers Nachfrage, allein der Geruch mache eine Nasenklammer erforderlich, und darum höre sie sich so komisch an. Er möge sie doch jetzt bitte fortfahren lassen, damit sie die Leiche möglichst schnell vom Tisch hätte. Wolf schauderte und hatte sofort den entsprechenden Gestank in der Nase. Sein olfaktorisches Gedächtnis war präsent und gaukelte ihm vor, was er lieber nicht zu riechen beabsichtigte.

Ihr Körper war schwer gewesen, als er ihn aus dem Trog gehoben hatte. Doch dort floss das Blut einfach besser ab. Er musste erst diesen scheußlichen Lebenssaft loswerden. Mit dem Blut anderer hatte er schon immer seine Probleme gehabt. Nie würde er verstehen, wie sein Vater hatte Schlachter werden können. Das war lange her, dass er hatte neben ihm stehen müssen, wenn dieser ein Schwein zur Ader ließ. Obwohl, wenn er es richtig betrachtete, unterschied er sich nicht allzu viel von ihm. Auch er ließ die Damen zunächst ausbluten und öffnete dann ihre Leiber. Allerdings nicht, um sie zu essen. Er veredelte sie. Sie wurden des scheußlich klebrigen Saftes ledig und ihrer Zuchtbestimmung. Dadurch mutierten sie zum reinen Weib, das nur dazu bestimmt war, immer mit einem Unterleib zu dienen, der bereit war, ihn aufzunehmen, ohne Entschuldigungen, ohne Ausflüchte und ohne den Wunsch, ihn nur zum Zeugen von Kindern in sich einzulassen.

Die erste Frau, die ihm zum Opfer fiel, war mehr oder weniger zufällig in diese Situation geraten. Er hatte es zu diesem Zeitpunkt noch nicht vorgehabt, sie zu töten. Vielmehr wollte er sie so weit bringen, dass sie ihm verfallen sollte. Und das war ihm gelungen, dort auf dem Gelände der alten Frankenburg.

Er sah sie heute noch vor sich mit ihrem rotlockigen Haar und den unterschiedlichen Augen – eines braun, eines blau. Ihr Blick hatte sich in einem Moment verklärt. Das schnürte ihm die Luft ab. Jäh, mit einem Mal.

Sie liebe ihn, hatte sie ihm gesagt, und sie stelle sich eine Zukunft mit ihm vor, wolle Kinder mit ihm. Da war er in Panik geraten. Leise hatte er sie von hinten umarmt. Sie dachte, er würde ihr nun ebenfalls eine Liebeserklärung machen. Doch er hielt ihren Kopf hoch, als sei er bereit zu einem Kuss auf ihren Hals, und tat dies nur aus einem Grund, damit er das Messer besser ansetzen konnte. Sein Werkzeug hatte er immer dabei. Sie litt nicht lange, war eher erstaunt über den plötzlichen Schmerz, als ihr die Arterien zugleich mit Speise- und Luftröhre durchtrennt wurden. Nur ein kurzes Röcheln entschlüpfte ihr noch, bis die Augen brachen und eine Verwunderung in ihrem Gesicht zurückließen.

Was sollte er nun mit ihr tun da im Wald? Seine Möglichkeiten, ja seine Zeit war hier begrenzt. Er schaffte es gerade noch, mit kreuzförmigen Schnitten auf ihren Wangen etwas Verwirrung zu stiften, und wollte sie dann endgültig von ihrem Fortpflanzungswunsch befreien. Das war ihm wichtig. Doch den Bauchschnitt konnte er nicht mehr ausführen, da er ein entferntes Bellen hörte und lieber das Weite suchte. Die Klinge warf er auf dem Weg zum Wagen davon. Wie konnte sie es auch wagen, mehr von ihm zu fordern, als er zu geben bereit war? Sie hätte seinen Schwanz jederzeit weiterhin haben können, aber nicht seine Gene. Sie war eine Nutte gewesen. Das hätte sie bleiben sollen.

Diese hier, die nun vor ihm auf dem Tisch lag, hatte im Grunde denselben Fehler gemacht. Sie hatte sich auch in ihn verliebt. Doch diesmal war er schlauer vorgegangen. Er hatte sie eingeladen, verwöhnt und dann in einem seligen Moment, als sie nichts Böses dachte, bewusstlos geschlagen, damit er sie in das alte Gebäude tragen konnte. In die verlassene Schlachterei auf dem elterlichen Grundstück, wo er seiner Lust nachging, sie innerlich zu reinigen von Blut und der Quelle zukünftigen Lebens.

Wolf und Peter hatten sich den alten Fall von Silke Everding aus dem Archiv bringen lassen. Sie hatte unter dem Namen „Mathilda“ als Prostituierte gearbeitet. Die beiden Kommissare erinnerten sich noch gut daran, wie sie deren Wohnung damals inspiziert hatten. Ein Bereich war orientalisch-üppig gewesen, ein anderer hatte zu sadomasochistischen Sexspielen eingeladen.

„Meinst du, es hat einen Sinn, diese Svetlana Meier noch mal zu befragen, du weißt schon, diese Freundin der Toten?“, fragte Peter.

„Ich glaube nicht, aber wir sollten es trotzdem tun. Sie wusste schon damals gar nichts. Ich erinnere mich an ein zähes Gespräch ohne Nährwert. Wir sollten auch mit diesem Freier sprechen, dessen Computer wir damals untersucht haben. Möglicherweise ergeben sich durch den neuen Fall andere Gesichtspunkte“, gab Wolf Hetzer zu bedenken.

„Diese Fotos sind immer noch ganz schön krass, findest du nicht auch?“ Peter runzelte die Stirn.

„Ja, dieser Halsschnitt war so massiv“, antwortete Wolf, „ich erinnere mich noch daran, wie Nadja gesagte hat, dass derjenige nicht zum ersten Mal so vorgegangen sein konnte. Sonst hätte es mehrere Schnitte gegeben. Nur wer genau weiß, welchen Druck er ausüben muss, kommt mit einer Schnittführung aus. Sonst hätten wir etliche Fehlversuche in Form von unterschiedlich tiefen Wunden gehabt.“

„Du meinst wirklich, dass diese Silke nicht sein erstes Opfer gewesen ist?“ wollte Peter wissen.

„Es sieht so aus, oder er hat woanders geübt!“, sagte Wolf mit einem schiefen Lächeln.

„Klar“, erwiderte Peter, „wahrscheinlich bei Nadja in der Rechtsmedizin oder beim Bestatter. Die Leichen sagen ja dann auch nichts mehr dazu, und man kann nachsehen, ob man alle Leitungen gut erwischt hat.“

„Peter, du bist mal wieder unbeschreiblich ekelig. Auf was für Ideen du kommst. Du brauchst dringend eine Frau, damit das aufhört.“

„Danke für den guten Rat. Den gibt mir ja der Richtige. Wie war das noch mit Moni? Wo ist sie gleich noch?“, legte Peter den Finger in Hetzers Wunde.

„Auf Teneriffa, und da werde ich bald hinfliegen“, sagte Wolf.

„Vorerst wohl nicht“, wandte Peter ein und zerstörte den wohligen Gedanken, „ wenn ich an die Ermittlungen denke, könnte ich mir vorstellen, dass sie uns ganz schön in Atem halten werden. Vergiss also deine Pläne.“

Mit einem bösen Blick sagte Wolf: „ Lass mal gut sein, wir werden sehen. Jetzt packen wir die Unterlagen ein und fahren zu Ulf und Bernhard. Ich denke, es wird gut sein, eine zentrale Anlaufstelle zu haben. Die ganze Sache ist mir so durch den Kopf gegangen, und ich glaube wirklich, dass die Fälle zusammenhängen. Für mich ist es also keine Frage mehr ob, sondern vielmehr warum. Ich möchte begreifen, was dahintersteckt und wie man ihn packen kann.“

Der letzte Tag des Jahres 1985 war ein herrlich sonniger und schneebedeckter. Für Rieke begann er dennoch mit sehr gemischten Gedanken. Sie fühlte sich aus ihrer eigenen Wohnung herauskomplimentiert.

„Ich komme sowieso mit ihr!“, hatte er gesagt, „ganz gleich, ob du da bist oder nicht. Wenn du Sarah nicht begegnen willst, dann sieh zu, dass du weg bist, wenn wir kommen.“

Was hatte Rieke also für eine andere Möglichkeit, als aus den eigenen vier Wänden zu flüchten? Mit einer Bekannten und deren Freund zog sie später am Abend los. Ihre Sachen zum Übernachten hatte sie zuvor schon in die WG gebracht. Sie konnte das Bett von Wiebke nehmen. Wiebke würde nebenan schlafen und sich die Nacht mit Freund und Hund und Schlange teilen.

Zuerst hatte sie es für einen Scherz gehalten. Aber tatsächlich lag hinter dem Bett längs an der Wand eine riesengroße Würgeschlange und verdaute auf einer Länge von vier Metern. Die Haut, die sie vor einiger Zeit einmal abgestreift hatte, hing als Deko an der Wand. Rieke wurde etwas mulmig. Sie war froh, dass das Nachbarzimmer eine Tür hatte. Der Hund war zwar groß, aber freundlich. Wiebke hatte ihr einmal erzählt, dass er durchaus Interesse an ihrem Körper hatte, wenn sie das Bett miteinander teilten, aber sie verdrängte den Gedanken wieder.

Gegen zweiundzwanzig Uhr zogen sie los durch die Gassen und Straßen von Hannover. Sie ließen sich von Kneipe zu Kneipe treiben und strandeten schließlich zufällig in einer, die von einem Pärchen bewirtschaftet wurde, das sie aus Bückeburg kannte. In Gedanken an die ehemalige Residenzstadt floss so mancher Tropfen die Kehlen hinunter. Dies führte dazu, dass der Abend nicht ohne gebeutelten Magen zu Ende ging, aber Rieke hatte allen Grund, diesen Jahreswechsel in Selbstmitleid zu ertränken. Vielleicht wäre sie vorsichtiger gewesen, wenn sie gewusst hätte, wie widerlich die Toiletten der Wohngemeinschaft waren, die sie später benutzen musste.

Auch in dem klammen Zimmer hielt sie es kaum aus. Sie wusste hinterher nicht mehr, wie sie die Zeit herumbekommen hatte. Gegen Mittag floh sie aus Wiebkes Wohngemeinschaft in ein Zuhause, das nunmehr durch die Anwesenheit der Nachfolgerin entweiht worden war. Sie schmiss sich aufs Bett und weinte sich in den Schlaf. Ihr letzter Gedanke war, dass sie am vierten Januar endlich ihren Eltern sagen musste, dass diese junge Ehe bereits Geschichte war.

Auch er hatte bessere Zeiten gesehen. Heute war es für ihn unvorstellbar, wie unterschiedlich so ein Leben sein konnte. Vor allem das seine. In guten Jahren hatte er weit über zwanzigtausend Mark im Monat verdient und ein luxuriöses Leben geführt. Auf viele Reisen in die unterschiedlichsten Länder konnte er zurückblicken. Die Landkarte hinter seinem Schreibtisch war mit lauter Nadeln verziert. Für jede Reiseroute hatte er eine andere Farbe gewählt. Man konnte sagen, dass die Karte von Mitteleuropa und Afrika bunt verziert war.

Er war es auch gewohnt gewesen, in Antiquitäten zu leben. Wer ihn früher besuchte, konnte den Eindruck gewinnen, in ein anderes Jahrhundert eingetaucht zu sein. Edle Nussbaumhölzer fügten sich in seidene Teppichlandschaften ein, als ob sie genau dafür geschreinert worden waren. In einem anderen Raum wartete ein Kirschbaumklavier zwischen zwei Kandelabern auf die Hände des Meisters. Und er war ein Meister, nicht nur auf dem Klavier, sondern ebenfalls auf der großen Kirchenorgel, die der Stadtkirche in Bückeburg ihren besonderen Klang verlieh.

Wer ihn spielen hörte, hatte den Eindruck, von etwas Überirdischem berührt zu werden. Doch kaum jemand kam in den Genuss, da er meist nachts und am liebsten unerkannt und heimlich spielte. Es war für ihn ein Segen gewesen, als Pastor Gutzeit ihm den Schlüssel zur Sakristei gegeben hatte. Der Landesbischof war einverstanden gewesen, nachdem er ihn einmal gehört hatte. Die Orgel war jetzt sein einziges Instrument, nachdem er alles verloren hatte, was ihm einmal lieb und teuer gewesen war. Er hütete sie wie einen Schatz und spielte selbst an kalten Wintertagen, wenn die Kirche sich zwischen den Gottesdiensten so weit abkühlte, dass er seinen Atem sehen konnte.

Bückeburger, die noch spät unterwegs waren, wunderten sich über den Zauber des nächtlichen Klangs. Sie hatten allerdings keine Ahnung davon, dass diese Momente des Lichts in der Seele eines Menschen auch ihren abgrundtiefen Schatten in sich trugen.

Der Gedanke an die neuerliche Befragung der Zeugen von damals war für die Kommissare Wolf Hetzer und Peter Kruse lästig. Sie würde sich jedoch nicht verhindern lassen, beschlossen beide übereinstimmend. Peter schlug vor, dass es doch eventuell eine gute Idee sei, wenn die Befragung diesmal von den Bückeburger Kommissaren übernommen werden könnte. Immerhin wollte man ja zusammenarbeiten. Möglicherweise würden sie andere Fragen stellen, oder auf andere Dinge Wert legen.

Auf diese Art und Weise wäre es auch möglich, an neue Erkenntnisse zu kommen.

„Das ist eine sehr gute Idee, Peter!", sagte Wolf Hetzer und lehnte sich in seinem Schreibtischstuhl zurück. „Möglicherweise kommen wir so tatsächlich an Fakten, die uns bisher verborgen geblieben sind. Wenn wir gleich wieder rüberfahren, über den Berg meine ich, dann können wir diesen Punkt mit ansprechen."

„Sie werden schon nichts dagegen haben", erwiderte Peter, „wir müssen uns sowieso aufteilen mit unseren Ermittlungen."

„Wir sollten aber die Lady in Todenmann abholen, wenn wir nach Bückeburg fahren. Sie ist sonst zu lange allein", sagte Wolf mit Nachdruck.

„Tja, Moni fehlt eben an allen Ecken und Enden! Ich hoffe, dass Sie bald wieder zurückkommt, damit dieses Drama endlich ein Ende hat. Es ist ja kaum auszuhalten", grinste Peter vielsagend und erntete dafür einen bösen Blick seines Kollegen.

Hetzer und Kruse schleppten die Akten des Falls vom Vorjahr zum Wagen. Auf andere Dateien konnten die Kommissare Dickmann und Hofmann sowieso zugreifen. Nun ging es also vor allem um eine geschickte Bündelung ihrer gemeinsamen Kräfte, damit sie dem Täter möglichst schnell auf die Spur kommen konnten, bevor weitere Opfer zu beklagen waren.

Auf dem Weg nach Todenmann hingen Hetzer und Kruse ihren Gedanken nach und sprachen wenig. Lady Gaga stand bereits hinter der Tür und wedelte mit dem Schwanz. Sie freute sich, dass sie mitfahren durfte, und sprang mit einem Satz in den Kombi. Dort drehte sie sich zweimal um sich selbst und rollte sich auf der Ladefläche zusammen.

Wolf wollte gerade vom Hof rollen, als sein Handy klingelte.

„Hallo Wolf, wie geht es dir?“, fragte eine vertraute Stimme und ein warmer Strom zog sich durch seinen Körper.

„Moni, schön, dass du dich meldest“, sagte er und hoffte, dass sie spürte, wie sehr er sich freute, „viel wichtiger ist doch, wie es dir geht!“

„Wir sitzen hier bei fünfundzwanzig Grad auf der Terrasse. Die Sonne tut gut und vertreibt die Sorgen so langsam. Ich denke, ich werde bald zurückkommen. Falls du mich also hier noch besuchen möchtest, solltest du das bald tun.“

Hetzer freute sich, wie froh ihre Stimme klang. Er nickte Peter zu, stieg aus dem Wagen und ging ein paar Schritte in Richtung Garten.

„Dann willst du mich also gerne sehen?“ fragte er, nachdem er tief Luft geholt hatte.

„Hast du etwas anderes gedacht?“, gab sie zurück. Auf diese Gegenfrage war er nicht vorbereitet. Ihm wurde heiß und kalt zugleich.

„Vielleicht habe ich es befürchtet“, sagte er, „ du warst so verändert, als du abgereist bist. Ich konnte nicht damit umgehen.“

„Und ich konnte nicht verstehen, dass du am Telefon immer so klangst, als wärst du mehr als diese paar tausend Kilometer von mir entfernt“, erwiderte sie.

„Darüber sprechen wir, wenn wir uns wiedersehen, ja? Aber ich kann dir nicht sagen, ob ich es noch schaffen werde, zu dir nach Teneriffa zu fliegen. Wir haben heute eine Frauenleiche gefunden, die Parallelen zur Toten von der Frankenburg aufweist. Und es gibt mindestens noch eine weitere Leiche, von der wir noch nicht wissen, wann oder wo wir sie entdecken werden. Ich kann hier jetzt absolut nicht weg, so gerne ich auch möchte. Verstehst du das?“

„Natürlich verstehe ich das. Eine Frage nur, würdest du kommen, wenn es möglich wäre?“ Monis Stimme klang ein wenig dünn.

„Ich habe sogar schon nach Flügen geschaut. Mensch, Moni, hast du vergessen, was ich dir gesagt habe? Damals, bei mir in der Küche? Glaubst du das ändert sich, nur weil du eine Zeit für dich sein musstest? Du solltest mich besser kennen.“ Wolf Hetzer seufzte.

„Nein, das habe ich nicht vergessen. Die Angst hat mich verändert. Es tut mir leid. Ich muss mich wiederfinden und wissen, welches der richtige Weg für mich ist“, sagte sie leise.

„Der mit mir, Moni!“ Hetzer sagte diese Worte liebevoll und mit Nachdruck, doch die Angst, dass sie das anders empfinden könnte, schmerzte ihn.

„Gib mir noch ein bisschen Zeit!", bat sie.

„Alle Zeit der Welt, aber komm bitte bald zurück. Du fehlst mir - auch als Freund, weißt du. Ich fühle mich nicht gut, ohne dich", sagte Wolf wehmütig.

„Tschüss Wolf und alles Gute für eure Ermittlungen. Grüße Peter und die Lady von mir. Ich hoffe, dass ihr schnell herausfinden werdet, wer hinter den Morden steckt."

„Danke, Moni, bis bald!" Hetzer legte auf und ging zum Wagen zurück. Ihm tat das Herz weh, so sehr vermisste er sie.

Peter sah ihn fragend an, als er wieder einstieg, doch Wolf schüttelte den Kopf und sagte: „Sie weiß noch nicht genau, wann sie zurückkommt, aber ich soll dich grüßen."

„Und wie geht es dir dabei?", fragte Kruse.

Hetzer verzog das Gesicht zu einem schiefen Grinsen und erwiderte: „Wenn du es genau wissen willst: Schlecht! Vor allem, weil ich jetzt auch nicht hinfliegen kann."

Peter nickte und schwieg. Es war gut, manche Themen nicht zu sehr zu vertiefen.

Er fand, dass er es jetzt schon viel besser machte. Wo er früher noch eine dicke Nadel mit Katzendarm verwandt hatte, war er längst auf chirurgisches Nahtmaterial umgestiegen. Doch ihre Körper sahen immer noch so zusammengeflickt aus. Das hatte ihn gestört, auch wenn die Fäden, die er jetzt verwandte, so dünn waren, dass man sie kaum noch sah. Er wusste, dass sie da waren. Kleine, feine Stiche mit 5x0-Nahtmaterial waren immer noch sichtbar. 6x0 konnte er nicht verwenden, weil die Nadel zu dünn war. Sie ließ sich kaum durch die Bauchhaut treiben. Die war dick und derb.

Doch kürzlich war er – mehr oder weniger zufällig – auf eine Idee gekommen, als er einen Artikel im Ärzteblatt über die Verwendung von Hautklebern las.

Das war es! So ließen sich die Wundränder, wenn er es geschickt anstellte, nahezu unmerklich wieder zu einem Ganzen zusammenfügen.

So liebte er sie: Nackt, von all dem ekligen Blut gereinigt und ihren Fortpflanzungsorganen befreit, doch dann wieder so hergestellt, als ob nie etwas geschehen war. Fast wirkte sie unversehrt. Nur er wusste, dass sie nun für ihn bereit war. Willig und bereit ihn aufzunehmen in einem finalen Akt.

Er spürte, wie ihn die Vorstellung zu erregen begann.

Die erste Ehe von Rieke war eine Farce gewesen, ein schlechter Witz, den sie sich hätte sparen können. Das wenigstens dachte sie später darüber.

Aber das Leben hatte eben so und nicht anders seinen Lauf genommen. Die Entscheidungen waren im jeweiligen Moment die richtigen gewesen. Es gab auch keine anderen. Im Grunde hatte sie genau diese Vergangenheit zu dem Menschen gemacht, der sie heute war.

Vor diesem Hintergrund war auch ihre zweite Ehe eine notwendige Entwicklung auf ihrem Weg gewesen.

Es hatte damals vielversprechend begonnen mit Detlef und endete nach achtzehn Jahren mit der Erkenntnis, dass Geld nicht alles ist, was das Leben ausmacht. Wo die Nähe und Geborgenheit fehlen oder der feste Wille zur Gemeinsamkeit auf einer Seite nicht vorhanden ist, stellt sich eine Leere ein, die durch nichts zu überbrücken ist.

Sie musste sich hinterher fragen, ob er sie überhaupt jemals geliebt hatte oder ob er nur ein Bild von ihr, ein Idealbild, im Kopf gehabt hatte, dem sie später nie genügen konnte.

Die junge Ehe war noch glücklich gewesen. Die Verantwortung war klein, die beide füreinander übernommen hatten. Im Grunde war jeder noch sein eigener Herr, hatte selbstverdientes Geld und war nicht abhängig vom anderen. Als das erste Kind geboren wurde, schien beider Glück perfekt zu sein. Ein wonniger Sohn war da zur Welt gekommen, der bald durchschlief und auch sonst nur Freude machte.

Der Zufall und eine kleine Zyklusverschiebung machten es möglich, dass sich schon sehr bald eine zweite Schwangerschaft einstellte. Jetzt wurden die Tage anstrengender, auch weil Rieke sich schonen musste. Nur mit medizinischen Hilfsmitteln gelang es, die Tochter bis zum Schluss im Bauch zu behalten. Und auch die Geburt wollte nicht so einfach vonstatten gehen. Die Kleine lag falsch herum. So war es notwendig, sie mittels Kaiserschnitt auf die Welt zu holen. Zu diesem Zeitpunkt hatte sich Detlef bereits versetzen lassen. Rieke blieb mit Säugling und Kleinkind allein zurück. Im Nachhinein wusste sie nicht mehr, wie sie es geschafft hatte, vierundzwanzig Stunden am Tag präsent zu sein. Während sie die Tochter stillte, fütterte sie gleichzeitig ihren einjährigen Sohn und manchmal aß sie dabei selbst ein paar Bissen mit. Die Nächte waren teilweise durchwacht oder unruhig.

Als ein halbes Jahr nach Lenas Geburt die Aussicht bestand, dass sie wieder zusammenziehen konnten, war Rieke nur noch ein Schatten ihrer selbst. Detlef hatte sich unterdessen an ein gemütliches Singledasein gewöhnt. Und so blieb das Verhältnis der beiden auch, Rieke sorgte sich um Detlef und die Kinder – er kümmerte sich um sich.

Schon während der Münchener Zeit hatte sich Rieke gelegentlich überlegt, Detlef mit den Kindern zu verlassen und wieder ins Weserbergland zu ziehen. Dort lebte ihre Familie noch. Aber sie war kein Mensch, der ein einmal geleistetes Versprechen schnell brach oder die Verantwortung wegschob. Sie fühlte sich verantwortlich für ihren Detlef, auch wenn er sie kaum beachtete und während seiner Promotion keine Zeit für die Familie aufbringen konnte. Später, dachte sie, später würde er für sie alle da sein. Das war ihr Ziel. Ein Später in geborgener Gemeinsamkeit, dafür würde sie das Jetzt in Kauf nehmen.

Allein das Später kam nie. Es kam ein Danach und weitere Sprossen auf der Karriereleiter, die gemeistert werden wollten. Irgendwann erkannte sie, dass weder sie noch die Kinder jemals eine wesentliche Rolle im Leben ihres Mannes spielen würden. Das war der Zeitpunkt der drohenden Resignation. Doch sie sträubte sich noch, alles hinzuwerfen und neu für sich und die Kinder zu beginnen. Was würde aus dem gemeinsamen Haus werden? Wie würden es die Kinder verkraften, wenn ihr Vater nun gar nicht mehr kam? Konnte sie nach fünfzehn Jahren wieder Arbeit finden, um ihre kleine Familie zu ernähren?

Die Hürde, einen völlig neuen Lebensweg zu gehen, schien zu groß zu sein. Zu viele Unwägbarkeiten schreckten sie ab.

Ganze vier Jahre brauchte sie schließlich, bis es nicht mehr auszuhalten war, bis ihr Innerstes völlig leer war, weil er ihrer Seele nichts gab oder geben konnte. Was er für Liebe hielt, war eine funktionierende Gewohnheit geworden, die ihm wirklich fehlte, als Rieke sich von ihm trennte. Er litt drei Wochen lang, bis er bei seiner neuen Freundin einzog.

Rieke war wund und empfänglich für die geringste Art von Zuwendung. Aus ihr schrie alles nach Liebe. Das machte sie zu einem leichten Opfer für jemanden, der eine Zuflucht brauchte und sich ins gemachte Nest setzen wollte.

Er war es gewohnt, die zweite Geige zu spielen. Nicht nur im Orchester, sondern auch im Leben. Immer war er einen Hauch zu spät gewesen, wenn es darum ging, sich beruflich zu verbessern oder eine attraktive Frau zum Essen einzuladen. Auch optisch war er kein Mensch, der anderen sofort auffiel. Er war nicht hässlich, aber auch nicht im klassischen Sinne schön und haderte jeden Morgen mit seinem Äußeren.

Doch wenn er seine Violine in der Hand hielt, war er ein anderer Mensch. Vor allem, wenn er allein war. Dann fielen all diese Nebensächlichkeiten von ihm ab. Er verschmolz mit seinem Instrument und entlockte den Saiten alles, was sie zu bieten hatten. Hätte er zur Miete gewohnt, wäre es ihm nicht möglich gewesen, so intensiv zu üben, aber er war stolzer Besitzer eines kleinen Häuschens am Harrl, das ihm seine Verwandten vermacht hatten. Dieser Umstand gab ihm jeglichen Freiraum, seine Musik auszuleben und immer wieder aufs Neue in sie einzutauchen, um dort vor der Realität zu verschwinden. Seine Tage jenseits der Orchesterproben oder Auftritte waren trist. Das Leben hatte ihn zu einem introvertierten Eigenbrötler gemacht.

Es gab nur wenige Momente, in denen er auflebte, ohne dass es jemand bemerkte oder er seine Violine in der Hand hielt. Das waren die Augenblicke, in denen Rieke sang. Da schloss er im Geiste die Augen und wünschte sich nichts sehnlicher als sie an seiner Seite. Doch niemals hätte er es gewagt, sie anzusprechen. Wenigstens glaubte er das von sich.

Sie war blass, ihre Haut war fast durchscheinend und ließ kleine, blaue Adern in Gesicht und Hals klar erkennen. Mit ihrer Gesundheit stand es nicht zum Besten. Zahlreiche Infektionen warfen sie in der Entwicklung zurück. Erst mit eindreiviertel Jahren konnte sie laufen und noch ein Jahr später brauchte sie endlich auch keine Windeln mehr. Aber es war ein herziges Kind. Trotz allem ein munteres, fröhliches Mädchen, das auch gut allein spielen konnte und sich selbst genug war.

Die entnommenen Organe nummerierte er sorgfältig. Er wollte nicht durcheinanderkommen. Dann fror er sie ein. Dieses letzte hier war ungewöhnlich groß gewesen. In Gedanken öffnete er die Truhe und legte es zu den anderen. Einige lagen schon länger hier. Er ging nicht immer nach der Reihe vor, nein, er suchte das passende Organ für die Frau aus, die er vor sich hatte. Die Kleine auf seinem Tisch hatte ein zierlicheres verdient, fand er. Aber das würde er später entscheiden. Zuerst wollte er sehen, wie sie sich ihm öffnete, wie es mit ihr sein würde, und diesen Moment musste er zelebrieren. Er freute sich schon auf das Untergehen der Sonne. Bis dahin war alles bereit. Kerzen würden überall für eine gemütlich erotische Stimmung sorgen. Im CD-Spieler lag Mahlers Auferstehungs-Sinfonie - ein passendes Werk, wie er fand. Ja, sie würde in diesem Moment wieder auferstehen unter ihm. Er allein hatte die Macht, sie ein letztes Mal mit Leben zu füllen. Den Ursprung allen Seins würde er mit seinem Samen ihn ihren Leib spritzen. Leben und Tod in einem Moment vereint, bevor alles verklang, seine Lust, Mahlers Zweite und auch der Körper, der mit jeder Stunde nachlassen würde. Er wollte diesen verblühenden Leib auf einem der großen Grabsteine des Jetenburger Friedhofs drapieren zu nächtlicher Stunde.

Jeder hing seinen Gedanken nach. Wolf Hetzer dachte an Moni, Peter Kruse an seine beiden Favoritinnen Nadja und Anna und Lady Gaga an einen Ochsenziemer, denn der Geruch eines von ihr bereits verspeisten hing immer noch im Teppich des Kombibodens. Sie sprachen wenig und schwiegen dann ganz. Mit den meisten Menschen wäre das ein Problem gewesen, aber Hetzer und Kruse kannten sich so lange, sie mussten nichts sagen, um sich zu verstehen.

Als sie in Bückeburg ankamen, nahmen sie die Akten unter den Arm. Lady Gaga folgte den beiden Kommissaren die Treppe hinauf. Man hatte sie schon erwartet. Schichtführer Kunze drückte auf den Türöffner und strahlte über das ganze Gesicht.

„Schön, euch mal wieder hierzuhaben!"

„Ist doch noch gar nicht so lange her", antwortete Wolf mit ebenfalls einem Lächeln.

„Demnächst ist das doch sowieso alles eins", brummte Peter und rieb sich das Kinn, „die werden aus Kostengründen bestimmt einige Dienststellen schließen und uns zusammenlegen. Wir arbeiten also einfach schon mal vor."

„So kann man es natürlich auch sehen!", stimmte Kunze zu und nickte dabei.

„Sind Ulf und Bernhard schon im Besprechungszimmer?", fragte Wolf.

„Ich glaube schon, geht einfach mal gucken", sagte Kunze, „ihr kennt euch ja aus."

Es war erstaunlich, was ein Mensch ertragen konnte. Leander Winterstein hatte den Glauben an die Liebe nie verloren. Er hoffte, dass sie sich auch in seiner Ehe wieder einfinden würde, auch wenn er nicht wusste, ob sie bei ihr jemals vorhanden gewesen war. Er war mit all dem Gefühl, das er zu geben vermochte, in diese Beziehung hineingegangen, hatte alles für diese Frau getan. Alles was er ihr zu geben vermochte, hatte sie willig angenommen, aber eine innere Leere blieb. Es kam nichts zurück. Sicher, sie hatten ein gutes Miteinander gehabt in der Anfangszeit. Etwas anderes zu behaupten wäre unfair gewesen. Trotzdem kam bei ihm nichts an. Sie sandte nichts aus. Ihre Ehe war ein angenehmer Rahmen, der an der Wand hing, aber es war kein Bild darin. Das Bild, das man Gemeinsamkeit oder Zweisamkeit nannte, das Einssein zweier Personen, die sich zusammengefunden hatten, es fehlte. Es entstand auch nicht. Er selbst konnte es allein für sich nicht zeichnen. Der Wunsch aber blieb. Außenstehende nahmen ein abstraktes Bild wahr, das sie nicht deuten konnten. Leander wusste, dass er nur eine Ansammlung unzusammenhängender Striche vor sich hatte.

Es war ein Leichtes für ihn gewesen, sich in seine Arbeit zu flüchten. Zu Hause vergrub er sich in Partituren oder unter Kopfhörern. Sie vertrug klassische Musik nicht und zeterte herum, wenn er einmal vergaß, dass er auf dem E-Piano spielen sollte und nicht mehr auf dem Klavier, das so viel schöner klang und ihm etwas bedeutete, weil er es von seinem Vater geerbt hatte.

Nun war das Kirschbaumklavier zu einem schönen Möbel degradiert worden. Man hatte ihm die Möglichkeit genommen, eine Ohrenweide zu sein. Wann immer sie fort war - und das war leider selten der Fall - öffnete er den Deckel der Tatstatur und strich mit den Fingern über das Elfenbein. Er atmete tief durch, setzte sich auf den Klavierhocker und schlug die ersten Tasten an. Es dauerte nicht lange, da war er ganz von der Musik ergriffen, wie in einem Rausch. Sie war in ihm. Er erlebte sie losgelöst von seinen Händen, als ob er sie selbst nicht spielte, sondern jemand anders. Irgendwann wachte er auf, erschrak fast vor sich selbst und beendete das Spiel wie ein Junge, der heimlich etwas Verbotenes getan hatte.

Die Abendsonne senkte sich. Sie leuchtete einen Moment lang warm durch die Fenster des alten Schlachthauses und legte sich auf den Körper der toten Frau. Mit einem Mal schien er wie verwandelt, so lieblich und voll des Lebens, das aus ihm gewichen war.

Das Licht im Raum reichte längst nicht mehr aus, um jedes kleinste Detail erkennen zu können. Konturen fügten sich weich in die Härte aus Stahl und Fliesen. Die Kerzen, die er aufgestellt und nun entzündet hatte, setzten das Schauspiel fort in einem nächsten Akt, als die Sonne untergegangen war. Sie trugen etwas von ihrer Zartheit in sich und waren dennoch so flüchtig. Mit jedem Hauch zuckten sie und leckten ihr Licht erregt über den Leib, der jetzt ihm gehören würde.

Lebendig hätte sie ihn nie zu sich gelassen, dachte er bei sich und streichelte sie. Er hatte ihnen beiden mit ihrem Tod einen Moment der Ruhe geschenkt. Einen Augenblick des sich Besinnens und des sich Vertiefens.

Vorsichtig fuhr er mit den Fingern über ihre kalte Haut. Sie würde nie erfahren, wie wunderschön sie war an diesem Abend. Die blauen Papiervlieslagen harmonierten gut mit ihrem Haar. Sie lag darauf wie ein Engel. Er ließ den Bademantel von seinen Schultern gleiten. Darunter war er nackt und bereit. Es war ganz leicht, ihre Schenkel zu spreizen und in sie einzudringen. Auch wenn er sich vorgenommen hatte, sich viel Zeit zu lassen, gelang ihm dies nicht. Seine Lust war zu groß, um noch kontrollierbar zu sein. Er entlud seinen Samen in ihren Schoß, und weil es dort noch nicht ganz kalt war, überlebten etliche Zellen eine Zeit lang, bis sie durch die zunehmende Kühle oder die veränderten chemischen Prozesse ebenfalls den Weg alles Irdischen gingen und aufhörten zu zucken. So wie er zum Ende seines Orgasmus' oder die Kerzen, die mit einem letzten Aufbäumen verloschen.

Das Kommissaren-Quartett hatte ebenfalls zusammengesessen, bis die Sonne untergegangen war. Es war ihnen gelungen, alle vorhandenen Fakten zusammenzutragen und einen gleichen gemeinsamen Wissensstand zu erlangen.

Im Besprechungszimmer hatten sie eine Wand mit Bildern und Zeichnungen zum Tathergang erstellt und sich auf den Namen MoKo „Mathilda" geeinigt, da sie nach den Gesprächen der letzten Stunden davon ausgingen, dass die beiden Fälle wirklich zusammenhingen. Von dem Namen „Jack" rückten sie ab. Er war ihnen zu reißerisch.

Bernhard Dickmann und Ulf Hofmann hatten sich bereit erklärt, die Zeugen vom Vorjahr noch einmal zu vernehmen. Sie fanden, dass es sinnvoll sei, sich selbst ein Bild zu machen.

Wolf Hetzer schob eben die leere Schale seiner Pommes frites zur Seite, als sein Handy klingelte.

„Hallo Wolf, ich hatte doch versprochen, mich noch zu melden."

„Danke, Nadja, das passt auch ganz gut, Peter und ich sitzen noch mit Bernhard und Ulf zusammen. Ich mache mal den Lautsprecher an", sagte Wolf.

„Schön, da wäre ich jetzt auch gerne mit dabei, aber ich stecke immer noch in diesem bespritzten grünen Kittel, und der Magen hängt mir auf den Schuhen", stöhnte sie. „Wenn ich nicht bald etwas esse, kippe ich um. Ich bin total unterzuckert."

Hetzer schob die Bilder zur Seite, die sich ihm bei Nadjas Worten aufdrängten.

„Hol dir doch schnell irgendwo was!“, rief Peter von hinten. „Wir hatten leckere Currywurst/Pommes.“

Nadja ignorierte den Einwurf und steckte sich ein Stück Traubenzucker, den sie für alle Fälle immer irgendwo liegen hatte, in den Mund.

„Schon gut“, sagte sie, „nun zu den Neuigkeiten. Es ist tatsächlich so, dass die Organe, also Gebärmutter und Eierstöcke, nicht von der Frau stammen, die dort am Pranger hing. Das war uns schon klar, nachdem die Blutgruppe nicht übereinstimmte, aber der genetische Abgleich ergab ebenfalls, dass wir es hier mit zwei Frauen zu tun haben - zwei, denen die Organe fehlen, eine andere, die welche zu viel hat, die ihr nicht gehören, ihr aber zu Füßen lagen. Die Frage ist, wo sind die Eingeweide unserer Frau aus Petzen und wo ist die Frau, deren Organe wir gefunden haben? Sie muss übrigens nicht gerade jetzt umgebracht worden sein. Das kann auch schon länger her sein.“

„Ich verstehe nicht ...“, sagte Bernhard Dickmann, „das Gewebe sah doch noch ganz frisch aus.“

„Tja, in den Zeiten moderner Haushalte haben auch Mörder ganz andere Möglichkeiten. Ich kann mit Sicherheit sagen, dass diese Organe eingefroren waren. Und das wahrscheinlich schon eine ganze Zeit, denn ich habe Spuren von Gefrierbrand gefunden.“

Ulf verzog das Gesicht und fragte: „Hast du schon einen Abgleich mit der Datenbank gemacht? Deinen Worten entnehme ich, dass wir zu diesen Eingeweiden keine Vermisste haben?“

„So ist es!“, erwiderte Nadja. „Völlig unbefleckt die Dame.“

„Die kann natürlich überall sein, verwest oder eingefroren oder verbrannt oder sonst irgendwas“, gab Peter zu bedenken.

„Sicher", antwortete Nadja, „ich kann euch nur sagen, dass sie ganz bestimmt tot ist, aber das ist doch auch schon mal was."

„Wieso kannst du dir da so sicher sein?", fragte Bernhard.

„Du kannst erkennen, ob etwas aus totem Gewebe heraus entfernt worden ist oder aus lebendigem", erklärte Nadja.

„Gibt es irgendetwas", fragte Wolf, „das uns weiterhilft, die Tote zu finden?"

„Oh ja", Nadja grinste übers ganze Gesicht, was niemand sehen konnte, „das gibt es allerdings!"

„Und?", fragte Peter süffisant, „verrätst du es uns auch?"

„Na klar verrate ich euch das, auch wenn ihr eure Pommes ohne mich gegessen habt und mich hier auf meinem Traubenzucker sitzen lasst. Ihr sucht einfach nach einer Brünetten, die sich hat wasserstoffblond einfärben lassen und die noch nie geboren hat. Das genaue Alter kann ich euch natürlich nicht sagen, aber anhand des Gewebes schätze ich sie auf ungefähr dreißig Jahre, plus/minus fünf Jahre. Und nun das vielleicht Wichtigste, ihr war ein Stück vom Muttermund entfernt worden. Möglicherweise war dort eine Vorstufe von Krebs gefunden worden oder sie hatte bereits veränderte Zellen. Es wäre also ratsam, die Krebsdatenbank zu durchforsten. Vielleicht existieren noch histologische Schnitte anhand derer sich die DNA abgleichen ließe."

Peter stöhnte.

„Wer war das?", fragte Nadja.

„Na wer schon, Peter!", sagte Wolf und lachte. „Er sieht Arbeit auf sich zukommen."

„Ah ja, gut, es wäre nett, wenn ihr mich in den nächsten Tagen mit euren Leichen in Ruhe lassen könntet. Ich habe noch ganz gut zu tun, meine Fächer sind voll."

„Wird denn hier so oft unklar gestorben?", wollte Ulf wissen.

„Das nicht, aber mittlerweile bekomme ich die Leichen des gesamten Landkreises auf den Tisch und manchmal sogar welche von außerhalb", sagte Nadja stolz.

„Toll!", rief Peter bewundernd, aber Nadja wusste nicht genau, ob er das ernst meinte.

„Das wäre dann alles!", sagte sie mit einem misstrauischen Unterton.

„Danke, Nadja, du bist wie immer ein Ass auf deinem Gebiet", freute sich Hetzer und legte auf. Lady Gaga gähnte neben ihm.

Da erst fiel ihm auf, dass er selbst auch Schlaf gebrauchen konnte.

„Na, dann werden wir morgen mal die Kartei durchsuchen. Peter, du übernimmst die Krebsdatenbank. Das wolltest du doch, oder?"

Peter zog eine Grimasse und erhob sich zeitgleich mit Hetzers Schäferhündin.

Wolf Hetzer war froh, dass dieser Tag zu Ende war. Es störte ihn nicht, viel zu arbeiten. Die Situation mit Moni raubte ihm die Kraft. Vor allem jetzt, wo er keine Möglichkeit sah, zu ihr zu fliegen. Im Flur streifte er seine Schuhe von den Füßen und stieg in die Pantoffeln. Gaga sah ihn erwartungsvoll an.

„Ja, mein Mädchen, du kriegst gleich dein Futter!", sagte er und tätschelte ihren Kopf. „Wir gehen auch noch ein Ründchen in den Wald, versprochen."

Wolf überlegte, ob er seinen Kaminofen noch anmachen oder ob er sich danach gleich ins Bett legen sollte. Die Kater schliefen wie gewöhnlich auf seiner Chaiselongue in trauter Eintracht. Sie waren sich selbst genug und brauchten ihn nicht.

Er seufzte, zog seine Waldschuhe an während Gaga fraß und ging dann mit ihr in Richtung Frankenburg. Das war eigentlich mehr ein Zufall, oder die Gedanken der Gespräche leiteten ihn dorthin, wo vor rund einem Jahr „Mathilda" mit den besonderen Augen gefunden worden war. Sie war sogar noch als Leiche schön gewesen.

Das Gelände war wie immer. Nichts deutete mehr auf den Vorfall hin, bei dem die junge Frau ihr Leben gelassen hatte.

„Wie schnell so etwas vergeht", dachte er bei sich. Nicht nur das Leben, sondern auch der Gedanke daran. Das Blut war längst vom Regen davongewaschen worden. Es fand sich kein Abdruck mehr von Mathilda im Jetzt, nur eine vage Spur im Leben derer, die auf irgendeine Weise von ihr berührt worden waren, so wie er selbst oder seine Kollegen.

Lady Gaga schnupperte an den Grundmauern der alten Burg. Man konnte nicht mehr viel erkennen, nur der Grundriss der kleinen Kapelle war noch gut auszumachen. Plötzlich hatte er eine vage Idee. Sie ließ sich noch nicht richtig fassen. Er wusste aber, dass sie wichtig war.

In Zukunft würde er immer so vorgehen. Er würde sie bewusstlos schlagen und erst hier in der alten Schlachterei ausbluten lassen. Früher war er zu ungestüm gewesen. Die Rothaarige hatte er mitten im Wald mit einem rigorosen Schnitt vom Leben zum Tod befördert. Er hatte dies mehrfach an Tieren ausprobiert, bevor er sich die erste Frau vorgenommen hatte.

Die Nachbarskatze, dieses räudige Vieh, war sein Versuchsopfer gewesen. Im Nackenfell hatte er sie gepackt und in die Luft gehalten. Das Tier kreischte damals vor Angst. Er setzte sein Messer an. Dann war plötzlich alles vorbei, nur ein letztes Röcheln unter glasigen Augen und das schwächer werdende Pulsieren des Blutes, das zunächst wie eine kleine Fontäne aus dem Halsschnitt sprudelte. Die Katze zuckte noch eine Weile, dann war Ruhe. Er warf den Kadaver fort. Eine Erkenntnis hatte er gewonnen. Selbst so ein kleiner Hals war robuster, als er gedacht hatte. Beim nächsten Mal würde er beim Schneiden mehr Druck ausüben müssen.

Sie war so blass geblieben und zurückhaltend. Auch im Kindergarten und selbst jetzt in der Grundschule stand sie am Rand. Nicht nur bildlich, sondern auch in sich selbst. Sie sah zu. Sie nahm anders Anteil am Geschehen, so als ob sie immer nur von Ferne beobachtete und nicht wirklich beteiligt war. Da war eine innere Distanz zu sich selbst.

Hinzu kam, dass sie sich schlecht konzentrieren konnte. Zwar hörte sie im Unterricht gerne zu, schweifte aber oft in ihre eigene Welt ab und war dann in ganz anderen Sphären. Die Mitschüler verstanden das Mädchen nicht. Sie konnten nichts mit ihr anfangen.

Der allergrößte Wunsch, den Rieke in ihrem Leben hatte, schien sich nicht erfüllen zu wollen. Es war die Liebe, die sie sich wünschte. Die wahre Liebe, das so wichtige Miteinander, wo jeder für den anderen einstand, wo man sich ergänzte. Sie sehnte sich nach diesem einen unverbrüchlichen Zustand. Aber für sie trat er nicht ein. Das dachte sie wenigstens damals, bis sie Frank auf einer Veranstaltung der Musikschule kennenlernte. Er war hingerissen von ihrer Stimme. Lange habe er keinen so klaren Sopran mehr gehört, sagte er ihr in der Pause und verneigte sich vor ihr. Ob er sie denn einmal anrufen dürfe, er habe da eine Idee. Sie nickte ergriffen. Die Aufmerksamkeit tat ihr gut nach dem jahrelangen Entzug von Liebe und Zärtlichkeit. Sie war waidwund und blutete aus allen Poren. Später war sie davon überzeugt, dass sie diesen Tag verfluchen sollte.

Frank Habichthorst hatte sich als Klavierlehrer der Musikschule einen Namen gemacht. Sie erinnerte sich noch, dass sie damals ihre Tochter zum Unterricht anmelden wollte, aber Habichthorst hatte sich schon Jahre zuvor entschieden, nur noch Erwachsene im Klavierspiel auszubilden. Er sei zu alt, um sich mit grünschnäbeligen Heranwachsenden herumzuschlagen, die ohnehin nie wirklich üben würden, erklärte er ihr bei diesem Sommerfest der Musikschule. Sie lächelte bei seinen Worten und wusste ganz genau, was er meinte. Ihre Tochter war auch nicht eben strebsam in ihren Bemühungen, dem Klavier Töne abzutrotzen, die ein Lied ergeben würden. Wahrscheinlich musste sie sich sogar eingestehen, dass sie gänzlich unmusikalisch war, und das bei dieser Mutter. Unglaublich!

Aber an diesem Sommertag vor rund acht Jahren war ihr das alles egal gewesen. Da war ein Mann, der Interesse an ihr hatte. Jemand, dem die Musik ebenso wichtig war wie ihr selbst. Sie war selig.

Er

Als die Nacht hereingebrochen war, machte er sich auf, sein Werk zu vollenden. Es war ein bisschen heikel, was er sich vorgenommen hatte. Er wollte sie, die immer noch so wunderschön war, auf einem der großen Grabsteine des Jetenburger Friedhofes drapieren, ganz so, wie es ihrer würdig war.

Zwischen drei und vier Uhr nachts war eine gute Zeit, fand er. Die Nachtschwärmer waren meist schon zu Hause und die Frühaufsteher noch nicht aktiv.

Über die Schwenstraße fuhr er bis auf den Totenweg dicht an das Tor des alten, lange ungenutzten Friedhofes heran. Die Frau hatte er in eine Decke gewickelt. Nur ihre langen blonden Haare hingen heraus. Er roch noch einmal an ihnen und vergrub seinen Kopf darin. Sie hatten einen wunderbaren Duft.

Dann trug er sie zu der Grabplatte, die er für ihren letzten Akt vorgesehen hatte. Sie war groß und ließ ihm Gestaltungsspielraum.

Die Decke, die er extra für sie gekauft hatte, breitete er auf dem kalten Stein aus. Vorher hatte er sie auf dem Gras abgelegt. Er achtete sehr darauf, dass er der Unterlage eine schöne Wellenform gab. Hellblau hatte er als Farbe für die Decke gewählt, weil das so gut zu ihrem Haar passte. Sie würde darauf aussehen wie eine Meerjungfrau, dachte er und hob sie vom Boden auf. Wie Wasser hing sie in seinen Armen. Es war alles perfekt. Mit dem nackten Gesäß setzte er sie auf die Decke. Ganz langsam ließ er ihren Oberkörper und ihre Beine auf den verzierten Stein gleiten. Es war, als berühre sie die Wasseroberfläche und käme darauf zu liegen. Das Element verschluckte sie nicht. Er musste ihre Lage nur wenig korrigieren. Die Haare breitete er sorgsam um ihren Kopf, sodass sie aussahen wie ein Flammenmeer. Eine Strähne legte er um den Halsschnitt. Das war er ihr schuldig. Sie war perfekt gewesen für ihn, hatte ihn so sehr erregt. Etwas Mädchenhaftes war ihr selbst im Tod geblieben.

Er zuckte zusammen, als er von weitem Stimmen hörte. Aber die Stimmen kamen nicht näher. Sie entfernten sich immer mehr und verebbten schließlich ganz. Jetzt konnte er sein Werk vollenden.

Die Kreuze wollte er bei ihr nicht einritzen. Er legte sie auf ihre Wangen mit dornigen Blütenstängeln. Über die Bauchnarbe streute er Rosenblätter in zartem Lachston.

Als er fertig war, betrachtete er von Ferne sein Werk und war ergriffen. Er nahm sich vor, immer noch perfekter zu werden. Mit seiner Digitalkamera hielt er diesen Augenblick fest. Die Gebärmutter, die er ihr zu Füßen legte, war eine besondere. Sie war niemals in Berührung mit irgendeinem männlichen Samen gekommen außer dem seinen und war so unbefleckt, wie seine Meerjungfrau aussah. Das Mädchen, der sie gehört hatte, lag im Wald vergraben. Ein junges Ding von fünfzehn Jahren. Sie hatte im Tod durch ihr Schreien und ihr Entsetzen einen hässlichen Gesichtsausruck bekommen, der nicht weichen wollte. Sie war nicht geeignet gewesen für seine Inszenierungen. Er war schließlich ein Ästhet und kein Künstler, der Horrorszenarien liebte. Sie war besser unter der Erde aufgehoben, wo sie niemand sehen konnte.

Schock in der Morgenstunde

Den frühen Spaziergängern, die ihre Hunde ausführten, war irgendwie nicht aufgefallen, dass heute etwas anders war auf dem Jetenburger Friedhof.

Erst Jan-Philipp sah die merkwürdige Tote auf dem Weg zur Grundschule. Er war ein neugieriger Junge und wollte sehen, warum die Frau da so nackig auf dem Stein lag. Warum schlief sie im Freien, es war doch noch kalt? Als er sie wecken wollte, rührte sie sich nicht. Vielleicht war sie krank? Es war bestimmt besser, wenn er seine Mutter holte oder die Frau dort ansprach, die gerade an der Kirche vorbeiging.

Was der Junge nicht begriffen hatte, erkannte die Passantin sofort mit einem Blick. Der Schreck fuhr ihr in den Magen und brachte das eben erst gegessene Frühstück in Aufruhr. Doch wichtiger war es, den Jungen von diesem schrecklichen Anblick zu erlösen. Sie zog ihr Handy aus der Tasche und gleichzeitig den Jungen mit sich auf den Weg zurück.

Wolf Hetzer ging die Treppe hinunter in seine Küche und stellte den Kaffee an. Dann holte er die frischen Brötchen und sein Croissant von der Haustür. Im Vorbeigehen schnappte er sich noch die Schaumburger Zeitung aus dem Briefkasten. Alles war perfekt an diesem Morgen. Sogar der Nebel war auf eine besondere Weise lichtdurchtränkt. Die Sonne würde heute siegen. Er pfiff ein Lied, das ihm so in den Sinn kam, und ließ seine altdeutsche Schäferhündin in den Garten. Dass es draußen noch frisch war, störte Lady Gaga nicht. Sie kontrollierte die Grundstücksgrenzen und ließ dann beruhigt ihr Heck sinken. Anschließend öffnete Wolf ihr die Terrassentür. Sie trabte ins Haus und legte sich in ihr Körbchen.

Moni würde bald zurückkommen, hatte sie gesagt. Sie fehlte ihm so sehr. Wenn Sie nicht da war, empfand er eine gähnende Leere. Vor allem vermisste er ihre Nähe und die Gespräche. Doch wie würde sie sein, wenn sie zurück war?

Hetzer schob diese Gedanken zur Seite. Er hatte sie viel zu oft gedacht. Manche Nächte waren voll von ihnen. Das waren Nächte, in denen er nicht schlafen konnte. Stunden, in denen er sich nur herumwälzte und grübelte.

Glücklicherweise riss ihn das Telefon aus seiner Gedankenmühle und lenkte ihn von sich selbst ab. Die Nummer kannte er. Konnte ihn Bernhard nun nicht wenigstens sein Frühstück in Ruhe einnehmen lassen? In einem schwachen Moment dachte er darüber nach, nicht abzunehmen, aber sein Pflichtbewusstsein siegte.

Heute lebte Rieke in ihrer eigenen Scheinwelt. Alles hatte damals gut begonnen mit dem Klavierlehrer der Musikschule. Man hatte gemeinsame Interessen, ging anfangs sogar noch auf Konzerte. Ja, Frank begleitete sie auch mit dem Instrument, wenn sie sang. Das war herrlich und bereichernd gewesen.

Sie hatte wieder zu hoffen gewagt, dass es für sie doch ein Leben mit Liebe, Gemeinsamkeit, Geborgenheit und Achtung geben könnte. Auch ihre Kinder mochten diesen Mann, der anfangs sehr behutsam mit ihnen umging und versuchte, ein Stück heile Familie zu ersetzen, wo der eigene Vater versagt hatte.

Dass er selbst wenig Geld hatte, störte sie nicht. Er lebte von den Unterrichtsstunden seiner Schüler. Rieke entschloss sich, wieder einen festen Job anzunehmen und war beruhigt, dass Frank zu Hause unterrichtete. So war immer jemand da, wenn sie selbst nicht für ihre Kinder dasein konnte.

Doch das Blatt hatte sich nach kurzer Zeit gewendet. Aus dem herzlichen Mann wurde nach und nach ein Tyrann, ohne dass Rieke dies wahrhaben oder sich eingestehen wollte.

Es hatte schleichend begonnen und war anfangs nicht leicht zu erkennen gewesen. Kleine Kontrollen wurden manifester, Schlingen zogen sich immer weiter zu. Die Kinder hatten zunehmend Aufgaben im Haushalt bekommen, deren Erledigung er überwachte und ahndete wie ein Diktator.

Das Einzige, was sie davon mitbekam, waren die Beschwerden ihrer Tochter und ihres Sohnes. Und da war Rieke im Zwiespalt, weil sie kaum zu Hause war. Sie wog ab, dachte, die Wahrheit würde irgendwo in der Mitte liegen zwischen der Faulheit der pubertierenden Heranwachsenden und dem Übereifer eines Mannes, der eine väterliche Rolle angenommen hatte. Wie konnte sie ahnen, dass hinter der vermeintlichen Fürsorge der Wunsch stand, Rieke ganz für sich zu besitzen?

Es stellte sich heraus, dass es ganz gut gewesen war, dass Wolf Hetzers Pflichtgefühl gesiegt hatte. In der Folge führte das Telefonat jedoch dazu, dass sein Morgen ganz anders verlief, als er es sich vorgestellt hatte.

Wieder ein Tagesbeginn in hektischer Betriebsamkeit, den er abspulte wie ein Präzisionsuhrwerk. Ja, er war ein Genießer, aber wenn es dienstlich wurde, funktionierte er einfach konzentriert. Zunächst informierte er Kruse kurz, dass sie zu einem Tatort müssten, und mahnte ihn zur Eile. Er würde ihn auf dem Weg mitnehmen, wenn er in Kleinenbremen vorbeikam, wo sein Kollege wohnte. Dann versorgte er die Tiere. Nach einer eher mäßigen Katzenwäsche, schnappte er sich sein Croissant und die Brötchen, stieg in seine Schuhe, um schließlich in den Wagen zu springen. Noch auf dem Weg zu Peter verzehrte er sein Hörnchen und schmiss die Brötchen auf die Rücksitzbank. Wenn Peter sie erst in die Finger bekam, würden sie den Mittag, wo er sie selbst essen wollte, nicht mehr erleben.

Peter stand ausnahmsweise schon an der Tür und kaute an einer Käsestange, die aussah, als sei sie mindestens von gestern. Vielleicht täuschte er sich auch. Hauptsache, Peter hatte etwas im Magen, ansonsten war er unausstehlich. Heute jedoch schien er besonders gut drauf zu sein und strahlte bis über beide Ohren.

„Moin, Alter, toller Tag heute. Die Sonne kommt schon raus“, rief er Hetzer zu und schwebte förmlich zum Wagen, was bei seiner Statur beeindruckend war. Bei seiner Größe von 199 cm war er auch nicht eben schlank.

„Ist irgendwas?“, fragte Wolf misstrauisch. „Ich wollte dir jetzt eigentlich genau erzählen, was los ist und wo wir jetzt hinfahren.“

„Mach doch!“, sagte Peter und grinste.

„Nee, nee, jetzt will ich erst wissen, was los ist.“ Hetzer knuffte seinen Kollegen in die Seite, während er sich anschnallte.

„Aua, du misshandelst mich! Und das jetzt, wo meine Chancen so gut sind“, sagte Peter und lehnte sich zurück.

„Welche Chancen?“, wollte Wolf wissen.

„Bei den Frauen! Ich habe zwei Verabredungen – eine mit Nadja und eine mit Anna“, gab Peter mit Stolz in der Stimme zurück.

„Tja Peter, da muss ich dich korrigieren. Du hast jetzt eine Verabredung mit einer weiblichen Leiche und wahrscheinlich den Teilen einer weiteren. Sie haben eine Frau auf dem Jetenburger Friedhof gefunden. Scheint in unsere Serie zu passen.“

Peters Grinsen verebbte.

„Ach, das ist ja interessant, na dann schieß mal los und gib mir ein paar genauere Details preis.“

„Ich habe auch nur ein paar rudimentäre Informationen von Bernhard bekommen. Er war in Eile und schon mit der ersten Befragung vor Ort beschäftigt. Da liegt wohl auf dem alten Friedhof eine Frau, drapiert auf einem großen Grabstein, nackt, mit Eingeweiden zu ihren Füßen.“

„Bestimmt wieder nicht ihre eigenen, wetten?“, stellte Peter als Frage in den Raum.

„Das wird Nadja mehr oder weniger schnell herausfinden. Wenn es sich bei den Organen und der

Frau allerdings um dieselbe Blutgruppe handelt, könnte es ein wenig länger dauern", gab Wolf zu bedenken, „sonst wissen wir es sofort."

Peter nickte und freute sich heimlich auf die Begegnung mit Nadja, die da jetzt schon auf dem Jetenburger Friedhof stand und die Leiche in Augenschein nahm. „Was für ein unverhofftes Glück", dachte er bei sich und hatte sofort ein schlechtes Gewissen, weil sein Gefühl von Zufriedenheit mit dem Tod eines Menschen zusammenhing, auch wenn er nichts dafür konnte.

Niemand konnte wissen, dass Nadja ein besonderes Problem mit diesen aktuellen Fällen hatte. Sie litt unter den herauspräparierten Fortpflanzungsorganen, die sie untersuchen musste. Die Gebärmutter, die sie jetzt in der Hand hielt an diesem kalten Grabstein, schmerzte sie ganz besonders. Auch ein ungeübter Rechtsmediziner konnte mit einem Blick sehen, dass es das Organ einer sehr jungen Frau sein musste, die noch nie geboren hatte. Nadja seufzte, schob ihre Gedanken beiseite und ließ die Eierstöcke zu dem Uterus in die Plastiktüte gleiten. Beides legte sie in die Kühlbox, die sie mitgebracht hatte.

Als sie sich der ersten groben Untersuchung der weiblichen Leiche widmen wollte, kamen Wolf und Peter auf den Fundort zu.

„Wunderbar!", sagte sie und gab beiden den Arm weiter oberhalb der Handschuhe zur Begrüßung. Peter drückte ihn ganz leicht, was niemand sah und nur Nadja mit einem Staunen bemerkte.

„Was ist wunderbar?", wollte Wolf wissen.

„Dass ich euch alle vier gleich hier vor Ort habe, dann brauche ich euch nicht anzurufen." Nadja bückte sich und zog das Thermometer zwischen den Pobacken der Toten hervor. „Dachte ich es mir doch!"

„Was genau?", wollte Bernhard wissen, der soeben zum Grabstein zurückkam.

„Sie ist schon etwas länger tot. Es ist keine eigene Körpertemperatur mehr vorhanden. Das Thermometer zeigt nur vierzehn Grad Celsius, das ist zwar ein wenig mehr als die Außentemperatur, aber das könnte daraus resultieren, dass sie zuvor in einem Innenraum gelegen hat. Jedenfalls sieht es so aus, als ob die Totenstarre wieder vollkommen zurückgebildet ist. Die Position der Arme habe ich schon verändert, aber ich wollte, dass ihr den verzierten Körper seht, bevor ich sie bewege. Ich vermute, dass sie mehr als achtundvierzig Stunden tot ist, wahrscheinlich länger. Wir wissen nicht, unter welchen Bedingungen sie aufbewahrt worden ist."

„Das ist doch schon mal ein hilfreicher Anfang", sagte Ulf Hofmann und rieb sich die Hände. „Seid mir nicht böse. Ich haue hier ab. Mir ist kalt, und das tut meiner Hüfte überhaupt nicht gut. Ich sorge schon mal für einen ordentlichen Kaffee, wenn ihr nachher kommt, einverstanden?"

Bernhard nickte und wandte sich wieder Nadja und den anderen zu.

„Sagt mal, das ist doch anders hier, oder? Ähnlich ja, aber nicht identisch. Haben wir es mit einem Nachahmungstäter zu tun oder ändert unser Mörder seine Vorgehensweise?"

„Dieser Fundort hier ist auf jeden Fall viel mehr inszeniert als die anderen", gab Kruse zu bedenken.

„Nicht nur das", dachte Hetzer laut, „ich habe das Gefühl, er entwickelt mehr und mehr eine Beziehung zu seinen Opfern. Schaut mal dort die Haarsträhne, die hat er über die klaffende Wunde gelegt, an der Stelle, wo er ihr die Kehle durchgeschnitten hat, so als ob er sie verstecken wollte. Über die Naht am Bauch hat er Rosenblätter gestreut. Die Kreuze auf den Wangen hat er nicht geritzt, sondern mit dornigen Stängeln gelegt, wahrscheinlich von den Rosen, deren Blätter er brauchte. Habt ihr das alles schon fotografiert?"

„Ja, das hat Seppi von der SpuSi schon gemacht", erklärte Nadja, „kann ich dann loslegen?" Sie zog ihr Diktiergerät aus der Tasche und begann nach dem einstimmigen Nicken der nunmehr nur noch drei Kommissare.

„Fundort Jetenburger Friedhof: Junge Frau zwischen fünfundzwanzig und dreißig Jahren, blond, Augen grau, Größe geschätzt ungefähr ein Meter siebzig, helle Haut, keltischer Typ. Die Leiche liegt auf dem Rücken, Arme und Beine ausgestreckt. An ihrem Hals befindet sich ein", – sie zog das Metermaß aus ihrer Tasche –, „vierzehn Zentimeter langer, klaffender Querschnitt im Bereich der Kehle. Halsarterien und Trachea sind durchtrennt. Die Speiseröhre scheint intakt.

Keine auffälligen Kratzer oder Hautabschürfungen. Vertikaler Bauchschnitt, circa sechzehn Zentimeter, zwischen Schambein und Bauchnabel mit ebenmäßigem Verschluss, wahrscheinlich durch Hautkleber. Inwieweit diese Vorgehensweise auf medizinische Kenntnisse beruht, wird sich bei der Sektion zeigen. Ansonsten keine sichtbaren weiteren Verletzungen bis auf die Einstiche der Dornen auf den Wagen. Blasse Schleimhäute, - ach, dreht sie bitte mal um, danke – und dorsal sehr gering ausgeprägte Totenflecke, möglicherweise durch den hohen Blutverlust. Auf dem Rücken keine weiteren erkennbaren Verletzungen. Schürfwunde lateral in Höhe des Beckenkamms ohne sichtbare Einblutungen, wahrscheinlich post mortem." Nadja ließ das Diktiergerät wieder in die Jackentasche gleiten.

„Danke für diesen ersten Eindruck!", sagte Wolf. „Ich glaube schon, dass wir es hier nicht mit einem Ersttäter zu tun haben. Nadja, es hat doch keine weiteren Schnittversuche im Halsbereich gegeben, oder?"

„Nein, hat es nicht", sagte sie.

„Das spricht wie neulich schon gesagt dafür, dass der Mörder dies nicht zum ersten Mal getan hat. Sonst hätten wir ein paar unterschiedlich tiefe *Probierschnitte* an verschiedenen Stellen. Außerdem ist in der Presse doch nichts über die Organe geschrieben worden. Woher hätte er dies wissen sollen?"

„Das stimmt zwar", warf Peter ein, „aber so eine Leiche am Pranger hängend ist schon eine andere Nummer als diese hingegossene Schönheit auf dem Grabstein - Eingeweide hin oder her."

„Na, so richtig einig seid ihr euch ja nicht", lachte Bernhard Dickmann, „aber ich kann mir ehrlich gesagt auch noch keinen Reim darauf machen."

„Vielleicht wäre es eine gute Idee, meinen Freund Thorsten Büthe vom LKA dazuzubitten. Ihr wisst doch, er arbeitet im Bereich *Operative Fallanalyse*."

Bernhard Dickmann winkte ab. „Nun warte erst mal die rechtsmedizinische Untersuchung ab. Dann sehen wir weiter!"

Peter Kruse sah zu Wolf hinüber und bemerkte dessen Widerwillen. Er hatte wohl Bernhards Worte weder erwartet noch konnte er sie verstehen, aber er sagte nichts. Sein Gefühl sagte ihm, dass ihnen die Zeit davonlief. Ganz deutlich spürte er diesen kalten Hauch des Bösen, der an ihm vorbeizog mit einem Lachen aus Eissplittern, die sich in sein Innerstes bohrten. Er fror plötzlich. Jemand lachte über ihn. Mit einem Mal fiel ihm etwas ein.

„Sag mal, Nadja", wandte er sich an die Rechtsmedizinerin, die gerade im Begriff war ihre Tasche zu packen, „glaubst du wir haben mit dieser Leiche auch die Eigentümerin der letzten Gebärmutter gefunden? Ich meine die Tote, die uns nun noch fehlte? Und gehören die Organe die du heute gefunden hast zu der Dame am Pranger?“

Nadja drehte sich um und sah ihn mit einem eigentümlichen Blick an, den er sich nicht erklären konnte. „Nein, Wolf, da muss ich dich enttäuschen. Weder noch! Diese Frau hier ist vielleicht achtundvierzig bis sechzig Stunden tot. Die Organe am Pranger in Petzen waren aber länger eingefroren gewesen. Ich sagte ja, es waren Spuren von Gefrierbrand zu finden. Ich tippe auf mehrere Wochen im Tiefkühlfach. Tja, und die Gebärmutter heute ...“, sie seufzte, „die gehörte einer sehr jungen Frau, vielleicht sogar einer Jugendlichen, aber das kann ich dir später genauer sagen.“

Ihre Worte erreichten die drei Kommissare wie eine Feuerwand. Sie fühlten sich, als blickten sie geradewegs in den Schlund der Hölle.

Er

In der Hölle war es wieder kalt geworden. Vereinsamt lag die alte Schlachterei auf dem Gelände wie in einem Dornröschenschlaf.

Als er dorthin zurückkehrte, kam sie ihm seltsam leer vor, als habe hier niemals die Liebe oder die Lust Einzug gehalten. Fast konnte er sich nicht mehr daran erinnern, wie es noch vor Kurzem gewesen war, als sie vor ihm gelegen hatte. So süß, so zart und zerbrechlich wie eine Fee oder Meerjungfrau. Er wusste, dass er das wieder erleben wollte. Bald! Ganz bald, denn die Erinnerung daran begann bereits wieder zu verblassen.

Frank Habichthorst hatte zunächst kein Engagement im Bückeburger Sinfonieorchester bekommen, als die Stelle des Pianisten vakant geworden war. Man wolle sich nicht festlegen, hieß es.

Nun war es ihm gelungen, über die Verbindung zu Rieke wenigstens kleine Aufführungen zu begleiten. Aber auch das lag nur daran, dass es mehr oder weniger ein Gefallen war, den Leander Winterstein Rieke tat.

Frank spielte gut, aber es fehlte ihm an jenem göttlichen Funken, am Esprit, der einen Konzertpianisten ausmachte. Was er lieferte, war solide Handwerksarbeit aufgrund jahrelanger Erfahrung. Das war besser als nichts, aber durchaus nicht das, was sich Leander für sein Sinfonieorchester als Dauerlösung vorstellte. Gerne hätte er ihn gehabt, diesen Ausnahmemusiker, der in seinem Orchester ein anderes Instrument so virtuos spielte. Leander wusste, dass er oftmals heimlich nachts in der Kirche spielte. Aber es war nicht offiziell bekannt, dass er auch Klavier spielte, und er traute sich nicht, sich als Wissenden preiszugeben. Vielleicht würde eines Tages die Gelegenheit kommen, diesen schüchternen Menschen darauf anzusprechen. Vorerst musste er jedoch mit Frank vorlieb nehmen, mit einem Mann, den er nicht mochte.

Riekes Stimme war damals wie der Blitz in Frank gefahren, als er sie bei einer kleinen Soirée im Palais gehört hatte, obwohl Rieke nur den kleinsten Anteil an dieser Veranstaltung gehabt hatte.

Es war eine von Franks Schwächen, seine Klavierschülerinnen danach zu fragen, ob sie auch singen könnten. Frank liebte Chansons, vor allem die der 20-er, 30-er Jahre. Damals war es seine Idee gewesen, Liederabende mit Rieke zu veranstalten, aber Riekes hoher Sopran eignete sich nicht für diese Darbietungen. Frank war enttäuscht, doch sie kamen überein, dass sich doch jemand finden würde, der ihn auf diesem Sektor unterstützte. Sie selbst würde ein, zwei Stücke in ihrer Tonlage singen.

Leander war damals nur widerwillig mit seiner Frau zu dem Chansonabend gegangen. Ihm selbst lag nichts an dieser Art von Musik, aber er hatte keine Lust auf den üblichen ehelichen Streit. Umso erstaunter war er, als er sich - schon halb dahindösend auf dem Stuhl - mit einem Mal in Sphären entführt sah, mit denen er zu dieser Stunde nicht im Entferntesten gerechnet hatte.

Augenblicklich war er hellwach und hing an diesen Lippen, die außerdem noch wohlgeformt waren. Luise Winterstein bemerkte von all dem nichts. Ihr Plan war vor langen Jahren aufgegangen und hatte sich bewährt. In Bückeburg genoss sie Ansehen. Sie war eine Dame von Stand. Ihr Mann war Leiter der Bückeburger Sinfoniker. Das stellte ihn ins Licht der Öffentlichkeit und machte ihn attraktiv. Dass sie darüber hinaus nichts für ihn empfand, störte sie selbst am wenigsten. Sie wusste, dass er sie liebte, und nutzte diesen Umstand weidlich aus. Es machte ihr Spaß, immer neue Grenzen auszuprobieren, ihm immer ein Stück mehr von sich selbst wegzunehmen, bis sie in seinem Leben nur noch als Figur existierte. Aus der Beziehung war sie schon in dem Moment fortgegangen, als sie ihn sicher für sich wusste. Danach hatte sie ihn in der Hand, quälte ihn mit Liebesentzug, der mal seelische, mal körperliche Züge annehmen konnte.

Er selbst litt scheußliche Qualen. Niemand von außen konnte ermessen, wie groß die Bandbreite seiner Verletzungen war. Er war jedoch überzeugt davon, sein Eheversprechen halten zu wollen, hatte immer noch die Hoffnung auf eine Änderung zum Guten.

Doch sie wollte nichts Gutes für ihn. Sie fühlte sich durch den eigenen Anspruch und den Willen auf ein angenehmes Leben an ihn gefesselt und warf ihm dies vor, auch wenn es unlogisch schien. Sie ließ es ihn spüren, dass es ihr nicht gelungen war, sich so eine Position selbst zu erwirtschaften, die sie in die Lage versetzte, luxuriös zu leben, ohne jemanden zu brauchen, der ihr dies finanzierte und ohne jemanden, der auch noch Ansprüche an sie stellte.

Über die Jahre hatte sie jedoch all seine Ansprüche kleingehalten, deren Einforderung auf ein Minimum reduziert und fuhr ganz gut dabei. Ins eheliche Schlafzimmer ließ sie ihn, wenn es sich überhaupt nicht mehr vermeiden ließ, und sie wusste ihn gut untergebracht im Gästezimmer. Ansonsten schützte sie sich vor seinen Berührungen mit Beleidigungen oder Blutungen, die sie viel länger zu haben vorgab, als das jemals der Fall war.

Wilfried, die Posaune

Wilfried hatte Posaunenlippen, aber keine Frau, die diese küssen wollte. Das lag unter anderem daran, dass der in die Jahre gekommene Lehrer aus Hessisch Oldendorf noch bis vor Kurzem mit seiner Mutter zusammengelebt hatte.

Sie war nach einem Sturz verstorben und hatte ihn damit endlich aus ihren Fängen entlassen. Somit war ein Martyrium beendet worden, das seine Spuren in ihn eingegraben hatte. Er hatte eine ganz besondere Beziehung zu Frauen.

Fast hätte man denken können, dass er blind war, denn er war so zuvorkommend und liebreizend zu jeder Art von Frau, dass es unnatürlich wirkte. Noch für die hässlichsten Exemplare der weiblichen Gattung hatte er ein freundliches Wort und ließ diese Damen mit einem verwunderten Blick zurück. Sie waren solches nicht gewohnt. Von ihm allerdings wollten sie diese Art von Bewunderung auch nicht. Sie fühlte sich als etwas zu Üppiges an, als dass sie ernst gemeint sein konnte.

Außerdem war Wilfried der Typ Mann, dem man durchaus eine Feinrippunterhose mit Eingriff zutrauen würde.

Es war also ein Dilemma! Wilfried war toll zu Frauen und hätte eine ihm zugetane nach Strich und Faden verwöhnt, aber nicht einmal die gruseligste Ausführung wollte ihn. Sie waren vielmehr genervt und wünschten sich nur, dass er sich in Luft auflöste.

Schuld an dieser Misere war seine Beziehungsstörung. Er hatte jahrzehntelang funktioniert und seiner Mutter alles recht gemacht. Was sie willig als Selbstverständlichkeit angesehen und eingefordert hatte, schreckte jeden anderen mit gesundem Menschenverstand ab. Untherapiert würde es für ihn keine Chance geben, aus diesem Teufelskreis auszubrechen.

Immerhin war er ihrer ledig geworden. Wenn man ganz ehrlich war, war er wahrscheinlich nicht ganz schuldlos an ihrem Tod. So genau wusste er das selbst nicht. Er hatte sie angerempelt und war damals wutentbrannt in sein Zimmer gestürmt. Einige Zeit später hatte er sie dann mit dem Kopf im eigenen Blut liegend im Flur gefunden. Da war nichts mehr zu machen gewesen. Das Tischchen hatte ihren Sturz unsanft gebremst und ihr das Lebenslicht ausgeblasen. Aber hatte er nicht einen dumpfen Aufprall wahrgenommen? Hatte er sich nicht gewundert, dass sie nicht weiterzeterte, dass sie nichts mehr von sich hören ließ?

Vielleicht, aber es war ihm egal gewesen. Er hatte den Gedanken verdrängt, vielmehr hatte er überlegt, wie es denn wäre, wenn die alte Hexe vom Schlag getroffen worden wäre. Nun, im übertragenen Sinne war genau dies geschehen, und sein zögerliches Verhalten, was die Fürsorgepflicht betraf, machte jegliche Reanimationversuche unnötig. Der Hausarzt Dr. Passmann, der seinerzeit in die Wohnung gekommen war, um den Tod der alten Dame festzustellen, kannte seine Mutter und ihn schon jahrelang.

Es fiel Wilfried nicht schwer, ein paar Tränen herauszudrücken (er dachte an seine Reise in den Süden, die nun wegen der Beerdigung flachfallen würde), und Passmann klopfte ihm auf die Schulter. Er sagte: „Sie hatte das Alter, und sie hat bestimmt nichts gemerkt. Ein schöner Tod für Ihre Mutter!" Bei diesen Worten schrieb er den Totenschein aus, vermerkte „Unfall ohne Fremdverschulden" und nickte Wilfried beim Abschied aufmunternd zu. „Sie war ja auch nicht ganz einfach im Umgang. Nun erholen Sie sich erst mal."

Bei sich selbst dachte er, dass es gut sei, dass dieses böse Weib von der Erde genommen worden war. Parallel dazu überlegte Wilfried, ob es bei der mit dem Tod getan war oder ob nicht ein Holzpflock mitten durchs Herz auch noch verhindern konnte, dass sie ihn künftig in seinen Träumen heimsuchte.

Nach Mutters Ableben hatte Wilfried endlich mehr Zeit. Er konnte sein Hobby zum Zweitberuf machen und als Posaunist bei den Bückeburger Sinfonikern einsteigen.

Johann war still. Niemand wusste viel über ihn. Er sprach fast nie über sich. Beinahe kam es einem so vor, als ob auch er wenig über sich selbst wusste, als ob er sich nahezu gänzlich unbekannt war.

Die Klarinette spielte er wie ein Meister. Man hatte den Eindruck, dass da plötzlich ein ganz anderer Mensch stand, der es verstand, aus sich herauszugehen, sich ganz zu öffnen und zu offenbaren. Aber nur, solange die Töne im Raum schwebten. Anschließend fiel er wie ein Kastenteufel in sich zusammen und verschwand in seiner inneren Schachtel.

Vielleicht wäre er ohne seine Cordhose und die Jacketts mit Lederellenbogen sogar ein ansehnlicher Mann gewesen, aber seine allzu wenig wichtig genommene Körperpflege und die speckig abgewetzten Stellen machten jeden zweiten Blick des weiblichen Geschlechts unmöglich, wenigstens den, ob es sich um ein begehrenswertes Männchen handelte.

Inzwischen war Johann ein wenig in die Jahre gekommen. Im Orchester genoss er eine gewisse Narrenfreiheit. Seine Klangfolgen beeindruckten jedermann. Man drängte sich gewiss nicht danach, in seiner Nähe zu spielen. Vor allem wegen des Geruchs, der besonders dann unerträglich wurde, wenn Johann auch noch Knoblauch gegessen hatte. Man bewunderte ihn von Ferne wie ein Insekt, das man faszinierend fand und dennoch nicht mit ihm in Berührung kommen wollte.

Als Rieke abends nach Hause kam und den Briefkasten leerte, fand sie etwas Merkwürdiges darin.

Es war eine kleine Puppe mit wirrem Haar, die jemand versucht hatte zu schminken. Sie konnte sich keinen Reim darauf machen.

Aber das brauchte sie auch nicht, denn als sie die Puppe genauer untersuchte, fand sie unter deren Pullover ein Foto und erbleichte. Das Bild fiel ihr aus der Hand, sie musste sich an der Wand abstützen und glitt an ihr entlang zum Boden. Sie atmete tief durch. Lichtblitze schossen an ihr vorbei, sie selbst fühlte sich wie gelähmt. Es dauerte einige Zeit, bis sie das Foto wieder in die Hand nehmen konnte. Was sie dort sah, war so unglaublich, dass es ihr erneut den Atem nahm. Gewiss, sie war durch so manche Hölle gegangen, aber dies hier hatte eine andere Qualität. Es war eine Drohung. Es war die Drohung von jemandem, der zu viel wusste.

Peter Kruse und Wolf Hetzer waren beide genervt, als sie Richtung Todenmann zurückfuhren. Nur Lady Gaga, die Schäferhündin, lag zufrieden im Heck.

Die Gespräche mit den Bückeburger Kommissaren hatten sie auch nicht weitergebracht. Gewiss, Hofmann und Dickmann hatten zugesagt, dass sie die Zeugen von damals erneut befragen wollten, aber so richtig versprach sich niemand etwas davon. Der ganze Fall war zu verworren. Inzwischen wussten sie nicht einmal mehr, ob sie es wirklich mit demselben Täter zu tun hatten. Gut, es gab Übereinstimmungen, aber auch vieles, was nicht zusammenpasste.

„Kommst du noch auf ein Stück Fleisch mit zu mir?", fragte Wolf, der nicht allein sein wollte, weil er noch an der zu jungen Gebärmutter knapste. Sie musste einer weiteren Toten gehören, die vielleicht irgendwann irgendwo auftauchen würde, ein halbes Kind vielleicht noch. Insofern war es zwar etwas makaber, an Fleisch zu denken, aber sie brauchten Kraft. Der Tag hatte es in sich gehabt.

„Hast du ‚Fleisch' gesagt?" wollte Peter wissen, der schon glaubte, sich verhört zu haben. „Kein Tofuteilchen oder so etwas?"

„Nein, ehrliches, blutiges Rumpsteak. Ich könnte dazu ein paar Wedges in den Ofen schmeißen." Wolf lachte bei Peters ungläubigem Blick.

„Was sind denn das für Worte von dir, du Gourmet-Apostel?" Peter schüttelte mit gespielter Entrüstung den Kopf.

„Äh", sagte Wolf, „ich kann edel, aber ich kann auch anders. Mir macht es großen Spaß, mal ein mehrgängiges Luxusmenü zu kochen, aber das Wenden einer Wurst oder eines Steaks auf dem Grill bei einer Flasche Bier ist auch etwas Besonderes."

„Okay, dein Steak nehme ich. Mit Innereien hätte ich heute so meine Probleme gehabt", sagte Peter süffisant.

Wolf winkte ab und verdrehte die Augen. „Wir kommen hier wirklich nicht weiter. Ich werde in den nächsten Tagen doch mal zu meinem Freund Torsten Büthe nach Hannover fahren. Vielleicht kann er uns helfen oder wenigstens Tipps geben."

„Den fand ich ganz nett, deinen Profiler vom LKA!", sagte Peter Kruse.

„Lass ihn das bloß nicht hören. Hierzulande heißt das *Fallanalytiker* und *Operative Fallanalyse*. Wenn Bernhard nur nicht so starrköpfig wäre, würde ich das Team ja zu uns bitten. Vielleicht wird er noch einsichtig, falls der Mörder weitermacht."

„Du glaubst doch nicht im Ernst, dass der Kerl aufhören wird, oder?", fragte Peter ungläubig und Wolf schüttelte bedrückt den Kopf.

Als sie auf den Hof fuhren, stand Lady Gaga bereits bereit zum Sprung aus dem Kofferraum. Die Kommissare glaubten ihren Augen nicht zu trauen. Vor Hetzers Haustür auf der obersten Treppenstufe saß Nadja Serafin. Sie schien gewartet zu haben.

„Ich glaube, unsere Steaks sind gerade ein Stück kleiner geworden", sagte Wolf, bevor er die Autotür aufmachte, „obwohl, mir reichen auch die Wedges oder ich schneide noch eins ab.

Peter hatte ihn gar nicht mehr gehört. Er war schneller gewesen und bereits auf dem Weg zu Nadja.

Seine Opfer fand er eher zufällig. Er war noch immer auf der Suche nach dieser einen vollkommenen Frau, die der Venus von Botticelli in ihrer makellosen Schönheit ebenso ebenbürtig war wie in ihrer Unberührtheit. Er hatte inzwischen begriffen, dass er sie sich nicht selbst erschaffen konnte oder wenn, nur kurz. Sie verfielen zu schnell. Was aber sollte er tun? Beten? Er war kein gottesfürchtiger Mensch. Sie sich wünschen? Keine Ahnung, ob das etwas brachte.

Aber selbst wenn sie ihm über den Weg liefe, wie konnte er sie für sich begeistern?

Er litt darunter, nicht zu wissen, ob es ihm jemals gelingen würde, seine Venus zu finden. Und wenn sich ihm diese Muschel nicht freiwillig öffnen würde, würde er sie sich nehmen und sie für immer behalten.

In der Grundschule hatte sie oft Bauchweh gehabt. Sie fühlte sich überhaupt nicht gut, wenn sie zu lange von Zuhause weg war, vor allem nicht, wenn Probleme auftraten. Die Mutter holte sie dann, bis sie irgendwann stutzig wurde. Es kam zu oft vor.

Dass Frank mit seinem Klavierspiel hinter Riekes Gesang zurückstehen musste, störte ihn mehr, als er sich selbst eingestehen wollte. Er machte schon viel länger Musik als sie, hatte zahlreiche Konzerte begleitet. Ihr hingegen flog alles einfach zu, ohne dass sie sich dafür wirklich anstrengen musste. Die Menschen liebten sie. Sie hatte von vornherein einen Bonus.

Wann immer er mit Rieke auftrat, sah niemand auf seine Finger oder nahm sein Klavierspiel wichtig. Er war lediglich die Begleitung. Alle hingen nur an ihren Lippen und applaudierten ihr. Auch wenn sie am Ende der Aufführung jedes Mal auf seine musischen Künste hinwies, hatte er dennoch den Eindruck, sie würdigten ihn nur auf Geheiß und als schmückendes Beiwerk. Wirklich wichtig war er nicht. Er verneigte sich und ärgerte sich insgeheim.

Ihm war auch ein Dorn im Auge, dass Leander Winterstein so große Stücke auf Rieke hielt. Sie kam auch bei ihm gut an, doch diesen Kontakt hatte er noch auf andere Art im Visier. Er konnte nicht direkt greifen, was ihn an diesem Dirigenten störte. Vielleicht war es die Art, wie er sie ansah. Oder es war ihr Blick, wenn sie an seinem Taktstock hing.

Nach diesem ersten Abend, als er Rieke kennengelernt hatte – es war jetzt gut anderthalb Jahre her –, brannte in Leander Winterstein der Wunsch, Rieke als Sopranistin für die nächsten Aufführungen zu gewinnen. Es standen große Oratorien auf dem Programm und auch der Frühling von Haydns Jahreszeiten.

Es hatte ihn irritiert, dass zum ersten Gespräch, das die weitere Zusammenarbeit bestimmen sollte, auch Frank Habichthorst mitkam. Zu diesem Zeitpunkt kannte Leander diesen Mann noch nicht. Er war ihm auf Anhieb unsympathisch. Im Verlauf der Unterhaltung fragte er Rieke, wer denn nun eigentlich sein Ansprechpartner für die Solo-Auftritte sei. Rieke errötete.

Das sei schon sie, bekräftigte Rieke und verstand sofort, was Leander meinte. Sie hatte Frank überhaupt nicht mitnehmen wollen, war aber nicht in der Lage gewesen, dessen dominantem Insistieren zu widerstehen.

Wenn Leander nicht zu diesem Zeitpunkt schon so von Riekes Stimme überzeugt gewesen wäre und wenn sie ihn nicht eingefangen hätte mit ihrem liebenswerten Wesen, hätte er die Zusammenarbeit beendet, bevor sie beginnen konnte. Es war ein sehr schmaler Grat aus Verwunderung und nicht erklärbarer Zuneigung, der über den Abgrund des ewigen Vergessens führte.

Als sie sich trennten, wusste Rieke, dass sie den Vertrag unterschreiben würde, koste es sie, was es wolle. Es war ihre Chance, ihren Sopran zu präsentieren. Zusätzlich war etwas Diffuses, nicht Greifbares in ihr, ein unbestimmbares Gefühl, das noch keine Richtung hatte. Wie ein Stein, der durch ein Beben in Schwingung versetzt worden war und noch auf der Stelle trudelte.

Wie ein Häufchen Elend wirkte Nadja, die auf den Treppenstufen vor Hetzers Haustür saß. Peter sprang aus dem Wagen, kaum dass Wolf angehalten hatte, und rannte auf sie zu.

„Nadja, was ist los mit dir?", fragte er.

„Mir geht es nicht so gut, aber lass uns erst reingehen", antwortete sie und Wolf nickte.

Er hatte den Schlüssel schon in der Hand. Hinter ihm stand schwanzwedelnd Lady Gaga, die sich freute, so viel Gesellschaft zu haben. An Nadja hatte sie nur gute Erinnerungen. Da die Rechtsmedizinerin selbst einen Hund hatte, waren meist Leckerchen in ihrer Tasche. Heute befanden sie sich in der Hosentasche. Gaga setzte sich vor Nadja und guckte erwartungsvoll.

Es dauerte allerdings eine Weile, bis sie begriff, was der Hund von ihr wollte. Sie war zu sehr mit sich beschäftigt.

„Ach so, ja klar!", sagte sie und gab Gaga zwei Brocken mit den den Worten: „Das war's Mädel!"

Dann stand sie auf und folgte Wolf ins Haus. Peter wich nicht von ihrer Seite.

„Nun setzt euch erst mal in die Bank", schlug Wolf vor, „ich hole euch was zu trinken. Ist es schon spät genug für einen El Coto?"

Die beiden rutschten hinter den Esstisch auf die Bank, die einen wunderbaren Blick durch das Wohnzimmer in den Garten bot.

„*Für einen El Coto ist es nie zu früh* würdest du jetzt sagen“, schmunzelte Peter, „also her mit dem roten Gesöff!“

Aber Wolf war schon in die Küche gegangen, um drei Gläser zu holen. Im Hauswirtschaftsraum stand sein temperierter Weinschrank, der immer gut gefüllt war mit San Lorenzo, El Coto, Montes, und wenn es einen besonderen Anlass gab, war auch immer ein Vorrat Chateauneuf du Pape da.

Wieder in der Küche bedeckte er schnell ein Ofenblech mit reichlich Wedges und schob sie ins Rohr. Die Steaks, jetzt drei Stück an der Zahl, legte er zurecht. Er würde sie nachher kurz scharf in der Pfanne braten. Aber vorher war noch genug Zeit, um anzustoßen.

Nadja hatte sich von Peter kein Wort aus der Nase ziehen lassen. Es war ihr Wunsch gewesen, dass er einfach für einen Moment nichts sagte. Dies hatte ihn irritiert, weil sie sonst immer gerne mit ihm sprach. Als sie sich auch noch an seine Schulter lehnte, saß er da in einem Zustand kompletter Verwirrung.

Sie saß noch immer auf dem Boden, das Foto in der Hand. Tränen liefen aus ihren Augen. Sie hatten bereits ein Muster auf die Fliesen gezeichnet. Rieke fühlte sich kraft- und machtlos, als ob sich eine spontane Depression ihrer bemächtigt hätte.

Das Foto zeigte ein frisches Grab, das nett zurecht gemacht war. Das Verstörende an diesem Bild war jedoch, dass diese letzte Ruhestätte einen Grabstein mit ihrem Namen trug.

Sie waren etwas Besonderes, diese jungen Dinger, vor allem wenn sie noch so unschuldig waren. Nur weil er einmal Pech gehabt hatte, hieß das nicht, dass alle solche Flittchen waren. Oder er musste sich dahingehend orientieren, dass er sie pflückte, bevor sie zur Frau erblühten. Vielleicht war genau das die Lösung. Eine Venus, die gerade dabei war, ihre ersten Knospen zu entwickeln mit leichtem Flaum unter den Achseln und an den wunderbaren Stellen, die noch niemand berührt hatte. Das war wichtig für ihn. Kein Mann durfte je seine Hand an sie gelegt haben. Sie sollte nur ihm gehören, und sie durfte noch nicht bereit sein, Kinder zu empfangen. Dann würde sie sein wie die Frauen, die er versucht hatte zu erschaffen. Doch diese Venus würde ihm länger bleiben.

Dass Frank Habichthorst im Grunde genommen eine Mogelpackung war, blieb Rieke lange Zeit verborgen. Möglicherweise hatte sie dies auch gar nicht wahrhaben wollen. Mit nichts als der Kleidung auf seinem Leib, ein paar Noten und einem Koffer war er damals zu ihr gekommen. Nach und nach versorgte sie ihn mit allem, was er benötigte, um wenigstens halbwegs manierlich das Haus verlassen zu können.

Dabei war ihr Budget sehr bescheiden. Anschaffungen für Frank und die Kinder standen lange Zeit im Vordergrund. Sie selbst gönnte sich nichts.

Auch als nach und nach die Klavierschüler ausblieben, durch die Frank wenigstens ein paar Euro verdiente, schimpfte Rieke nicht. Sie stockte ihren Halbtagsjob auf und ging den ganzen Tag arbeiten. Immerhin hielt Frank das Haus ordentlich und kochte für die Familie. Sie schätzte es auch, dass immer jemand da war, wenn eines der Kinder nach Hause kam.

Im Laufe der Jahre wurde Frank jedoch zunehmend unbeweglicher. Gartentätigkeiten stellte er wegen seines Rückens ganz ein. Ein Lagerungsschwindel enthob ihn von weiteren Verpflichtungen des Alltags wie Einkaufen oder Autofahrten. Letztlich blieb nur noch das Kochen, das Staubwischen und Saugen, das er Rieke abnahm. Alles andere blieb an ihr hängen. Die Zecke hatte sich tief in sie hineingebohrt.

Es war auf der einen Seite gut, dass die Kinder inzwischen aus dem Haus und damit aus der Schusslinie waren. Frank hatte sie zunehmend als Dorn im Auge empfunden. Die beiden hatten ihr jedoch das eine oder andere abgenommen. Nun war sie für das Meiste selbst verantwortlich und kam an ihre Grenzen. Der Vollzeitjob, die Gesangsproben und Auftritte forderten ihren Tribut. Freizeit blieb ihr kaum noch. Franks zunehmende Eifersucht auf ihren gesanglichen Erfolg machte die Probleme nicht kleiner. Sie war ratlos. Was einmal gut begonnen zu haben schien, löste sich nach und nach auf. Es fühlte sich an, als bröckele auch noch das letzte bisschen Verbundenheit entzwei, als wären sie plötzlich zwei Menschen, die unterschiedliche Muttersprachen erlernt hatten und sich deswegen nicht mehr verständigen konnten.

Es blieb den Lehrern in der Schule verborgen, dass das Mädchen eine ganz eigene Intelligenz besaß, die sich mit pädagogischen Methoden nicht unbedingt messen ließ. Als sie in der ersten Klasse einige Zeit gefehlt hatte und ein Diktat schreiben musste, kannte sie das Wort „See" nicht und malte stattdessen Wellenlinien, die Wasser darstellen sollten.

Die Mutter lachte darüber. Sie freute sich über die Kreativität ihrer Tochter. Gleichzeitig schüttelte sie den Kopf über die Lehrerin, die das nicht vorhandene Wort als Fehler markiert hatte.

Wahrscheinlich hätte das Mädchen eine andere Form des Lernens gebraucht. So blieb sie, obwohl sie intelligent war, weit hinter ihren Möglichkeiten zurück und flüchtete sich in die Sicherheit des unverschuldeten Unvermögens.

Die Wedges begannen schon lecker aus dem Ofen zu duften, als Wolf Hetzer sich zu Peter und Nadja setzte. Er stutzte erst, als er sah, wie Nadja mit geschlossenen Augen an der Schulter seines Kollegen lehnte. Peter schien wie zur Salzsäule erstarrt, als ob er sich nicht bewegen wolle, um den Moment zu konservieren. Er hatte sich nicht einmal getraut, den Arm um Nadja zu legen. Das holte er jetzt nach und streichelte der Rechtsmedizinerin über ihr wirr durcheinanderstehendes Haar. Da war nichts zu zerstören an ihrer Frisur. Sie sah immer so aus, als sei sie soeben dem Bett nach einer wilden Nacht entstiegen.

Wolf stellte die Gläser und die Flasche El Coto auf den Tisch und setzte sich mit einem Seufzen.

„So, jetzt mal raus mit der Sprache, Nadja! Was bedrückt dich?“

Es dauerte einen Moment, bis sie wieder in die Wirklichkeit zurückfand und von Peter abrückte, was dieser als sehr ärgerlich empfand und Hetzer einen bösen Blick zuwarf.

„Ich komme mit diesem Fall nicht gut klar!“, sagte sie traurig.

„Gibt es dafür einen besonderen Grund?“, fragte Wolf zaghaft. Er hatte eine besondere Gabe, so mit Menschen zu sprechen, dass sie sich ihm gerne anvertrauten. Mittlerweile waren Peter, Nadja und er zu so einem guten Team zusammengewachsen, dass man unumwunden behaupten konnte, sie waren Freunde. Und genau aus diesem Grund hatte Nadja auch vor seiner Tür gesessen.

„Es sind nicht die toten Frauen, die wir gefunden haben. Es sind mehr diese Organe, die ihnen entnommen und durch die einer anderen Frau ersetzt wurden."

„Du willst uns also damit sagen, dass Gebärmutter und Eierstöcke unseres aktuellen Falls wieder nicht zu der Person gehörten, die da vor uns auf dem Grabstein lag?", wollte Wolf wissen.

Peter hörte nur zu.

Er wusste, dass es geschickter war, wenn er jetzt seinem Kollegen das Feld überließ.

Nadja nickte.

„Kannst du uns denn etwas mehr über diese Organe sagen?", fragte er vorsichtig.

Nadja nickte wieder und seufzte. „Wir müssen leider davon ausgehen, dass wir irgendwo noch eine tote Jugendliche finden werden. Die Untersuchung der Zellen und des Gewebes hat ergeben, dass das Mädchen nicht älter als sechzehn gewesen sein kann, vielleicht sogar noch jünger."

„Und genau das macht dir jetzt zu schaffen, dass sie so jung ist?", fragte Wolf behutsam. „Du arbeitest doch sonst so professionell."

Nadja verzog den Mund zu einem schiefen Lächeln. „Nein, natürlich nicht, Wolf, was denkst du von mir? Es ist eher etwas Persönliches. Darum bin ich zu euch gekommen."

Peter rückte etwas näher an Nadja heran und streichelte ihre Schulter. Sie schien das überhaupt nicht zu bemerken, so sehr war sie mit ihren Gedanken beschäftigt.

Wolf Hetzer goss den El Coto in die Gläser und prostete den beiden zu. „Wie möchtet ihr euer Steak?", fragte er und lenkte das Gespräch erst einmal auf eine andere Ebene. Er hatte bemerkt, dass sich etwas Feuchtigkeit in Nadjas Augenwinkeln gebildet hatte. Sie würde sich schon öffnen, wenn der Moment gekommen war.

„Medium bitte!", sagte sie und Wolf war froh, dass sich Peter seines üblichen Kommentars enthielt. Er selbst mochte es blutig, aber es war ja nicht unbedingt wahrscheinlich, dass das bei Nadja aufgrund ihres Berufes auch so war. Im Gegenteil. Er konnte sich sogar vorstellen, dass sie es deshalb eher durchgebraten mochte.

Gemütlich und nicht allzu besorgt schlenderte Wolf in die Küche und drehte die Gasflamme am Herd an. Nadja und Peter würden schon gut ohne ihn zurechtkommen. In der Pfanne schmolz er ein Stück Butter ins Olivenöl und gab die beiden ersten Steaks ins heiße Fett. Parallel rührte er eine Vinaigrette an. Die südamerikanischen Kartoffelecken würde er gleich probieren können. Sie waren nahezu fertig. Als er sein Stück Fleisch in die Pfanne gleiten ließ, kamen die Ragdollkater Max und Moritz in die Küche. Der Duft von Gebratenem hatte sie von der Chaiselongue gelockt, die sie sonst nur sehr ungern verließen.

„Nee, nee", sagte Wolf bestimmt, „da bleibt euch der Schnabel sauber!" Trotzdem holte er schmunzelnd zwei Leckerchen aus dem Schrank.

Dann rief er nach Peter.

„Musst du mich da wegholen, du Idiot?", fragte er Wolf, als er in der Küche stand.

„Hast du dich so plötzlich für eine der Damen entschieden?", konterte dieser.

Peter knurrte.

„Los, hilf mir eben, den Tisch zu decken und das Essen rüberzubringen. Und halt gleich die Klappe. Ich will versuchen herauszufinden, was mit Nadja los ist", zischte Wolf noch leise hinterher.

„Ja, ja, weiß ich schon. Hast du nicht gemerkt, dass ich vorhin keinen Ton gesagt habe?", wollte Peter wissen.

„Doch schon, aber du könntest rückfällig werden." Wolf nahm den Teller mit den Steaks in die eine und die Schüssel mit den Wedges in die andere Hand.

Das Essen verlief relativ schweigsam, aber der Rotwein tat sein Übriges und lockerte die gespannte Stimmung etwas auf.

Wolf lehnte sich irgendwann zurück und sagte: „Es ist traurig, wenn so ein junger Mensch sein Leben lassen muss. Kannst du uns denn sagen, ob wir es hier mit einem aktuellen Mord zu tun haben, oder war die Gebärmutter wieder in der Kühltruhe?"

Nadja zuckte bei dem Wort „Gebärmutter" zusammen, antwortete aber sofort. „Nein, die junge Frau ist eher so vor zwei, drei Tagen getötet worden."

„Ich frage mich", sinnierte Wolf vor sich hin, „ob sie ihr Leben nur der Organe wegen hat lassen müssen? Warum tut der Mörder das? Warum entnimmt er den Frauen die eigenen Eingeweide und gibt ihnen andere? Mir erschließt sich das nicht. Was tut er mit denen, die er den Frauen entnimmt, hebt er die für eine der nächsten Damen auf? Alles ist so undurchsichtig. Und ich glaube, bevor wir seine Denkweise nicht verstehen, werden wir keine Chance haben, ihm auf die Spur zu kommen."

Dass sie sich schon über ein Jahr liebten, machte den Unterschied aus. Sie waren sich selbst zu wertvoll gewesen, jenes Gefühl an Körperlichkeiten zu verschleudern. Der Gleichklang ihrer Seelen wog mehr. Die Liebe lag in ihnen wie das tiefe Subkontra-C einer Orgelpfeife. Für die Ohren ein fast nicht mehr hörbarer, aber umso mehr fühlbarer, dunkler Ton, der mit seinem Schall in ihrer beider Mitte widerhallte und dort in Erinnerung blieb. Wann immer sie aneinander dachten, bewegte sie diese nie nachlassende Tiefe.

Anfangs war es nur eine Ahnung gewesen. Ein nicht greifbares Element im Universum, eine Bewegung, die sie streifte und vorbeihuschte, bevor sie sie erkennen oder benennen konnten. Es war eine unbewusste Äußerung gewesen, die sie damals hatte aufhorchen lassen. Das plötzliche Erkennen eines Zustandes, der lange vorhanden war, aber den sie nur zufällig entdeckten. Da standen sie und staunten in sich hinein, fielen in eine Verwunderung, die sie erst nach und nach wirklich begriffen.

Die Liebe brauchte keine Worte, um sich zu erkennen zu geben, nur diesen Moment, in dem der Ton angestoßen worden war, der in ewige Schwingung geriet. Wellen, die sie in Intervallen erreichten, von denen sie wussten, dass sie nie mehr verebben würden.

Dieses so kostbare Element des Fühlens wollten sie sich bewahren. So sprachen sie es niemals aus und ignorierten jegliche Sehnsucht des Bekennens. Sie hatten Angst, dass aus der Nähe eine Distanz erwachsen könnte, die sie nicht ertragen würden. Was niemals begann, konnte nicht enden.

Also beließen sie es dabei und vermieden zu tiefe Blicke, mit denen sie sich gegenseitig als das erkennen konnten, was sie waren – Liebende.

Wer sie miteinander arbeiten sah, hatte den Eindruck, zwei eher schüchterne, in sich gekehrte Menschen vor sich zu haben, die sich leidlich mochten, aber sich in künstlerischem Respekt voreinander verneigten.

Es gelang Wolf an diesem Abend nicht, irgendetwas Sinnvolles aus Nadja herauszubekommen, was über die medizinische Expertise hinausging.

Irgendeine Grenze gab es dort, die er nicht überwinden konnte. Sie ließ ihn nicht in ihr Innerstes gelangen, flüchtete sich in ein Glas Rotwein zu viel und kicherte plötzlich über die banalsten Dinge.

Peter verfolgte seit zwei Stunden einen anderen Plan, als er bemerkte, dass Wolfs Theorie des gefühlvollen Zuhörers und verständnisvollen väterlichen Freundes scheiterte. Er hielt sich an seinem ersten Glas El Coto fest, indem er kaum trank.

Als Nadja plötzlich aufstand und nach Hause wollte, schien es so, als ob ihre Stimmung gewechselt hätte. Sie war auf einmal wieder melancholisch.

„Fahren kannst du aber jetzt nicht mehr!“, sagte Wolf bestimmt und nahm ihr den Autoschlüssel aus der Hand.

„Ich fahre Nadja nach Hause“, Peter nahm Hetzer den Schlüssel ab, „dann brauchst du mich auch nicht wegzubringen. Ich habe nahezu nichts getrunken, im Gegensatz zu euch.“

Nadja zuckte mit den Schultern und Wolf warf Peter einen wissenden Blick zu, den dieser mit einem Stöhnen quittierte.

Lady Gaga begleitete sie zur Tür.

Peter hielt der Rechtsmedizinerin die Beifahrertür auf und setzte sich selbst ans Lenkrad. Dann winkte er Hetzer mit einem triumphierenden Blick und fuhr bergab.

„Schon lustig, dass ich mich in meiner eigenen Karre nach Hause kutschieren lasse“, sinnierte Nadja und stierte in den Himmel.

„Wer sagt denn, dass ich dich nach Hause bringe?“, fragte Peter süffisant.

„Ach so? Wohin denn sonst?“

„Wohin du willst, damit es dir besser geht! Vielleicht an die See?“

Nadja lachte. „Du spinnst ja wohl, Peter! Aber obwohl, zuzutrauen wäre es dir.“

„Nur ein Wort von dir und ich fahre an die Nordsee. Das ist ernst gemeint!“

Sie drehte sich zu ihm um, weil sie plötzlich spürte, dass sich etwas in seiner Stimme verändert hatte.

„Versteh einfach, ich möchte, dass es dir gut geht!“

„Warum?“ In Nadja hatte sich der El Coto abrupt verflüchtigt.

„Kannst du dir das nicht denken?“, fragte Peter. „Seit Monaten versuche ich, mit dir auszugehen. Da wirst du mir wohl kaum egal sein.“

Nadja schwieg.

„Also, wo fahren wir hin?“, fragte er und schaute zu ihr rüber.

„Irgendwohin, wo es dunkel ist und ich mich verstecken kann!“, sagte sie.

„Dein letztes Wort?“

„Ja!“

„Gut, du musst aber ein paar Meter laufen“, sagte Peter.

Sie nickte.

Peter fuhr nach Kleinenbremen, anschließend in die Georgstraße und bog später in die Parkstraße ein. Das Bergbad ließ er rechts liegen und parkte schließlich ganz oben am Wald, wo die Grillstelle unterhalb des Schießstandes errichtet worden war.

„Bitte aussteigen, folge mir einfach!“, sagte er. „Ich werde dir deinen Wunsch erfüllen, aber dann bin ich an der Reihe, einverstanden?“

Sie nickte wieder.

An der Stelle des Höhenweges, wo einmal die alte Buche gestanden hatte, bog er nach links ab und gleich wieder rechts.

Die Nacht war klar und der Halbmond beleuchtete das unwirkliche Areal des Hexenteiches. Fast dämonisch lag die von Entengrütze überzogene Wasserfläche unter den morschen Teilen eines Baumes. Das beleuchtete Grün schuf eine Atmosphäre, die zu diesem Ort passte.

„So“, sagte Peter, „und nun komm mal mit mir hier hoch in die Hexenspalte, wo sich die Felsen teilen. Da kannst du dich verstecken. Dunkel genug ist es da auch, stimmts?“

„Ja, und eng!“

„Eng ist gut, dann bist du nicht so weit von mir weg, wenn du mir jetzt sagst, was dich bedrückt. Das ist nämlich mein Wunsch!“

„Ich wusste doch, dass die Sache einen Haken hat“, stöhnte Nadja, „ich kann nicht darüber sprechen.“

„Warum nicht, wir sind doch Freunde, oder?“ Peter nahm ihre Hand.

„Das genau macht es nicht einfacher!“, sagte sie mit einem Zittern in der Stimme.

„Dann werde ich mal mit meinem kriminalistischen Sachverstand kombinieren und du musst nur nicken oder mit dem Kopf schütteln“, schlug Peter vor. „Also, es sind nicht die Frauen, wegen derer du ein Problem hast."

Sie nickte.

„Es sind die Organe?"

Sie nickte.

„Ich habe den ganzen Abend darüber nachgedacht. Darum war ich auch so schweigsam. Du wirst es nicht bemerkt haben."

Sie schüttelte den Kopf.

„Gut, wir haben es mit weiblichen Fortpflanzungsorganen zu tun, mit Gebärmüttern und Eierstöcken. Da die Situation dich belastet, gehe ich davon aus, dass du selbst oder ein dir nahestehender Mensch ein Problem in diesem Bereich hat."

Sie nickte wieder und schwieg, aber er hörte, wie sie leise schniefte.

Peter holte tief Luft und sagte: „Ich glaube, du selbst hast etwas erlitten, vielleicht eine Operation?"

Sie nickte.

„Und sie kann nicht wirklich gut ausgegangen sein, wenn du daran noch leidest. Oder ihre Ursache war schmerzhaft."

Ihr Nicken wurde jetzt heftiger, das Schluchzen auch.

Peter machte sich bereit nun das zu sagen, was ihm an Hetzers Esstisch in den Sinn gekommen war.

„Du kannst - aus welchen Gründen auch immer - keine Kinder mehr bekommen."

Sie weinte jetzt, und er nahm sie in die Arme. Eine Antwort war überflüssig geworden.

Wenn man nicht in die Tiefe denken wollte, war es gut, sich in die Arbeit zu stürzen. Das genau tat Leander, weil er sich nicht bewusst machen wollte, dass sein Leben im Grunde nur ein Gerüst war, ein Skelett, dem das Wichtigste fehlte. Es war nur ein Gehirn im Schädel, das alles steuerte - eine Art Maschinerie, die aus sich selbst heraus funktionierte.

Seitdem er Rieke kennengelernt hatte, war das Räderwerk seines Alltags in gewisser Weise durch kleine Unebenheiten gestört. Er hätte vor sich selbst allerdings nie zugegeben, dass eine gewisse Verbundenheit zwischen ihnen bestand, die über die künstlerische Zusammenarbeit hinausging.

Sein Innerstes registrierte jedoch sehr intensiv, dass er sich in ihrer Gegenwart wohlfühlte und gerne mit ihr arbeitete.

Bei den letzten Proben für den Elias von Mendelssohn Bartholdy stand er verzückt mit dem Taktstock in der Hand und lauschte ihrem klaren Sopran, mit dem sie über den Chorstimmen schwebte. „Denn er hat seinen Engeln befohlen über dir" war sowieso eines seiner Lieblingsstücke aus dem Oratorium. Riekes Stimme hatte wahrhaftig etwas Überirdisches. Als er sie ansah, um ihr die Einsätze zu geben, fiel das Licht durch das Kirchenschiff der Bückeburger Stadtkirche in ihre rotblonden, langen Locken. Sie wirkte, als stünde sie im Feuer. Er war überwältigt. Diesen Augenblick der perfekten Kombination aus Ton und

Bild sog er in sein Innerstes und bemerkte nicht, wie in dem Skelett ein Herz zu wachsen begann.

Da er jetzt genau wusste, wie sie sein musste, war er auch überzeugt davon, sie zu finden.

Die sozialen Netzwerke waren hervorragend dafür geeignet, sich umzuschauen, vor allem, weil man dort auch nach Orten oder Regionen suchen konnte und einem die verfügbaren Frauen angezeigt wurden – wengistens die, die es zuließen. Manche wussten nicht einmal, wie leicht sie zu finden waren und ihm damit fast wie auf dem Präsentierteller serviert wurden. Er musste sie nur aussuchen, sich listig anpirschen, beobachten und zuschlagen. Was für leichte Beute sie waren.

Immer noch durchzog es Rieke heiß und kalt. Sie hatte die Puppe weggeschleudert und das widerliche Foto zerrissen. Jemand wollte sie schocken, ihr die innere Sicherheit rauben, jetzt wo ihre Stimme, ihr Gesang endlich gefragt war. Sie hatte kein Verständnis für diese Neider.

Irgendwo in den Tiefen ihrer Seele verdrängte sie ihre wahren Befürchtungen, dass es Mitwisser geben könnte, von denen sie nichts ahnte. Dass der wahre Grund dieser Drohung ein ganz anderer war.

Nicht einen Augenblick jedoch dachte sie daran, dass das Foto genau das vermitteln wollte, was es aussagte. Sonst hätte Rieke anderes reagiert. Sie wäre vielleicht mit dem Bild zur Polizei gefahren. Doch Rieke empfand das Foto nicht als Bedrohung für ihr Leben, sondern nur als den irren Auswuchs eines Spinners, der sie um ihren Gesangserfolg beneidete. Und sie wusste auch genau, wen sie da in Verdacht hatte.

Aus einer harmlosen Erkältung war eine Lungenentzündung geworden. Kein Infekt, den die Jugendliche hatte, ging einfach so vorbei, ohne dass sie ein Antibiotikum brauchte. Mittlerweile war es die fünfte Erkrankung in kurzer Folge. Die Mutter war ratlos. Sie wusste sich nicht mehr zu helfen. Die Fehlzeiten in der Schule führten dazu, dass der Leistungsstandard nicht mehr zu halten war. Eine Katastrophe für ein Mädchen, das intelligent ist, aber dessen Möglichkeiten sich erschöpft hatten. Es hatte einige Zeit gedauert, bis endlich ein Arzt auf die Idee gekommen war, das Immunsystem des Mädchens untersuchen zu lassen. Das Ergebnis war befreiend und belastend zugleich. Eine angeborene Immunschwäche hatte sie, dies belegte der Labortest. Nun wussten sie zwar die Ursache der Infektionen, aber es gab keine Möglichkeit zur Heilung. Der fehlende Stoff im Blut konnte nicht ersetzt werden.

Als er ihr Foto im Internet sah, durchfuhr es ihn wie ein Blitz. Jetzt konnte er sie immer anschauen. Er hatte ein Bild von ihr. In natura war sie noch viel schöner. Der Zufall hatte sie ihm gesandt. Genau so hatte er sie sich immer vorgestellt. Nur war sie zu alt.

Aber das war jetzt sekundär, denn er musste immer noch an die erste Probe mit ihr denken.

Dieses Haar, das so im Licht der Abendsonne brannte, ihre Ausstrahlung, die ihn selbst in Flammen stehen ließ, und ihre zauberhafte Stimme.

Sie war perfekt. Er wollte sie für sich!

Der Fuß, der aus der Erde ragte, wirkte grotesk. Grellrot lackierte Zehennägel schmückten ein Körperteil, bei dem das Fleisch begonnen hatte, sich aufzulösen. Die Insekten hatten sich längst an die kräftige Farbe gewöhnt und ließen sich nicht abschrecken. Sie krabbelten durch die Spalten zwischen den winzigen Gliedmaßen hindurch, labten sich und legten ihre Eier an feuchtwarmen Stellen ab. Die Frühlingssonne hatte schon Kraft, wenn sie durch die Zweige drang. Sie wärmte das sich verflüssigende Gewebe und sorgte dafür, dass ihm ein Duft entströmte, der auch andere Tiere anlockte.

Ein Fuchs, dessen Nase sich in Reichweite befand, nutzte die Gelegenheit, an eine wenig kraftraubende Speise zu kommen.

Doch er hatte die Situation unterschätzt. Es bedurfte einiger Anstrengung, bis der Fuß oberhalb der Fußwurzelknochen abriss und von ihm davongetragen werden konnte.

Vielleicht hätte er es geschafft, ihn ganz bis zu seinem Bau zu bringen, wenn nicht ein ungehorsamer Hund seine Fährte aufgenommen hätte. Überleben war wichtiger als Nahrung. Die Beute fiel zu Boden und rettete den Fuchs, der auf einmal völlig unwichtig war.

Der Leichengeruch verzückte den Golden Retriever und lud ihn zum Wälzen ein. Die Knochen rieben bei dem Gewicht aneinander, während das faulige Fleisch zum Teil im Fell hängenblieb. Noch wurden sie aber von den Sehnen zusammengehalten.

Seinen Eigengeruch hatte der Hund gut übertüncht. Er stank einfach entsetzlich. Mit einer Trophäe im Maul lief er anschließend zu seinem Frauchen zurück. Die allerdings war wenig begeistert. Sie schrie, als sie erkannte, was ihr Hund da in seinem Fang trug und übergab sich, als sie den widerlichen Gestank einatmete.

Beim Schrei seines Frauchens hatte der Retriever den Fuß vor Schreck fallen lassen. So gelang es ihr zwischen zwei Magenentleerungen, ihren stinkenden Köter am Baum festzubinden, bevor er sich der Beute wieder bemächtigen konnte. Zwanzig Meter weiter und zehn Minuten später schaffte sie es, mit ihrem Handy die Bückeburger Polizei anzurufen. Diese roten Fußnägel jedoch würde sie nie wieder in ihrem Leben vergessen.

Als Peter mit Nadja in der Felsspalte des Hexenteiches im Harrl stand, sprachen sie lange Zeit kein Wort.

Peter wartete geduldig ab und hielt Nadja im Arm, bis ihr Schluchzen leiser wurde. Dann strich er ihr übers wirr zerzauste Haar und legte ihren Kopf an seine Schulter.

Allmählich beruhigte sie sich.

„Ich kann mir ein Leben mit dir vorstellen", sagte er zu ihr, „aber keins mit Kindern. Die nerven mich immer tierisch! Falls du also nicht dringend selbst welche haben willst, ich kann gut darauf verzichten."

„Wirklich?", fragte sie.

„Absolut!", sagte er mit Überzeugung in der Stimme.

„Meine letzte Beziehung ist dadurch kaputt gegangen", sagte sie leise.

„Was für ein Hornochse!", gab Peter zurück.

„Der Hornochse ist ein bekannter Staatsanwalt. Er konnte sich eine Zukunft ohne Kinder einfach nicht vorstellen."

„Ja, aber du musst doch auch damit klarkommen. Konnte er das als dein Partner nicht mittragen?", fragte Peter entrüstet.

„Nein!"

„So ein Idiot! Der hat dich dann auch einfach nicht verdient, glaub mir."

Nadja zuckte mit den Schultern.

„Doch, echt! Man hätte doch welche adoptieren können." Peter streichelte ihre Wange.

„Mit Mitte dreißig ist das nicht mehr so leicht, aber lassen wir das." Nadja wollte vom Thema ablenken.

„Magst du mir sagen, warum du keine Kinder bekommen kannst?", fragte Peter einfühlsam und wollte sich am liebsten sofort in den Hintern beißen, weil er spürte, dass sie wieder zu schluchzen begann. Da half nur die Flucht nach vorn. Er nahm ihren Kopf in die Hände und küsste sie.

An jenem denkwürdigen Abend, als sich die Lippen von Peter und Nadja zum ersten Mal trafen, herrschte große Aufregung in der Bückeburger Stadtkirche. Die Premiere des „Elias“ von Mendelssohn Bartholdy stand auf dem Programm.

Es sollte Riekes erster Auftritt als vertraglich verpflichtete Sopranistin werden.

Dass auch Frank Habichthorst zum ersten Mal mit den Bückeburger Sinfonikern spielen würde, schien ihr völlig zu entgehen. Er hasste diesen Egoismus, den sie seit dem Moment an den Tag legte, als sie den Vertrag unterschrieben hatte. Als ob sie nun etwas Besseres wäre als Starsopranistin der Bückeburger Sinfoniker. Er selbst hatte auch ein Arrangement, nicht nur Rieke.

Sie jedoch lief aufgeregt wie ein verrücktes Huhn durch die Gegend und hatte keine Augen für ihn. Dabei wäre sie gar nichts ohne ihn. Nur durch seine musikalische Unterstützung hatte man sie überhaupt wahrgenommen.

Rieke war in der Tat unruhig.

Es stand viel auf dem Spiel, sie wollte um Himmels willen nichts verpatzen. Das war bei der Aufregung nicht ganz so leicht. Auf der anderen Seite führte ihr Lampenfieber auch immer zu vermehrter Konzentration.

Dass Frank so mürrisch war, ärgerte Rieke. Sie hatte etwas mehr Unterstützung von ihm erwartet.

Im Grunde konnte sich Rieke sicher sein, sie hatte wochenlang geprobt, zuletzt mit Leander die Feinheiten abgestimmt. Nicht immer hatte er es verbergen können, dass er wie entrückt ihrer Stimme lauschte. Mit geschlossenen Augen schwang er den Taktstock und blinzelte nur gelegentlich durch die Wimpern.

Einige Musiker aus dem Orchester nahmen sehr wohl eine Veränderung im Wesen ihres Dirigenten wahr. Vielleicht konnte man sogar sagen, dass sie mehr erahnten, als Leander sich selbst eingestehen wollte.

In dieser Hinsicht war er ehrlicher zu sich selbst. Er wusste, dass er Rieke für sich wollte. Ganz und für immer. Nur noch nicht jetzt. Es wäre aufgefallen, wenn sie so kurz vor dem Konzert verschwunden wäre. Diesmal wollte er alles noch besser planen. Das einzige Manko seiner Venus war ihr Alter. Zwanzig Jahre jünger und unbefleckt wäre sie sein erträumtes Lebensziel.

Wie jedoch sollte er die Zeit überbrücken, bis er sich ihrer bemächtigen konnte? Welche List konnte er anwenden, um sie möglichst unbemerkt von der Bildfläche verschwinden zu lassen? Oder war das gar nicht notwendig, weil ihn sowieso niemand verdächtigte?

Da lief ihm der Zufall in Form einer üppigen Brünetten über den Weg, die vor seinen Augen stolperte und froh war, dass er ihr die Hand reichte. Gerne ließ sie sich von dem charmanten Herrn auf einen Kaffee einladen und sagte zu, als er danach fragte, sie wiederzusehen.

Auch Wilfried war aufgeregt. Es war auch sein erstes Konzert mit den Bückeburger Sinfonikern. Aber er konnte im Orchester in der Summe der Instrumente untertauchen. Das war besser, als wenn er als Solist hätte auftreten müssen.

Es war jetzt einige Zeit her, seit er ohne seine Mutter lebte. Das Verrückte an dieser Sache war, dass er auf der einen Seite wahnsinnig froh darüber war, die alte Hexe los zu sein, sie aber auf der anderen Seite irgendwie doch vermisste.

Seine Mahlzeiten waren seitdem eher karg, und Hemden bügelte er nur, wenn er sie wirklich dringend brauchte. Das hieß nicht, dass er nachlässig war. Mit der Sauberkeit in der Wohnung stand es zum Besten.

Gerne hätte er endlich eine Frau gehabt. Beim Chatten ergab sich zwar virtueller Kontakt mit einigen Damen, aber keine war bereit, sich mit ihm zu treffen.

Diese Rieke, die im „Elias“ die Sopran-Soli sang, beeindruckte ihn stark. Sie war eine besondere Frau mit lieben Augen. Wann immer es ihm gelang, versuchte er in den Probenpausen in ihrer Nähe zu sein. Sie hatte jedoch keine Augen für ihn, und er war sich bewusst, dass sie auch nie welche haben würde.

So sprach er meist mit der Cellistin Gisela, einer beleibten Dame mittleren Alters, die einen Pferdeschwanz trug und immer fröhlich war.

Ganz im Gegensatz zu ihrer Schwester Klara, die gelegentlich mit ihrem Sopran ausgeholfen und gleichzeitig mit ihrer schlechten Laune die Stimmung im Orchester vergiftet hatte.

Hass ist ein Gefühl, dass manche Menschen stärker empfinden können als andere. Klara war ein Meister darin. Ihr ganzes Leben lang fühlte sie sich schon von anderen Menschen übervorteilt. Immer waren andere besser als sie. Niemals stand sie in der ersten Reihe. Auf dem Instrument hatte es ihre Schwester Gisela weit gebracht. Sie hatte in Göttingen und Hannover gespielt. Klara selbst war nie von solchem Ehrgeiz besessen gewesen, wollte aber ebenso viel erreicht haben. Leider flog ihr nichts von allein zu.

Klaras geballter Hass konzentrierte sich momentan allerdings eher auf Rieke, die es geschafft hatte, sie von ihrem angestammten Platz als Sopranistin des Bückeburger Sinfonieorchesters zu vertreiben. Ihr blieb nur die Chance, als Sopran zumindest im Chor ein wenig mit von der Partie zu bleiben.

Das Blut floss noch besser ab, wenn er sie nach dem Schächten kopfüber hängte. Sie entleerten sich sonst nicht ganz. Er musste nur den ersten, starken Blutschwall abwarten, dann zog er sie an einer Kette mit Fleischerhaken hoch. Immer schwächer werdend strömte der rote Lebenssaft aus ihr heraus. Die Haut wurde blasser. Ihm gefiel diese vornehme Helligkeit der Oberfläche, die jetzt noch ganz warm war. Sie bildete einen guten Kontrast zu den dunklen Haaren, die er zu einem Zopf zusammengebunden hatte, damit das Blut sie nicht benetzte. Er streichelte sie. Wie weich sie war.

Um die Knöchel hatte er ihr ein Tuch gebunden, damit das Seil nicht zu sehr einschnitt und ihren Körper durch hässliche Male entstellte.

Ihre Körperspannung hatte längst ganz nachgelassen. Er bewunderte ihre großen Brüste, die nun wegen der Schwerkraft in die entgegengesetzte Richtung zeigten und so ganz anders aussahen.

Aus ihr tropfte es immer noch. Er wollte ihr die Zeit lassen, ganz auszubluten, und setzte sich vor die alte Schlachterei in die Frühlingssonne.

Die zunehmend schlimmen Infekte schwächten den schmalen Körper der Heranwachsenden. Sie hatte kaum noch Kraft. Aufenthalte in unterschiedlichen Kliniken wurden notwendig. Es stand der Verdacht im Raum, dass eine Parallelerkrankung das Mädchen zusätzlich schwächte. Für Rieke war das ein dramatischer Zustand, denn ihr blieb nichts anderes übrig, als ganztags arbeiten zu gehen, um die Familie zu versorgen. Insofern war es ein Segen, dass Frank zu Hause war und seine Klavierschüler dort unterrichtete. Rieke hätte sonst nicht gewusst, wie sie den Alltag würde bewältigen können.

Auch Jens und Johann hingen an Riekes Lippen. Sie schmolzen beim Terzett „Hebe deine Augen auf" dahin und hatten nur Augen für sie. Bei den Gesangsproben ohne Orchester war jeweils der eine oder andere eingesprungen und hatte die Klavierbegleitung der Partitur gespielt, damit sich Leander Winterstein ganz auf das Dirigieren konzentrieren konnte. Sowohl Jens als auch Johann lebten ganz in der Musik. Sie waren Berufsmusiker. Beide beherrschten auch andere Instrumente. Jeder hatte vor dem anderen großen Respekt.

Für Frank Habichthorst war dieser Umstand ärgerlich. Er wäre gerne gefragt worden, ob er während der Proben Klavier spielte, denn er hätte Geld dafür verlangt. Jens und Johann übernahmen diese Arbeit als Liebesdienst, quasi als Hommage an die Musik, und hatten Spaß am Gesang der Solisten.

Es waren Bernhard Dickmann und Ulf Hofmann, die wegen des Fußes zum „Steinernen Tisch" in den Harrl ausrücken mussten.

Die rotlackierten Nägel an den schmierigen Zehenknochen sahen wirklich gewöhnungsbedürftig aus. Seppi von der Spurensicherung fluchte gerade vor sich hin und ließ den Fuß in eine durchsichtige Plastiktüte gleiten, als Nadja schnaufend den Weg hochgelaufen kam. Sofort warf sie ihren rechtsmedizinischen Blick auf das Körperteil und nickte.

„Ja, ja, das könnte passen! Uns fehlt noch die Leiche einer Jugendlichen ohne Gebärmutter. Der Fuß hier gehört eher zu einem jungen Menschen. Das kann ich aber erst genauer sagen, wenn ich Haut und Muskeln von den Knochen gelöst und mir die Wachstumsfugen angesehen habe. Ich mache dann auch einen genetischen Abgleich mit den Zellen aus dem Organ. Dann wissen wir hundertprozentig, ob es sich um ein und denselben Menschen handelt."

„Na, dann kannst du das Füßchen ja gleich mitnehmen!", sagte Seppi. „Ich schaue mich hier noch ein bisschen in der nahen Umgebung um."

„Nur ein Fuß macht noch keine Leiche. Sie könnte immerhin noch leben!", warf Ulf Hofmann ein. „Ich weiß nicht, ob es sinnvoll ist, jetzt gleich die Hundestaffel zu alarmieren."

„Ich glaube, du spinnst, Ulf!", entfuhr es Bernhard Dickmann. „Wie soll man denn mit abgetrenntem Fuß überleben? Wir rufen sofort Holger Pinell an!"

„Nachher kann ich es euch sagen, ob die Eigentümerin des Fußes noch lebt, aber ich würde auch schon mal anfangen, nach ihr zu suchen, wenn ihr mich fragt!“, mischte sich Nadja in das Gespräch ein.

Ulf brummte widerwillig.

„Wie dem auch sei“, sagte Nadja zu Seppi, „solltest du noch irgendwelche Teile eines Menschen finden, bring sie mir mit nach Stadthagen!“

„Meinst du“, rief Bernhard Nadja hinterher, „dass dieser Fuß zu der jungen Gebärmutter gehört?“

Sie drehte sich noch einmal um und schwenkte den Plastikbeutel.

„Ich bin kein Hellseher, aber ich würde mich wundern, wenn nicht. Ihr solltet die Rintelner wenigstens mal anrufen. Dann kommt es nachher nicht so plötzlich, wenn sie doch noch ausrücken müssen“, grinste sie und entschwand mit dem Fuß.

Was niemand wusste, war, dass es Nadja wie ein Blitz traf, als sie an Peter dachte. Da schoss so ein warmes Gefühl in ihre Körpermitte und blendete alles andere aus, auch den Gestank, der nicht ganz in der Tüte bleiben wollte.

An jenem Abend, als Peter sie geküsst hatte, war mit einem Mal alles Schwere von ihr abgefallen, als habe das Problem ihrer Unfruchtbarkeit kaum je existiert. Es war plötzlich ganz weit weg und nicht mehr wichtig.

Monatelang hatte sie sich geziert, war nicht mit ihm ausgegangen, weil sie befürchtet hatte, es könne etwas zwischen ihnen entstehen, das kaputtging, wenn er erst um ihren Makel wusste.

Auf der einen Körperseite sowieso nur mit einem inkompletten Eierstock gesegnet, verlor sie den zweiten vollständig in einer Schwangerschaft, die weder geplant, noch gewollt, noch am richtigen Ort stattfand. Aber sie lebte noch, und das war ein Wunder, denn der Eileiter platzte mit dem Wachsen der unvermuteten Frucht. Nadja wäre beinahe verblutet.

Das war eine schlimme Zeit gewesen. Es hatte viele Wochen gedauert, bis Nadja wieder auf den Beinen war, körperlich und seelisch.

Justus, der potentielle Vater, hatte ihr damals den Rest gegeben, als er eben jene neu entstandene Tatsache der Unfruchtbarkeit als Grund angab, sie verlassen zu wollen.

Als Folge dieser Verletzung blieb bei Nadja die feste Überzeugung zurück, als Frau und Partnerin nicht mehr zu taugen. Sie war unvollständig. Keine vollwertige Frau und damit unbrauchbar.

Peter war aufmerksam gewesen. Er hatte diesen Knoten gelöst und ihr auf liebevolle Art gezeigt, dass dieser unglückliche Umstand gar keine Bedeutung für ihn hatte.

Als das Licht satter wurde, ließ er sie in den Trog hinab und öffnete ihren Leib. Wie immer quoll schon im Schnitt des Messers der Darm hervor und drängte sich auf. Er fand das ekelhaft. Mit ihren Exkrementen wollte er sich nicht befassen. Das hatte er schon früher gehasst, wenn sein Vater schlachtete.

Mit einem Ruck riss er das widerliche Geschlängel aus dem Bauchraum und schleuderte es in den Eimer zu seinen Füßen.

Vor einiger Zeit hatte er sich endlich Einmalskalpelle gekauft, als er in Hannover unterwegs war. Mit ihnen konnte er die Gebärmutter und die Eierstöcke viel sauberer heraustrennen. Er ließ die Organe in eine Gefriertüte gleiten und beschriftete diese mit Datum und Namen.

Als er den Bauchschnitt geklebt hatte und ihr Leib fast unversehrt aussah, wusch er sie von dem störenden Blut, dessen Spur noch auf ihrer Haut zurückgeblieben war und den bleichen Körper besudelte.

Beim Säubern des Gesichtes kam ihm eine Idee. Der Halsschnitt war diesmal recht groß ausgefallen. Das wirkte martialisch. Es war besser, die Wundränder ebenfalls mit dem Hautkleber wieder zusammenzufügen.

Die Haare löste er aus dem Zopfgummi, damit die braunen Locken das schöne Gesicht mit den Pausbacken umrahmen konnten. Wenn die Klebestellen noch ein bisschen getrocknet waren, würde er sie auf den Tisch legen können.

Nach wochenlangen Proben brach endlich der Konzertabend an. Rieke trug ein grün-schwarz changierendes Abendkleid aus Seide mit großem Ausschnitt, das hervorragend zu ihren rotblonden Haaren passte. Sie wirkte fast wie ein Rauschgoldengel, wenn die Locken über die Schultern fielen.

Frank Habichthorst beäugte seine Partnerin mit gemischten Gefühlen. Sie würde wieder im Mittelpunkt stehen und sich in der Rolle gefallen. Er selbst band sich eine Fliege um. Damit würde er sich einreihen in die Riege der Orchestermusiker und nur ein Teil des Ganzen sein, ohne aufzufallen.

Jens, die zweite Geige, freute sich einfach darauf, völlig in Mendelssohns Musik aufgehen zu können und sich dabei gleichzeitig von Riekes Stimme und Aussehen berauschen zu lassen.

Johann, die Klarinette, zog heute ausnahmsweise eine schwarze Cordhose an. Er wusch sich auch und nahm ein frisches Hemd aus dem Schrank, das nicht so wirkte, weil die vergilbten Stellen ins Auge stachen. Die Fliege war nicht mehr neu und schon etwas speckig, aber das interessierte niemanden, wenn er sein Instrument spielte.

Niemand konnte jedoch wissen, was sich in Jens' Gefühlsleben abspielte. Als er Rieke an diesem Abend sah, war er sprachlos. Ja, er liebte sie, und niemand sollte das wissen.

Klara, die Sopranistin außer Dienst, musste sich in das langweilige Schwarz-Weiß des Choroutfits kleiden. Damit wurde sie sich auch optisch ihrer Degradierung bewusst. Ihre Schwester Gisela belächelte das insgeheim und nahm das Cello lustvoll zwischen die Beine.

Wilfrieds Posaune glänzte wie nie zuvor in seinem Leben. Es war auch sein erstes Konzert, das er als Berufsmusiker bestritt. Die Lehrertätigkeit ermüdete ihn mittlerweile zunehmend, doch solange er den Großteil seiner Bezüge im Schuldienst erzielte, musste er sich weiter mit den Heranwachsenden herumschlagen. Längst hatte er Rieke in den sozialen Netzwerken ausfindig gemacht. Er überlegte, ob er ihr eine Privatnachricht zukommen lassen sollte. In ihr wollte er Rieke ein großes Kompliment für ihre Stimme aussprechen.

Niemand hätte Leander angesehen, dass er nervös war. Souverän überspielte er sein Lampenfieber und zog sich in die Sakristei zurück. Dass er dort auf Rieke traf, die sich ebenfalls sammeln wollte, berührte ihn mit einem warmen Hauch. Er wünschte ihr viel Glück und floh in den Raum des Pastors, der ihm für die Dauer des Konzertes zur Verfügung gestellt worden war.

Luise Winterstein war im Kirchenschiff auf und ab flaniert, hatte hier und da zur Seite genickt, Konversation betrieben, bis sie endlich sicher sein konnte, dass alle Honoratioren der Stadt sie gesehen hatten. In üppigem Brokatrot mit Pelzkragen und massiver Perlenkette ließ sie sich schließlich auf einem der Ehrenplätze nieder. Sie war schließlich jemand. Ihr Mann leitete die bekannten Bückeburger Sinfoniker.

Auf rührende Art auffällig war eine andere, sehr junge Dame. Lena Sternhagen schien bis auf ein drohendes Halskratzen an jenem Abend für ihre Verhältnisse leidlich gesund. Sie war seit einiger Zeit auch in psychologischer Behandlung. Vielleicht bekam sie hier Unterstützung. Trotz ihrer körperlichen Schwäche hatte sie es sich nicht nehmen lassen, mit dem Rollstuhl ins Kirchenschiff geschoben zu werden, um ihrer Mutter zuhören zu können. Ihr Bruder Felix verstärkte die Bassstimme im Chor. Gerne hätte Lena auch wieder gesungen, aber das war wegen ihres Zustandes unmöglich.

Kommissar Wolf Hetzer hatte sich schon wochenlang auf den „Elias" in der Stadtkirche gefreut. In seiner Bückeburger Zeit war er selbst Mitglied der Kantorei gewesen. Rieke kannte er auch noch aus dem Chor. Wehmütig dachte er an die alte Zeit mit dem Kantorenehepaar Strömel zurück. Erika Strömel war inzwischen verstorben, Oskar Strömel im Ruhestand. Tief in seine Gedanken versunken, nahm er in der Kirchenbank Platz.

Die Kommissare Dickmann und Hofmann waren, was ihre musikalische Vorliebe betraf, völlig unterschiedlicher Ansicht. Während Bernhard Dickmann auf Rock, Pop und Jazz Wert legte, bevorzugte Ulf Hofmann die großen Komponisten. Er liebte es, in Violinkonzerten oder Streichquartetten zu schwelgen. Heute war er vor allem wegen Leander Winterstein hier, der ihn eingeladen hatte. Bernhard Dickmann saß mit Hund, Töchtern und Frau zu Hause und schob eine CD der Veterinary Street Jazz Band in den Player ein. Dabei wartete er jede Minute darauf, dass Seppi von der SpuSi ihn anrufen würde.

Peter und Nadja dachten überhaupt nicht im Traum daran, dass da irgendwo irgendein Konzert sein könnte. Sie waren sich selbst genug und küssten sich an den unterschiedlichsten Stellen.

Auch ER war an diesem Abend in der Stadtkirche. Und was er nie zu hoffen gewagt hatte, trat in dieser seligen Minute ein, als er sich setzte und seinen Blick schweifen ließ. Da saß SIE, seine Venus. Eine perfekte Kopie von Botticellis Venus - weiße Haut, rotgolden lockiges, wallendes Haar - und: Sie war jung! Zart und verloren saß sie in einem Rollstuhl und rührte ihn. Sie berührte ihn. Er schmolz dahin. Dem Aussehen nach musste sie Rieke Sternhagens Tochter sein. Aber die Mutter, die ihn gereizt hatte, interessierte ihn nun nicht mehr. Er wollte nur noch seine Venus, diese süße und mit Sicherheit unberührte Schönheit. Er schätzte sie auf knapp zwanzig Jahre. Sie würde nur ihm gehören.

Es war Bernhard Dickmanns Aufgabe, den Jazz sausen zu lassen und nochmals in den Harrl zu fahren. Bei Anbruch der Dunkelheit hatte einer von Pinells Hundeführern die dem Fuß zugehörige Leiche gefunden. Der Nagellack war auf allen zehn Zehen identisch.

Auch Nadja war zu demselben Ergebnis gekommen. Gebärmutter und Fuß gehörten zusammen und der Eigentümer beider Teile war tot.

Das war insofern bedauerlich, da die Tote, eine gewisse Jenny Marhold aus Gütersloh, nur fünfzehn Jahre alt geworden war. Ein Schock für die Eltern des Mädchens, die befürchtet hatten, sie sei wegen schlechter Schulnoten von Zuhause ausgerissen. Nun mussten sie einer viel schlimmeren Tatsache ins Auge sehen.

Die Kollegen in Gütersloh übernahmen die Ermittlungen. Da aufgrund der in den Fall verwickelten Gebärmutter eine Verbindung zu den Serienmorden bestand, funkte Dickmann alles Wissenswerte nach Gütersloh und bat im Gegenzug darum, dass man ihn über den Stand der Ermittlungen informieren solle.

Als Nadja Jenny am späten Abend auf den Tisch bekam, stellte sie fest, dass hier nur zwei Schnitte ausgeführt worden waren. Der eine fand sich im Bereich des Halses und war dazu geeignet gewesen, der jungen Dame das Leben auszuhauchen. Numero zwei zog sich vom Bauchnabel bis zum Schambein und war lieblos ausgeführt worden. Bei den anderen Frauen war der Mörder sorgfältiger vorgegangen. Da hatte er das Messer vorsichtig angesetzt und die klaffende Wunde später wieder verschlossen, zuletzt sogar ohne Nahtmaterial nur mit Hautkleber, sodass sich fast der Eindruck von Unversehrtheit ergab.

Jenny jedoch hatte einen zackigen, ruppigen Schnitt wie von einem schlecht geschliffenen Schlachtermesser, und niemand hatte sich die Mühe gemacht, dies irgendwie anschließend zu beschönigen. Ihr Peiniger hatte ihr lediglich eine Mullbinde um den Bauch gewunden, vielleicht, damit der Darm beim Transport nicht hervorquoll, denn den hatte er dort belassen.

Im Bereich des Hinterkopfes, der Ellenbogen und der Kniekehlen fanden sich Abschürfungen, die nach dem Tod erfolgt waren, sowie Spuren von Metall. Nadja vermutete, dass das Opfer mit einer Schubkarre oder einem ähnlichen Gegenstand in den Wald gebracht worden war.

Der fehlende Fuß war ganz offensichtlich die Folge eines Tierverbisses. Sie konnte Abschürfungen an den Fußwurzelknochen feststellen, die höchstwahrscheinlich von Tierzähnen stammten.

Nadja taten die Eltern jetzt schon leid. Sie würden ihre Tochter identifizieren müssen, aber das Gesicht war sowohl durch die Verwesung als auch durch den Ausdruck auf ein Art und Weise schrecklich, die einen das Gruseln lehrte.

Es war kurz vor Mitternacht, als Nadja das verstümmelte Mädchen wieder ins Kühlfach schob. Kommissar Peter Kruse und Frau Dr. Kukla von der Staatsanwaltschaft hatten die Sektion mit verfolgt. Die Kukla, wie immer ekelhaft und bissig, hatte mit Nachdruck darauf bestanden, Jenny sofort zu obduzieren. Anschließend war sie mit den Worten abgerauscht, dass sie erwarte, schnellstmöglich Ergebnisse in die Hand zu bekommen. Dabei war der Blick, mit dem sie Peter fixiert hatte, durchaus dazu geeignet gewesen, einen weiteren Menschen umzubringen.

Beide atmeten erleichtert auf, als die alte Ziege mit ihrem Angeberflitzer verschwunden war.

„Jetzt ein kühles Helles!“, schwärmte Peter und sah die Kiste in seinem Keller vor Augen.

„Und dazu ein paar ordentliche Bockwürstchen!“, seufzte Nadja.

„Du bist eine Frau nach meinem Geschmack“, lachte Peter, „aber wo kriegen wir denn jetzt noch Würstchen her? Um diese Uhrzeit haben doch sogar schon die Tankstellen dicht.“

„Keine Panik“, schmunzelte Nadja, „wir fahren auf dem Weg zu dir bei mir vorbei. Ich habe noch ein Glas im Küchenschrank.“

In Peters Ohren klingelte es. Auf dem Weg zu dir, hatte sie gesagt. Tausend Gedanken schossen ihm durch den Kopf. Er überlegte, ob sein Haus aufgeräumt genug war. Hatte er sein Bett gemacht? Lag irgendwo noch Wäsche rum? Alte Socken oder so was? Er hatte vergessen abzuwaschen.

„Peter?“, fragte Nadja den plötzlich verstummten Kommissar.

„Hast du kein Bier, oder ist es dir nicht recht, wenn ich mitkomme?“

Statt einer Antwort schnappte sich Peter die fast gleichgroße Nadja und küsste sie auf die Nasenspitze. Dann sagte er: „Ich habe Bier, und wenn nicht, würde ich bis ans Ende der Welt fahren, um welches zu holen.“

Während die beiden Turteltäubchen Peter und Nadja in eine selige Nacht fuhren, stellte er Kerzen und Teelichter auf. Das Konzert hatte ihn berauscht. Mutters Vermächtnis war unter anderem eine Bibliothek von Noten. Sie hatte damals auch dafür gesorgt, dass er Klavier spielen lernte. Es wäre eine große Freude für sie gewesen, wenn sie noch hätte miterleben dürfen, wie einzigartig er den Tasteninstrumenten ganz unglaubliche Töne entlockte.

Heute Nacht wählte er die „Unvollendete“ von Schubert. Diese Brünette war für ihn das letzte unvollendete Projekt, aber er wusste jetzt, was zu tun war.

Trotzdem wollte er sie nicht so vergehen lassen, auch wenn sein Herz längst an der einen, für ihn einzig wahren Frau hing.

Er beschlief die Braungelockte im Angesicht von Mond- und Kerzenschein bei wehmütigen Klängen und dachte an seine Mutter.

Rieke hatte sich nach tosendem Applaus, stehenden Ovationen und einigen Gesprächen mit Konzertbesuchern in die Sakristei zurückgezogen. Auf dem Weg hatte sie auch ihre Noten wieder an sich genommen. Diese fielen ihr vor Schreck aus der Hand, als plötzlich Leander aus dem Raum des Pastors kam. Beide bückten sich gleichzeitig nach dem Konglomerat aus Noten, Zetteln und einem Foto, das Rieke erbleichen ließ. Mit Edding war ihr Vorname auf dem Grabstein ihrer letzten Ruhestätte durchgestrichen und durch den ihrer Tochter ersetzt worden. Plötzlich wurde alles schwarz um sie herum. Das Nächste, was sie sah, war Leanders besorgtes Gesicht im Dämmerlicht des Nebenraums, der sonst dem Pastor vorbehalten war. Sie lag in seinen Armen und fühlte sich seltsam geborgen, bis ihr das Foto wieder einfiel.

Er hatte sie gerade noch auffangen können, als sie fiel. Vorsichtig hielt er sie und legte ihren Kopf an seine Schulter. Es dauerte eine Weile, bis sie wieder zu sich kam und ihn mit großen Augen ansah.

Das war ein Moment, in dem die Zeit plötzlich völlig stillstand. Blicke tauchten in einander ein und erklärten sich dem anderen. Sie sagten, was jeder im Grunde genommen längst wusste, aber nicht gestehen wollte. Doch heute hatte es eine Andeutung gegeben, ein vages Versprechen.

Rieke hauchte Leander einen Kuss auf die Wange und entschwand mit Tränen in den Augen. Sie ließ einen vollkommen perplexen Dirigenten zurück, der sich in der Sakristei sammeln musste, bevor er wieder unter die Leute gehen konnte.

Die meisten Konzertbesucher waren längst gegangen. Frank Habichthorst war auch nicht zu entdecken, als Rieke mit leicht geröteten Augen wieder ins Kirchenschiff trat. Neben dem Taufbecken warteten ihre Kinder. Mein Gott, das Lenchen, sie musste sie beschützen, nur wie? Würde der Name ihres Sohnes auf einem der nächsten Fotos zu lesen sein? Sie hatte überhaupt keine Ahnung, wer ihr und ihrer Familie da schaden wollte.

„Mama, du warst wundervoll!", schwärmte Lena, und ihr Bruder musterte sie mit einem Seitenblick. „Ja, du auch", lachte sie.

Felix Sternhagen nickte. „So ist es recht, liebes Schwesterlein. Es muss für den verhassten Bruder auch mal ein Lob abfallen!"

„Bitte nicht streiten an so einem schönen Abend!", bat Rieke. Sie sah im Augenwinkel, dass Luise Winterstein auf sie zukam.

„Haben Sie meinen Mann gesehen?" fragte sie.

„Nein", log Rieke und wusste selbst nicht genau warum. Es war doch nichts geschehen, dessen sie sich schämen müsste. Luise, auffällig wie immer, war ihr einfach unangenehm. Jetzt zuckte sie mit den Schultern und rauschte ab wie eine Matrone.

Felix und Lena grinsten. Sie kannten ihre Mutter genau und wussten, dass sich ihr bei dieser Begegnung die Nackenhaare aufgestellt hatten.

„Wo ist eigentlich Frank?", fragte Rieke ihre Kinder.

„Keine Ahnung, ist mir auch egal!“, gab Felix zurück. „Ich vermisse ihn bestimmt nicht!“

Lena zuckte mit den Schultern.

„Der heult jetzt, weil er nicht im Mittelpunkt stand!“, lachte Felix und Lena grinste.

„Nun seid doch nicht so“, bat Rieke, „er hat auch gute Seiten.“

„Hab noch keine bemerkt, außer dass er kocht, aber das ist auch immer wieder derselbe Fraß.“

„Mama, zu dir ist er anders. Du kennst ihn nicht richtig!“, sagte Lena leise.

„Die Hausarbeit hat er schon seit Jahren auf uns abgewälzt. Durch Lenas Krankheit bleibt fast alles an mir hängen. Und dann krieg' ich auch noch dauernd einen drauf, weil es ihm nicht gut genug ist. Soll er die Scheiße doch selber machen.“

„Es tut mir leid, dass ich so viel arbeiten muss, und jetzt noch das Singen, aber es bringt uns auch Geld in die Kasse“, seufzte Rieke. „Ihr wisst doch, dass wir sonst nur schwer über die Runden kämen. Frank verdient wenig mit seinen Unterrichtsstunden.“

„Kein Wunder, es kommt ja auch kaum noch jemand. Die meisten hat er eh vergrault. Und für die Musikschule macht er gar nix mehr, der faule Sack!“, brummte Felix.

„Es ist nicht so einfach heute“, sagte Rieke resigniert. Lena nahm ihre Hand.

„Sei nicht traurig, Mama“, flüsterte sie, „du sollst heute glücklich sein. Du hast ganz toll gesungen.“

Rieke betrachtete ihre Tochter wehmütig. Die Angst kroch ihr wieder den Nacken hoch. Irgendjemand hatte nichts Gutes im Sinn. Eine dunkle Ahnung war da in ihr, wieso dies so war, aber sie konnte sie nicht greifen.

Leicht betrunken kam Frank nach Hause, als schon alles schlief. Seine schlechte Laune war durch den Alkohol nicht besser geworden.

Er ließ sich ins Bett fallen und knipste demonstrativ das Licht an.

Rieke erwachte mit einem Ruck und Panik in den Augen.

„Bist du wahnsinnig, mich so zu erschrecken?"

Er lachte.

„Ich finde das nicht lustig!", schimpfte Rieke.

„Oh, Madame, verzeihen Sie! Die Diva ist empört." Frank bemühte sich, deutlich zu sprechen.

„Du hast getrunken!", sagte Rieke angewidert.

„Klar, was sonst", Frank zuckte mit den Schultern, „die Diva war ja mit ihren Speichelleckern und ihrem Dirigenten beschäftigt."

„Was soll das, Frank?"

„Da läuft doch irgendwas mit diesem Leandro. Was für ein schwuler Name!", sagte Frank verächtlich.

„Das stimmt nicht, was soll das? Ich mag ihn, mehr nicht", antwortete Rieke und hatte Zweifel an ihren eigenen Worten. Da war etwas Unbestimmtes, nicht Greifbares, das sehr stark war.

„Na, der will auf jeden Fall was von dir. Ich sehe doch, wie er an deinen Lippen hängt, wenn du singst oder sprichst. Hast du mal seine Augen gesehen? Der hat nur eins im Sinn, dich flachzulegen!"

„Das ist ekelhaft. Könntest du bitte damit aufhören?", bat Rieke.

„Wenn du damit aufhörst, diesen Hinkelstein anzuhimmeln", gab Frank zurück.

„Er heißt Winterstein. Ich möchte nicht, dass du ihn lächerlich machst. Er hat dir nichts getan." Rieke wurde ärgerlich.

„Doch, der Kerl gefährdet alles, wofür wir jemals gearbeitet haben, und weiterbringen wird er dich auch nicht, du wirst schon sehen. Was hat er dir alles versprochen? Du solltest schon etliche andere Auftritte gehabt haben und was war? Nix war, alles Essig, nur leeres Geplapper. Und demnächst gehst du mit ihm auf Tournee", sagte Frank.

„Mit deiner Eifersucht setzt du alles aufs Spiel, und ich habe nach so einem anstrengenden Abend keine Lust auf diesen Quatsch." Rieke legte sich wieder hin, rollte sich in ihre Decke ein und schloss die Augen.

„Oh, Madame ist beleidigt. Na, dann gute Nacht. Du wirst schon sehen, was du davon hast!" sagte Frank süffisant und löschte das Licht.

Rieke konnte lange nicht einschlafen. Sie ärgerte sich über Frank, vor allem über diese diffuse Drohung, die er zuletzt ausgesprochen hatte.

Eine Stimmung von großem Unmut hatte bereits von Luise Besitz ergriffen, als Leander Winterstein endlich aus der Sakristei kam.

„Soll ich hier die Nacht verbringen, oder was?“, meckerte sie und drehte sich weg, als er ihren Arm nehmen wollte. „Lass mich!“

„Nun sei doch nicht so, Luise! Das war doch ein schöner Abend. Wir wollen ihn nicht im Streit ausklingen lassen“, bat Leander und versuchte, sie in den Arm zu nehmen. Das Kirchenschiff war schon fast ganz leer.

„Kannst du dieses Angrabbeln bitte lassen? Ich hasse das!“ Luise schlug seine Hand weg.

„Wie du meinst!“, flüsterte Leander resigniert und nahm seine Partitur unter den Arm.

Gemeinsam, jedoch nicht zusammen, verließen sie die Kirche und gingen in ihr Zuhause, das schon lange keines mehr war.

In Leander standen die Gedanken nicht mehr still. Er fühlte noch immer die Spur des Kusses auf seiner Wange. Ja, da war immer irgendetwas Diffuses gewesen zwischen Ihnen. Ein Wohlgefühl, eine Ahnung, eine Hoffnung vielleicht. Etwas, das stark war, ohne dass es heraufbeschworen werden musste. Es kam von allein und ohne Mühe aus seiner Knospe hervor, in der es lange gereift hatte. Nun war es bereit, sich zu entfalten und ganz Besitz von ihnen zu ergreifen.

Luise hatte das eheliche Schlafzimmer längst abgeschlossen, als Leander unter die Decke des Gästebettes schlüpfte. Dort lag er lange wach und dachte an Rieke, nach der er sich sehnte. Dann wieder sah er Luise vor sich, das Haus, das gewohnte Leben. Hier wusste er, was er hatte, aber auch, was er nicht hatte und niemals haben würde: Liebe! Doch Leander sehnte sich nach Liebe. Sie war ihm wichtiger, als alles andere auf der Welt. In Riekes Augen hatte er sie gesehen. Das hatte ihn umgehauen. Und so hatte sich das Schiff, das er war, längst aus dem Hafen losgerissen. Es trieb aufs offene Meer ohne Furcht, denn der Leuchtturm am Horizont zeigte ihm, wo er sicher anlegen konnte.

„Warum sagst du denn gar nichts mehr?", flüsterte Frank ins Dunkel.

„Weil du dich unmöglich benommen hast", antwortete Rieke.

„Ich mache mir halt Sorgen um dich. Dieser Kerl beeinflusst dich, er manipuliert dich. Mich konnte er von Anfang an nicht ausstehen. Aber sei's drum. Du musst wissen, was du tust. Ich sehe nur alles, was wir hatten, und unsere schönen Liederabende den Bach runtergehen." Frank griff nach ihr. „Na, wie wärs?"

Rieke rückte ein Stück zur Seite.

„Glaubst du, du kannst mich beleidigen und dann Sex mit mir haben?"

„Wieso, ich hab dich nicht beleidigt. Das war nur die Wahrheit."

Frank hustete.

„Wenn du mir vorwirfst, dass ich mich beeinflussen und manipulieren lasse, ist das eine Beleidigung. Und dabei bist du es doch, der mir hier die Luft abschnürt und alles kontrolliert, was ich tue."

Frank lachte. „So ein Quatsch, also was ist nun?"

„Was ist wie?", wollte Rieke wissen. „Ich will jetzt schlafen."

„Na gut, dann mach ich es mir eben selbst", sagte Frank und streckte sich genüsslich.

„Das glaube ich jetzt nicht!" Rieke war wütend und angeekelt.

Doch Frank drehte sich glücklicherweise mit einem Brummen zur Seite. Hätte er sein Vorhaben in die Tat umgesetzt, wäre Rieke aus dem Bett geflüchtet. Ihr

Entschluss stand fest. Und heute war er noch bekräftigt worden. Sie würde sich von Frank trennen.

Es hatte keinen Sinn mehr. Sie suchte nur noch nach dem richtigen Moment.

Seit längerer Zeit schon stand sie bei ihm unter Beobachtung, und es wurde immer schlimmer. Traf sie sich mit Freundinnen, zog er dies ins Lächerliche und warf ihr vor, betrunken nach Hause gekommen zu sein. Ging sie spazieren und kam später zurück, als er angenommen hatte, machte er dumme Sprüche und fragte sie, ob sie bis zur Nordsee gegangen sei.

Sie war dies gründlich leid und lauschte dem gleichmäßigen Atem aus dem Nachbarbett. Er war eingeschlafen. Endlich konnte ihren eigenen Gedanken nachhängen. Sie wanderten zu einem Menschen, der sie noch nie enttäuscht hatte, zu jemandem, der sie immer in dem unterstützte, was ihr selbst wichtig war, zu einem Mann, mit dem eine Verbundenheit entstanden war, die sich ganz langsam entwickelt hatte und nun ans Licht drängte.

Sie stellte sich vor, wie es sein könnte, wenn er sie berührte, wenn er im Bett hinter ihr lag und sich an sie schmiegte. Mit diesen Gedanken schlief sie ein. Dabei war es ihr, als ob sie ihn körperlich spüren konnte.

In jener Nacht, als endlich alles ruhig war, hatte Lena ihrem Bruder das Ungeheuerliche erzählt, und beide saßen aufgewühlt im Schein der Nachttischlampe.

Es musste etwas geschehen, koste es, was es wolle. Darin waren sich beide einig. Sie wussten nur noch nicht was.

Es duldete keinen Aufschub. Er musste sich der Brünetten so bald als möglich entledigen, damit er alles bereit machen konnte für sie. Sie wollte er am Leben lassen, mit ihr wollte er alt werden. Doch dazu musste er einiges ändern in diesem Gebäude. Er wollte es für sie schön machen. Es sollte zu ihrer beider Heimat werden.

Der letzten Toten, die er soeben noch beschlafen hatte, wollte er ein wirklich würdiges Finale bereiten. Er würde ihr all die übrig gebliebenen Gebärmütter zu Füßen legen.

Und niemand würde darauf kommen, dass er es gewesen war, der sie dort drapiert hatte an diesem sakralen Ort, der zuvor noch erfüllt gewesen war von einer engelsgleichen Stimme.

Es hatten etliche Menschen einen Schlüssel und damit Zugang zur Stadtkirche. Wer sollte ausgerechnet ihn im Verdacht haben?

Noch war es früh genug. Sie war unter der Wärmelampe temperiert geblieben und noch nicht steif. Nachdem er die Tote in einen schwarzen Plastiksack gehüllt hatte, legte er sie behutsam in den Kofferraum und gab die gefrorenen Organe dazu. Es waren noch drei, die Drei war ihm heilig, wie die heilige Dreifaltigkeit. Er war gerade noch drei gewesen, als seine Mutter blutüberströmt vor seinen Augen starb.

Gegen zwei Uhr fuhr er über den Kirchplatz und parkte rücklings zum Beet direkt gegenüber der Tür zur Sakristei. Dort konnte er sie zwischenlagern. Falls jemand kam, war das die sicherere Alternative beim Transport in die Kirche.

Es gelang ihm, vollkommen ungesehen durch die Tür zu gehen. Er trug schwer an ihrem Körper, denn sie war nicht gerade das, was man als schlank bezeichnen konnte. Mühsam schleppte er sie die schmale Treppe nach oben zur Orgel. Dort würde er seine letzte Inszenierung vornehmen, passend zu Karfreitag.

Wie jeder normale Mensch hatte sich auch Peter Kruse auf einen freien Tag gefreut, vor allem weil Nadja in seinem Arm lag, als er aufwachte. Der Grund des Aufwachens war allerdings weniger angenehm. Schon wieder klingelte dieses widerliche Gerät, das sich Mobiltelefon nannte. Am Apparat war ein vollkommen genervter Kommissar aus Bückeburg, der kein Wort zu viel verschwendete.

„Kannst du bitte mit Wolf zur Stadtkirche kommen?“, fragte Ulf.

„Ich habe keine Aktien in diesem Verein!“, grummelte Peter und versuchte seinen Arm unter Nadjas Hals hervorzuziehen, um sie nicht zu stören.

„Nerv mich nicht mit deinem Geschwätz. Es ist jetzt kurz nach sechs und ich gucke auf eine Gekreuzigte. Also würdest du bitte deinen Arsch aus dem Bett schwingen und mit Hetzer nach Bückeburg kommen? Der geht nicht an sein Handy. Und die Serafin von der Rechtsmedizin kann ich auch nicht erreichen. Weiß der Teufel, wo die steckt. Es ist zum Kotzen!“ Ulf fluchte und Peter musste grinsen.

„Ich schaue mal, ob ich die beiden erwische. Wo ist Bernhard?“

„Der hat wohl sein Telefon ausgestellt. Er hatte gestern Abend Rufbereitschaft. Ich war im Konzert, genau hier in der Stadtkirche. Und danach muss so ein Irrer eingedrungen sein. Unfassbar!“ Ulf sah nach oben zur Orgelempore und schüttelte am anderen Ende der Leitung den Kopf. „Das müsst ihr selbst gesehen haben!“

„Okay, ich hole Wolf ab. Wir sind gleich da!" Peter stöhnte leise, als er sich in die Vertikale begab. Er hatte ein leichtes Defizit an Schlaf, fühlte sich aber so wohl wie schon lange nicht mehr. Nur hundemüde war er.

„Solltet ihr Nadja irgendwie erwischen ...", Ulf kam nicht dazu, seinen Satz zu beenden.

„Ja, wir bringen sie mit!", fiel Peter ihm süffisant ins Wort, legte auf und streichelte ihre nackten Brüste, die so verlockend vor ihm lagen. Er seufzte. Das musste bis später warten. Nadja blinzelte ihn verschlafen an. Die Berührung hatte sie geweckt.

„Wir müssen arbeiten", sagte er sanft, „ es gibt eine neue Leiche in der Stadtkirche. Tut mir leid! Ich hätte den Tag lieber anders mit dir verbracht."

Sie streckte sich wohlig und gähnte. „Dann bestehe ich auf einer Wiederholung dieser Nacht!"

„Nur eine Wiederholung?" fragte Peter.

Nadja schüttelte den Kopf und beide grinsten.

Mit wohligem Schaudern dachte er an die letzte Nacht zurück. Es war nicht einfach gewesen, sie die schmale Treppe zur Orgelempore hochzutragen, ohne eines der alten Bilder von der Wand zu reißen. Er jonglierte den Körper an allen Hindernissen vorbei und legte sie auf der Orgelbank ab. Die Decke glitt ein wenig zur Seite und gab den Blick auf ihre Schenkel frei. Leichte Erregung stieg wieder in ihm auf. Für einen kurzen Moment überlegte er, sie noch einmal an heiligem Ort zu beschlafen. Doch er verwarf den Gedanken. Sie trug bereits seinen Samen in sich. Er hatte ihr die letzte Ehre erwiesen. Jetzt gab es für ihn nur noch seine Venus. Aber er würde die Brünette zu einem spektakulären Monument werden lassen, das niemand so schnell vergessen würde.

Als die Rintelner Kommissare und Nadja die Stadtkirche betraten, stockte ihnen der Atem. Über dem Altarbild mitten in der geschnitzten Empore unter dem Prospekt der Orgel hing eine Frau, die aussah, als sei sie gekreuzigt worden. Wortlos reichte Ulf Hofmann seinen Kollegen aus der Nachbarstadt das Fernglas. Er selbst setzte sich auf eine Kirchenbank und wartete ab. Auch bei ihm hatte es einige Zeit gedauert, bis er sich von dem Bild losreißen konnte. Ein Bild, das sowohl gruselig als auch störend und falsch wirkte. Etwas daran stimmte nicht. Er war nicht gleich darauf gekommen, was es war.

„Seltsam", sagte Wolf und ging in den hinteren Bereich der Kirche. Als er wiederkehrte, sagte er: „Von Ferne könnte man denken, dass da wirklich der Gekreuzigte hängt. Das Gesicht ist nicht zu erkennen, die Haare verdecken es. Ein Lendentuch bedeckt den Schambereich. Selbst den Körper könnte man aus der Entfernung nicht eindeutig als weiblich zuordnen, weil er so geschickt drapiert ist. Komischerweise hat man wahrscheinlich auch sofort die Assoziation, einen Mann vor sich zu haben. Umso seltsamer ist es, beim Näherkommen zu entdecken, dass er Brüste hat. Das wirkt verstörend, finde ich."

„Stimmt", sagte Peter, „der Busen passt nicht ins Bild. Und darum ist es genau das, worauf du achtest. Möglicherweise ist das vom Täter gewollt.

Nadja war inzwischen näher an den Altar herangetreten, wo bereits Seppi und Mimi von der Spurensicherung damit beschäftigt waren, Fotos zu schießen. Mimi schüttelte sich beim Anblick der Gebärmütter.

„Diesmal sind es sogar drei Organe, wie eine Triangel angeordnet! Die Eileiter bilden die Verbindung“, sagte Mimi verächtlich.

„Ich hoffe, dass ihr diesen Frauenverstümmler bald habt!“

„Mensch, das ist die heilige Dreifaltigkeit in weiblich!“, sagte Seppi. „Vielleicht geht es hier um glaubenstechnische Emanzipation, und die Bibel soll umgeschrieben werden.“ Dabei grinste er über das ganze Gesicht.

„Von der Blasphemie einmal abgesehen, ist das kein schlechter Gedanke“, überlegte Nadja laut. „Du solltest Wolf einweihen!“

„Mach du mal, ich habe hier noch zu tun. Die Organe verpacke ich gleich und nehme sie in der Kühlbox mit für dich nach Stadthagen.“ Seppi sprach ins Leere, weil er gleichzeitig fotografierte.

„Ja, danke. Ich frage mich nur, warum hier auf einmal drei Exemplare liegen. Bisher hat er jeder Toten immer nur eine Gebärmutter zugeordnet.“ Nadja legte den Kopf schief und zog die Stirn kraus. „Er verändert sein Muster“, sagte sie mehr zu sich selbst und war schon wieder auf dem Weg zu den Kommissaren.

„Die Brüste stören das Bild, das sich uns hier bietet, guck mal!“, sagte Peter mit einem Zwinkern im Blick und zeigte auf die Tote.

„Wieso?“, fragte Nadja.

„Sonst könnte man denken, es solle Jesus am Kreuz imitiert werden“, antwortete Wolf für Peter. „Aus der Ferne hast du zunächst diesen Eindruck. Probier's mal! Wenn du näher kommst, merkst du, dass irgendetwas nicht stimmt. Es ist der Busen.“

„Das scheint mir nicht das Einzige zu sein, was hier anders ist. Der Toten liegt nicht nur eine Gebärmutter zu Füßen. Es sind drei! Und die sind auch noch im Dreieck angeordnet. Seppi warf etwas in den Raum wie ‚heilige Dreifaltigkeit'. Ihr kennt doch dieses christliche Zeichen mit dem großen Auge drin, die Trinität oder auch Dreieinigkeit?"

„Äh, nicht so ganz", sagte Peter, „erklär mal!"

„Na, so sehr bewandert bin ich in diesen Dingen auch nicht. Irgendwie soll alles eins sein." Nadja machte ein ratloses Gesicht. „Wenn ihr mehr wissen wollt, müsst ihr einen der Pastoren oder den Landesbischof fragen.

„Klingt reichlich schizophren, wenn du mich fragst", gab Hetzer zu bedenken. „Wenn wir deine Definition zugrunde legen, könnte man sagen, alle Organe sind eins, also doch nur ein Organ, vielleicht ein Oberorgan, die Fortpflanzung schlechthin."

„Keine schlechte Idee, Alter!", sagte Peter und schlug Hetzer auf die Schulter. „Vielleicht hat der Typ 'ne religiöse Macke."

In Wolf Hetzer tickerte es.

Das war es, was er neulich noch nicht hatte greifen können.

Es waren die Plätze, die Tatorte.

Sie hatten alle eine sakrale Bedeutung. Zuerst die Tote auf dem Gelände der alten Frankenburg. Dort, wo die Frau gelegen hatte, konnte man noch den Grundriss der alten Kapelle sehen. Dann die Tote am Pranger der Petzer Kirche oder die auf dem Grabstein der Jetenburger Kirche, und jetzt eine Ermordete, die von der Orgelempore hinabhing.

Das war es! Seppi und Peter hatten seine Gedanken endlich in die richtige Richtung geleitet.

Diese Überlegungen zogen blitzschnell durch Wolfs Gehirn und trotzdem war eine Pause entstanden. Vielleicht auch, weil er dabei so in die Gegend gestiert hatte.

„Alles klar, Wolf?“, fragte Nadja.

„Er stellt wichtige Überlegungen an“, bemerkte Ulf von der Kirchenbank.

„Möglicherweise ...“, sagte Wolf nachdenklich. „Es könnte sein, dass genau das, was Peter eben gesagt hat, das gemeinsame Muster ist. Alle Opfer sind an sakralen Orten gefunden worden.“

„Stimmt!“, sagte Nadja und Peter nickte.

„Bis auf die von der Frankenburg. Das war eine alte Ruine“, wandte Peter ein.

„Da muss ich dich leider korrigieren“, sagte Wolf. „Diese ‚Mathilda‘ ist in den Grundmauern der ehemaligen Burgkapelle gefunden worden. Insofern war auch das ein heiliger Ort.“

„Guck mal einer an, das wusste ich gar nicht!“, sagte Ulf und stand etwas umständlich auf. Der verheilte Beckenbruch schmerzte ihn immer noch, wenn er länger gesessen hatte.

„Bernhard hast du wohl nicht erreicht, oder?“, fragte Wolf.

„Der hat am Feiertag etwas Besseres vor, als vor Tagesanbruch in der Kirche zu stehen. Spaß beiseite, sein Telefon ist aus. Ich hörte aber vorhin, dass er gestern Abend noch mal rausmusste. Sie haben die Eigentümerin des Fußes gefunden. War wohl nicht so lecker. Ist ein ganz junges Ding von fünfzehn Jahren.“

„Dann sprechen wir später mit ihm!“, schlug Wolf vor.

„Ich würde jetzt gerne mal die Tote etwas näher sehen. Kommt ihr mit? Ich glaube, wir müssen durch die Sakristei nach oben gehen.“

„Der Pastor müsste da drin sein. Er hat sich zurückgezogen, steht uns aber für Fragen zur Verfügung", erklärte Ulf.

„Das hättest du vorhin mal erwähnen sollen. Dann hätten wir den gleich wegen der Dreifaltigkeit fragen können", sagte Peter mit leicht vorwurfsvollem Unterton. „Komm, Nadja!"

Es war nicht so einfach, den Körper von der Empore abzunehmen. Nur mit Hilfe der Feuerwehr gelang es, die Frau würdig herabzulassen und vor dem Altar abzulegen. Dass es trotzdem eine sehr merkwürdige Vorstellung war, lag daran, dass die Leichenstarre dafür sorgte, dass die Tote in der Position blieb, in der sie auch gehangen hatte. Das sah grotesk aus.

Für Nadja war es dennoch aufschlussreich.

Es zeigte ihr die ungefähre Zeitspanne des Todeseintritts, doch sie sagte zunächst nichts. Die Erfahrung hatte sie gelehrt, keine voreiligen Schlüsse zu ziehen und vor allem keine Aussagen zu treffen, die nicht durch weitere Untersuchungen untermauert waren.

„Macht es euch etwas aus, wenn ich wieder gleich in mein Gerät diktiere?", fragte sie.

„Nur zu", sagte Ulf, „wir lauschen gespannt!"

„Das war auf dem Jetenburger Friedhof auch sehr aufschlussreich", bemerkte Peter und Wolf nickte.

Nadja zog ihr Diktaphon aus der Arzttasche und gleichzeitig ein Thermometer.

„Helft ihr mir mal eben, die Tote anzuheben für die rektale Messung? Am besten, ihr nehmt jeder ein Bein, dann kann ich das Thermometer einführen", bat

Nadja. „Danach legt ihr sie einfach vorsichtig wieder ab. Später brauche ich euch dann noch mal, um die Frau umzudrehen."

„Bleib du mal sitzen, Ulf!", sagte Hetzer, der an das erst kürzlich wiederhergestellte Becken seines Bückeburger Kollegen dachte.

„Ja, danke, es ist immer noch nicht so toll. Ich hoffe, dass ich irgendwann wieder normal gehen kann, ohne Schmerzen."

Durch das Gleitmittel flutschte das Thermometer trotz des erstarrten Schließmuskels in die rektale Öffnung hinein. Kurze Zeit später piepte es und konnte wieder entfernt werden.

Hetzer und Kruse legten den Leichnam wieder vorsichtig ab.

„Hmm, nur neunzehn Grad Celsius. Da wollen wir doch mal sehen, wie hoch die Kerntemperatur noch ist!"

„Was meinst du damit?", fragte Peter, während Nadja einen Spieß aus ihrer Arzttasche zog, der aussah, wie für ein Schaschlik gemacht.

„Damit kann ich die Temperatur in der Leber messen. Das ist etwas genauer." Nadja holte aus und stach den Spieß in den rechten Oberbauch.

Die Kommissare holten Luft.

„Äh, ich bin ja hartgesotten", sagte Wolf, „aber hättest du das nicht in der Rechtsmedizin machen können? So ganz ohne Vorwarnung war das echt ekelig. Mir tut alles weh. Wie kannst du nur so hemmungslos zustechen?"

„Was meint ihr, was ich sonst noch so alles machen muss?", lachte Nadja und las ab.

„Ich wusste gar nicht, dass ihr solche Weicheier seid. Dreiundzwanzig Grad übrigens. Und nein, hätte ich nicht. Da wäre wieder Zeit verstrichen und das hätte das Ergebnis verfälscht. Je eher ich die Messung mache, desto besser!"

„Auf nüchternen Magen war das wirklich etwas gewöhnungsbedürftig!"

Peter sah sie von der Seite an und überlegte, dass er ein komisches Gefühl haben würde, falls sie jemals in seiner Gegenwart Fleisch zubereiten würde.

Ulf hatte sich auf der Kirchenbank zurückgelehnt. Er sah um die Nase etwas blass aus.

„Kannst du uns denn nun mal ganz vage eine mögliche Tatzeit nennen?", fragte Wolf, der sich als Erster wieder gefangen hatte.

„Das mache ich eigentlich sehr ungern", sagte Nadja, aber warte mal." Sie drehte sich zu Seppi um und rief: „Seppi, was für eine Raumtemperatur haben wir denn hier?"

„Achtzehn Grad Celsius!" Seine Antwort hallte mit einem Echo durch das Kirchenschiff.

„Ganz schön warm für dies Gemäuer", entfuhr es Peter.

„Das liegt bestimmt daran, dass sie hier gestern wegen des Konzertes eingeheizt hatten", gab Ulf zu bedenken.

„Stimmt", bekräftigte Wolf, „und was sagt uns das nun im Bezug auf den Todeszeitpunkt?"

Nadja legte die Stirn in Falten.

Das bildete eine interessante Ergänzung zu ihrem wirr abstehenden Haar.

„Sechzehn Stunden ungefähr", murmelte sie, „das wäre also so gegen vierzehn Uhr gestern. Aber bitte nagelt mich nicht darauf fest."

„Das ist doch schon mal ein Anfang!", sagte Wolf. „Jetzt stören wir dich nicht länger. Du kannst ruhig weitermachen. Wir lauschen dir einfach beim Diktieren."

Peter und Ulf nickten.

„Gut", sagte Nadja und schaltete ihr Gerät ein. „Karfreitag, 6. April 2012, Fundort Stadtkirche Bückeburg, weibliche Tote, zwischen fünfunddreißig und vierzig Jahre alt, mittelbraunes Haar, vollschlanke Figur." - Und große Brüste, dachte Ulf. - „Schleimhäute auffallend blass", (sie hatte das Lid des linken Auges hochgezogen, dann das des rechten), „grüne Augen beidseits. Kleine Wunde und handtellergroßes Hämatom am Hinterkopf, wahrscheinlich nicht letal. Große Schnittwunde im Halsbereich, über die beiden Carotiden *(Halsschlagadern)* hinweg, wahrscheinlich profund *(tief)* und letal *(tödlich)*, mit einer Art Gewebekleber wieder verschlossen. Schnittränder glatt, nicht ausgefranst. Keine weiteren Hämatome ventral *(bauchseitig)* oder lateral (*seitlich*). Keine Abwehrverletzungen. Weitere Schnittwunde im Bereich des Unterbauches, vertikal zwischen Anulus umbilicalis *(Bauchnabel)* und Os pubis *(Schambein)*, ebenfalls ohne Nahtmaterial wieder verschlossen, wahrscheinlich auch mit Gewebekleber. - Dreht ihr sie bitte mal um?"

Das allerdings gestaltete sich schwierig, weil die Arme durch die Leichenstarre seitlich vom Körper abstanden.

Nadja fuhr fort, als die Tote auf dem Bauch lag. „Dorsal *(rückenseitig)* keine Hämatome bis auf das schon beschriebene craniale *(am Kopf gelegen)*. Diffuser Rötungsring an beiden Fußfesseln, aber keine direkten Einschnürungen, Einschnitte oder Unterblutungen. Möglicherweise ist sie an den Füßen aufgehängt worden. Unblutige Nagellöcher in Händen und Füßen, wahrscheinlich postmortal herbeigeführt. Rektale Temperatur neunzehn Grad, Kerntemperatur dreiundzwanzig Grad, Umgebungstemperatur achtzehn Grad. Ende des Diktats."

Nadja erhob und streckte sich. Ihr taten die Knochen weh.

„Danke für diese erste, kurze Zusammenfassung der Auffindesituation", sagte Wolf. „Wir sollten noch kurz mit dem Pastor sprechen."

„Ich brauche jetzt erst mal einen Kaffee!" Ulf Hofmann erhob sich schwerfällig. „Könnt ihr die Befragung vornehmen? Ich fahre dann schon auf die Wache und setze einen auf."

„Kriegen wir auch irgendwo Brötchen am Karfreitag? Ich muss dringend was zwischen den Kiemen haben", seufzte Peter.

„Heute?", fragte Wolf. „Höchstens in Minden auf dem Bahnhof, aber genau weiß ich es nicht."

„Ist mir wurscht, irgendwo kriege ich schon welche!", gab Peter zurück.

„Also, ich weiß genau, wo es welche gibt", lachte Nadja. „Was bekomme ich für den Tipp?"

Peter grinste. „Nun sag schon! Ich verhungere! Das willst du doch nicht, oder?"

„Ganz in der Nähe beim Tankhof Harting in der Kreuzbreite. Die backen jeden Tag frisch. Es gibt sogar Croissants. Ich halte da auch gleich auf dem Weg in die Rechtsmedizin an. Wer weiß, wie lang der Tag noch wird. Ach, und wenn ihr ihr die Arme anlegt", sagte sie zu den Männern vom Bestattungsinstitut, die soeben mit einem Sarg durch das Mittelschiff der Kirche kamen, „achtet bitte darauf, dass niemand mehr hier ist. Diese Geräusche kann nicht jeder ertragen."

Die schwarzgekleideten Männer nickten wissend.

Während Nadja, Peter und Ulf ihrer Wege gingen, zog Wolf Hetzer den Vorhang der Sakristei zur Seite und hörte eben noch das Krachen der versteiften Muskeln oder Gelenke. Er wusste nicht genau, was dann im Körper passierte, aber er fühlte jeweils einen Schlag in seiner Magengrube und klopfte leicht angeschlagen an die Tür des Pastors. Heribert Dohmstreich öffnete. Er trug eine verwaschene Jeans und ein Hemd, das schon bessere Tage gesehen hatte. Wolf hatte den Eindruck, dass er nach Alkohol roch.

„Bitte entschuldigen Sie, Herr Kommissar ..."

„Hetzer, mein Name!"

„Ja, vielen Dank. Falls ich eine Fahne habe, bitte ich um Verzeihung. Ich musste mir nach diesem Anblick erst mal einen Schnaps genehmigen!"

Wolf nickte. Er konnte das sehr gut verstehen. Selbst er hatte tief durchgeatmet, als er die Frau wie Jesus am Kreuz über dem Altar hängen sah. Das war skurril und wirkte surrealistisch, verstörend. Vor ihm lag die Aufgabe, herauszufinden, wie der Mörder das bewerkstelligt hatte.

„Können Sie beschreiben, wie Sie die Tote heute Morgen vorgefunden haben?"

Dohmstreich schuckte. „Ich bin von hinten durch den Eingang zur Sakristei in die Kirche gegangen wie immer. Leider habe ich nicht schlafen können. Darum war ich so früh dran. Der Gottesdienst beginnt erst um zehn."

„Heute nicht!", warf Wolf ein. „Wir werden einen Beamten ans Hauptportal beordern. Die andern Türen bleiben verschlossen. Es ist notwendig, dass die Spurensicherung erst ihre Arbeiten beenden kann."

„Verstehe, aber das ist der höchste kirchliche Feiertag im Jahr", bemerkte Dohmstreich mit einem vorwurfsvollen Unterton.

„Ihre religiöse Einstellung in allen Ehren, Herr Pastor, aber darauf können wir leider keine Rücksicht nehmen. Bedanken Sie sich bei dem, der Ihre Kirche als Fundort dieser Toten missbraucht hat. Wie haben Sie sie denn nun entdeckt?"

„Ich habe erst einige Zeit in meinem Raum hier in der Sakristei zugebracht, dann bin ich ins Kirchenschiff gegangen und wollte beim Altar nach dem Rechten sehen. Da fand ich ..." Dohmstreich schluckte.

„Schon gut", beruhigte ihn Wolf. „Sie fanden die Organe. Ist ihnen bei der Anordnung derselben etwas aufgefallen?"

„Ja, sie waren als Dreieck hingelegt worden, mit irgendwelchen schnurähnlichen Anhängseln waren die Klumpen verbunden. Ich habe zuerst gar nicht begriffen, was das sein konnte. Beim näheren Hinsehen dachte ich an Schlachtabfälle und einen makabren Scherz. Dann schaute ich eher zufällig nach oben. Ich weiß noch, dass ich zusammenzuckte, drei Schritte rückwärts ging und mir dann übel wurde. Als ich mich wieder etwas gefangen hatte, habe ich auf er Bückeburger Polizeiwache angerufen."

„Sie haben nichts berührt oder verändert?"
„Nein, ganz gewiss nicht!"

„Gut! Können Sie mir etwas über die Dreifaltigkeit sagen?“

„Sicher, aber wie kommen Sie denn jetzt darauf?“, fragte Pastor Dohmstreich. Dann ging ihm ein Licht auf. „Ah, sie meinen dieses ekelerregende Dreieck habe etwas mit der Dreieinigkeit zu tun. Sie vermuten einen religiösen Hintergrund?“

„Das tut jetzt nichts zur Sache. Ich kann Ihnen leider keine Auskunft zu den aktuellen Ermittlungen geben. Wir müssen aber in alle Richtungen schauen. Ein Dreieck auf einem Altar sollte jedoch zumindest die Frage aufwerfen, ob es ein Hinweis auf die Heilige Dreifaltigkeit sein könnte oder deren Bedeutung.“

„Ich verstehe“, sagte Dohmstreich und rieb sich das Kinn. „Im Grunde geht es darum, dass Gott alles in Einem ist. Die Spitzen des Dreiecks sind ‚Gott Vater‘, sein Sohn ‚Jesus Christus‘ und der ‚Heilige Geist‘, aber alles ist Gott. Sie bilden eine Wesenseinheit, die drei sind aus Gott entsprungene Personen, nicht aber drei Gottheiten“, dozierte Dohmstreich.

„Wie muss ich das begreifen im übertragenen Sinne? Drei Organe können nicht einer Person entnommen worden sein“, überlegte Wolf laut.

„Vielleicht geht es nicht um das einzelne Organ an sich. Ich weiß ja nicht, was es für welche waren, aber möglicherweise ist deren Bedeutung entscheidend. Bei drei Gehirnen könnte beispielsweise die Seele gemeint sein, bei drei Herzen die Liebe.“ Dohmstreich räusperte sich und holte Wolf damit in die Realität zurück.

„Da haben Sie gerade etwas sehr Wichtiges gesagt und mir eine Vermutung bestätigt, Herr Pastor. Vielen Dank für Ihre Hilfe! Ist es Ihnen möglich, noch hierzubleiben, falls die Kollegen von der Spurensicherung noch Fragen haben?“

„Ja, selbstverständlich. Ich bleibe hier in der Sakristei.“

Wolf verabschiedete sich und informierte Seppi, dass der Pastor warten würde. Der Chef der SpuSi saß in einer Kirchenbank, murmelte kauend und nickte. Sein roter Bart wippte. Seppi hatte grundsätzlich ein Brot dabei, er war auf alle Eventualitäten vorbereitet, wenn er zum Einsatz fuhr.

Der Morgen war frisch. Als Wolf aus der Stadtkirche trat, musste er feststellen, dass es in dem alten Gemäuer fast anheimelnder gewesen war, als jetzt hier im Freien. Obwohl Ostern in diesem Jahr im April war, ließ sich der Frühling Zeit und lockte nur langsam Blätter und Blüten aus den Ästen.

Während Wolf die Fürst-Ernst-Straße hinauffuhr und an der Grundschule nach links in die Ulmenallee abbog, dachte er an seine Theorie mit der sakralen Komponente. Der Pastor hatte in eine ähnliche Richtung gedacht, genau wie Seppi zuvor. Aber niemand hatte eine Erklärung. Was bezweckte der Täter, was ging in seinem Kopf vor? Was wollte er ihnen mitteilen? Was war seine Botschaft?

Er tötete Frauen auf brutalste Art mit einem Schnitt, wie er beim Schächten von Tieren angewandt wurde. Das hatte ihnen Nadja erklärt. Die Führung des Messers begann an der linken Halsseite und zog sich bis zur rechten hin. Dabei wurden beide Halsschlagadern und die Luftröhre durchtrennt. Ein schnelles Ende ohne großen Schmerz. Nadja hatte auch erwähnt, dass sämtliche Opfer - bis auf Mathilda - wahrscheinlich vorher mit einem Hieb auf den Hinterkopf bewusstlos geschlagen worden waren. Ein fast zärtlicher Vorgang, dass er ihnen diesen Moment des Dahinscheidens ersparte.

Bei der ersten Frau hatte er noch probiert. Die Schnitte am Körper, vor allem der vertikale im Unterbauch, waren noch nicht komplett ausgeführt worden. Möglicherweise war er auch gestört worden. Die Frau am Pranger der Petzer Kirche war mit einem Faden wieder zugenäht worden, allerdings nur am Bauch. Zum ersten Mal fand sich eine Gebärmutter zu Füßen der Toten, die nicht ihr selbst gehörte. Aber die Inszenierung erschien lieblos, fast schlampig.

Auf dem Jetenburger Friedhof hatte sich der Mörder mehr Mühe gegeben. Wie eine Meerjungfrau lag die schöne Blonde damals drapiert auf dem großen Grabstein, der mit einer blauen Decke und Blüten verziert worden war. Auch hier war ihr ein fremdes Fortpflanzungsorgan zu Füßen gelegt worden.

Was er jedoch in der Stadtkirche inszeniert hatte, stellte alles Bisherige in den Schatten. Eine Frau, getötet wie die anderen, aber an das Portal der Orgel genagelt, und das auch noch an Karfreitag, das war der Gipfel. Zur Schau gestellt wie Jesus am Kreuz, zu Füßen bedacht mit einem Symbol der Dreieinigkeit aus ineinander verschlungenen Fortpflanzungsorganen.

Es schien, als habe er alles gegeben, als sei dies sein Meisterstück. Vielleicht würde er nun aufhören und seine Spur sich verlieren.

Eines war Wolf Hetzer heute klar geworden an diesem kühlen kirchlichen Feiertag: Der Mörder musste eine Affinität zum christlichen Glauben haben. Und er musste die Gelegenheit gehabt haben, sich einen Schlüssel der Stadtkirche zu besorgen oder nachmachen zu lassen. Es gab keine Einbruchsspuren.

Am Karfreitagmorgen beschloss Rieke, ihr in der Nacht gefasstes Vorhaben in die Tat umzusetzen. Das Frühstück war ein günstiger Zeitpunkt, weil Lena und Felix noch schliefen.

Es war ein Morgen wie immer. Das jedenfalls war er noch, als Frank und Rieke bei dampfendem Kaffee am Frühstückstisch saßen. Ein Morgen voller verdrängter Erinnerungen, Hoffnungen und Sehnsüchte. Rieke saß in einem Kokon, der Geborgenheit hätte sein sollen. Nach nichts anderem hatte sich ihre Seele ausgestreckt. Doch sie hatte erkennen müssen, dass die von Frank um sie gesponnenen Fäden nicht aus Seide waren.

Es waren Stricke, die sie immer mehr einengten, ein listig gewobenes Konstrukt, das um sie gelegt worden war, damit sie nicht ausbrach aus einer Beziehung, die er schon vor Jahren zerstört hatte in einem einzigen Moment.

Sie musste ausbrechen aus diesem Kokon, um endlich fliegen zu können, um frei zu werden für die Liebe, die sie in Leanders Augen gesehen hatte.

In ihrer Bademanteltasche trug sie den kleinen Zettel, den sie an ihrer Windschutzscheibe fast übersehen hätte, als sie aus der Kirche gekommen war. Leander musste unbemerkt von allen für einen kurzen Moment von hinten aus der Sakristei gegangen sein, um ihn an ihrem Wagen zu befestigen.

Inzwischen war er schon leicht feucht in ihrer Hand geworden, aber sie hielt sich daran fest. Seine Worte hatten ihr das Werkzeug in die Hand gegeben, das Gewebe des Kokons endlich zu zerschneiden. Es war das Gefühl, das aus ihnen sprach. Zum ersten Mal in ihrem Leben spürte sie, dass sie wirklich geliebt wurde. Das Perfide an diesem Umstand war, dass sie erst jetzt, da sie dies so intensiv fühlte, wusste, dass es vorher noch nie der Fall gewesen sein konnte. Nicht bei dem Vater ihrer Kinder, nicht bei Frank Habichthorst. In Leanders Augen hatte sie das gesehen, was jetzt aus diesen winzigen, schnell geschriebenen Worten in ihr Herz gedrungen war: Selbstlose, bedingungslose Liebe - ein Geschenk, das Rieke kaum zu begreifen imstande war.

Auf dem Zettel stand: „Ja, ich liebe dich auch schon so lange! Lass uns neue Wege gehen. Morgen möchte ich dich gerne treffen. Dann planen wir unsere Zukunft. Kommst du um achtzehn Uhr zum Schießstand am Harrl? Voller Hoffnung, dein Leander". Dann hatte er noch seine Mobilfunknummer daruntergeschrieben.

Rieke seufzte. Es war eine ganz besondere Nachricht, die sie in die Zukunft träumen ließ.

„Hast du irgendwas?", fragte Frank Habichthorst mit Blick auf die entrückt blickende Frau ihm gegenüber.

„Ja", entgegnete Rieke, „habe ich. Ich sehe keinen Sinn mehr in einer Verbindung zwischen dir und mir. Du weißt, dass wir schon seit Wochen und Monaten immer wieder auf dieses selbe Thema kommen. Heute Nacht habe ich eine Entscheidung getroffen. Ich werde mich von dir trennen!"

„Aha, diesen Entschluss fasst du jetzt einfach ganz allein, so mir nichts dir nichts am Ostersamstagmorgen und knallst ihn mir vor den Kopf?" Frank war entrüstet.

„Ja, denn es ist meine Entscheidung, auch wenn sie ein paar Jahre zu spät kommt. Du weißt genau, was ich meine!“

Frank lachte mit abschätzigem Blick. „Immer wenn du sie brauchst, wärmst du diese alte Geschichte wieder auf. Das ist doch längst kalter Kaffee. Und wie stellst du dir das jetzt vor?“

„Du ziehst in die Einliegerwohnung drüben in der Scheune und suchst dir möglichst schnell eine neue Wohnung“, sagte Rieke. „Ich denke, dass ist in unser beider Interesse.“

„Das ist überhaupt nicht in meinem Interesse, höchstens in deinem. Und, hast du jetzt schon ein Techtelmechtel mit deinem Leander, dem du seit Ewigkeiten hinterherrennst?

„Nein!“, sagte Rieke und wusste, dass es nur die halbe Wahrheit war. „Wir haben eine besondere Verbindung, das habe ich nie bestritten, aber das ist nicht der Grund für meine Trennung von dir.“ Wenigstens nicht der einzige, dachte sie bei sich. Sie wollte es ihm nicht so einfach machen.

Er sollte wissen, wie sein Verhalten sie verletzt hatte und dass die Beziehung letztendlich an den Spätfolgen dieses Verrates an ihr gescheitert war. Sie war niemand, der leichtsinnig etwas wegwarf. Nein, sie hielt eher zu lange an einer Verbindung fest, die längst brüchig geworden war.

„So leicht wirst du mich nicht los!“, sagte Frank mit drohendem Unterton in ihre Gedanken. „Ich habe das schon seit Langem kommen sehen mit dir und dem Dirigenten. Du hast ihn ja direkt angehimmelt. Aber du wirst schon sehen, was du davon hast. Lass dich mal weiter so schön manipulieren.“ Sein Lachen klang verächtlich.

„Ich habe es endgültig satt, mich von dir beleidigen zu lassen. Bitte richte dich in der Einliegerwohnung ein. Wir werden ab jetzt getrennte Wege gehen“, sagte Rieke traurig.

„Ich kann ja trotzdem noch für dich kochen. Das ist sowieso nur alles eine Frage der Zeit. Du allein kannst das Haus eh nicht halten und wirst reumütig zu mir zurückkriechen, wenn der dich fallen lässt wie eine heiße Kartoffel! Der will dich nur vögeln. Ich habe seine Blicke gesehen.“

Rieke schüttelte es innerlich. Ihr wurde übel. „Nein, keine Gemeinsamkeiten mehr. Ich will das nicht! Dies ist ein endgültiger Schlussstrich! Und was meine finanzielle Situation angeht, das lass mal meine Sorge sein. Ich kann mich auch nicht erinnern, dass du sehr viel zur Verbesserung beigetragen hättest.“

„Das wird dir noch leidtun!“, sagte Frank mit dunkler Stimme und noch finstereren Gedanken.

Frank

Frank Habichthorst konnte es nicht glauben, dass sein langjähriger Plan nicht aufgehen sollte. Mehr als acht Jahre hatte er daran gearbeitet, sich seine Versorgung im Alter zu sichern. Er hatte geglaubt, sie in der Beziehung zu Rieke gefunden zu haben, die immer sorgsam mit den Menschen ihrer Umgebung umgegangen war. Darum verstörte es ihn, dass er seine Macht über sie verloren hatte. Er konnte das gar nicht verstehen, es hatte so lange Zeit vortrefflich funktioniert, trotz seines einen Fehltritts damals.

Jetzt war er wieder an dem Punkt angelangt, an dem er schon so oft gewesen war. Er musste sich jemand Neues suchen, der ihn versorgen wollte. Doch die Zeit arbeitete nicht für ihn. Das war in jüngeren Jahren einfacher gewesen. Was, wenn er niemanden mehr fand? Wenn er nun tatsächlich in eine kleine Wohnung ziehen musste, wo er nicht einmal mehr Klavier spielen konnte?

Ihn so ins kalte Wasser zu stoßen war unfair und gemein. Das würde sie büßen müssen.

Es war ein großes Glück, dass Leander und Luise Winterstein längst getrennte Schlafzimmer bewohnten. So blieb Luise verborgen, dass Rieke ihrem Mann mit einer SMS auf seine Nachricht antwortete. Ja, sie wollte sich gerne mit Leander dort am Schießstand im Harrl treffen, wenn die meisten Bückeburger bereits auf dem Weg zu irgendeinem Osterfeuer waren. Die Gefahr, gesehen zu werden, war eher gering.

Er liebe sie auch, hatte er geschrieben. Seitdem konnte sie es kaum noch abwarten, ihn zu treffen. Sie wollte wieder in diese tiefen Augen schauen, deren Farbe sie bis heute nicht hatte ergründen können und aus denen sie die Gefühle lesen konnte, die er für sie empfand.

Aber es waren noch so viele Stunden bis zum Abend. Genug Zeit für jemanden, der diese für seine finsteren Zwecke nutzen wollte.

Bisher hatte Rieke ihm auf seine Nachricht noch nicht geantwortet. Er hatte sie und ihre entzückende Tochter in einem sozialen Netzwerk ausfindig gemacht. Aber er wollte noch nicht aufgeben. Vielleicht war sie nicht so viel am Computer. Immerhin hatten sie mit der Musik ähnliche Interessen. Das war ein großer Pluspunkt. Er musste einfach abwarten, ob sich in diesem Portal etwas tat, sonst würde er sie später einmal persönlich ansprechen. Hier kam ihm eine seiner hervorstechendsten Eigenschaften zugute, die Geduld.

Franks Geduld mit den Frauen war am Ende. Er fasste einen Plan, den er umzusetzen gedachte, sobald er alles Notwendige veranlasst hatte. Dabei kam ihm die Witterung gerade recht. Es war kalt, aber doch eher trocken. Doch zuvor wollte er, dass sie in Panik geriet. Und er wusste genau, wie er das bewerkstelligen konnte.

Die Gespräche auf der Bückeburger Wache hatten sie nicht weitergebracht. Nadjas Befunde mussten abgewartet werden. Wolf war das ganz recht. Er fiel am Abend wie ein Toter ins Bett.

Als Wolf Hetzer am Ostersamstag erwachte, war es ihm, als ob wohliger Kaffeeduft in seine Nase stieg. Er schnupperte und dachte, wohl geträumt zu haben, aber der Duft hielt sich hartnäckig in seinem Riechorgan. Und wo war eigentlich seine Schäferhündin Lady Gaga? Sie lag nicht neben ihm. Misstrauisch und vorsichtig stieg er aus dem Bett, dann hatte er eine Ahnung. Er zog sich leise seinen Bademantel an und schlich die Treppe nach unten. Der Duft des Kaffees mischte sich in den von Kerzen und frisch gebackenen Brötchen.

Das konnte nur eines bedeuten. Er riss die Küchentür auf und da stand sie tatsächlich, auch wenn er glaubte, seinen Augen nicht trauen zu können. Moni war wieder da! Endlich!

„Mensch, Wolf, musst du mich so erschrecken?", fragte sie und lachte. Der Hund lag ihr zu Füßen.

„Das mache ich doch so gerne!", schmunzelte er noch leicht verknittert. „Was macht eigentlich der Hund in der Küche? Die Lady weiß genau, dass sie hier nicht rein darf."

Als ob der Hund jedes Wort verstanden hätte, erhob er sich und trottete mit hängenden Ohren aus der Küche.

Wolf und Moni lachten und fielen sich in die Arme. Beide freuten sich, dass sie sich endlich wiederhatten, und doch war da eine Distanz, die Wolf zunächst davon absehen ließ, Moni zu küssen. Stille entstand. Die Stille war greifbar und zwischen ihnen. Sie schuf einen Abstand. Moni musste Ähnliches gedacht haben, denn sie sagte:

„Komm, lass uns frühstücken. Es ist alles fertig!" Damit fegte sie die peinliche Situation davon.

„Das ist aber lieb, dass du schon Kaffee gekocht hast. Ich habe eine schaurige Zeit hinter mir." Er kratzte sich die Bartstoppeln und hätte sich am liebsten sofort rasiert, wollte sie aber nicht enttäuschen.

„Na, dann schieß mal los. Du hattest von irgendwelchen Frauenmorden gesprochen", sagte Moni interessiert.

„Ja, wir hatten eine Reihe von ermordeten Frauen, die wir gedanklich mit der Toten auf der Frankenburg in Verbindung bringen. Die Vorgehensweise ist ähnlich, auch wenn der Täter sein Muster immer wieder verändert oder erweitert hat. Gestern hatten wir einen neuen, schrecklichen Leichenfund in der Stadtkirche, aber die Einzelheiten will ich dir lieber ersparen", erklärte Wolf.

„Lass uns wenigstens erst mal frühstücken, damit wir eine Grundlage im Magen haben", bat Moni.

„Gut, dann erzählst du mir ein bisschen von deiner Zeit auf Teneriffa, einverstanden?"

„Gerne, es ist wunderschön dort. Herrliche Pflanzen, Sonne, ein angenehmes Klima und natürlich das Meer. Meine Schwester kennt Strände, die noch weitgehend von Touristen verschont geblieben sind."

„Du konntest dich also gut erholen?", fragte Wolf.

„Ja und nein!", gab Moni zurück.

„Wieso?“

„Die Sache mit uns beiden hat mich sehr beschäftigt“, erklärte sie.

„Ich habe schon gemerkt, dass etwas zwischen uns anders ist“, seufzte Wolf.

Moni nickte. Ihr Augen wurden feucht.

„Das ist schade, aber du musst doch nicht weinen, Moni“. Wolf legte seine Hand auf ihren Arm. „Sag mir einfach, was los ist.“ Seine Stimme klang fest und verständnisvoll. Trotzdem fühlte er sich in diesem Moment wie der einsamste Mensch der Welt.

„Ich habe eine Entscheidung getroffen. Damit habe ich mir viel Zeit gelassen und sie wirklich gut überlegt. Ich hoffe, dass du mich verstehen wirst. Ich möchte dir nicht wehtun“, sagte sie und tat es in diesem Moment. „In meinem Leben werde ich keine feste Beziehung mehr eingehen. Auch mit dir nicht, obwohl du ein wunderbarer Mann bist. Es liegt nicht an dir, sondern an mir. Vielleicht siedele ich zu meiner Schwester nach Teneriffa über. Sie ist die ältere von uns beiden und nicht ganz gesund. Sie braucht meine Hilfe. Mit meiner Unterstützung ist vieles leichter für sie. Das Klima dort ist mir auch sehr gut bekommen.“

Wolf war es, als zöge ihm jemand nun endgültig den Boden unter den Füßen weg. Er räusperte sich.

„Tut mir leid, ich weiß jetzt gar nichts dazu zu sagen. Es fühlte sich alles so richtig an zwischen uns, auch wenn wir noch nie miteinander geschlafen haben. Das hatte für mich auch einfach keine Priorität. Ich habe dich als einen so wunderbaren Menschen kennengelernt, mit dem ich mein Leben teilen wollte. Alles andere war mir egal. Nun hatte ich gehofft, dass ich dir ebenso wichtig bin, aber so scheint es nicht zu sein.“

Moni konnte nicht verhindern, dass nun doch Tränen über ihre Wangen liefen.

„Du bist mir sehr wichtig, wichtiger als alle anderen Menschen!“, sagte sie. „Aber auf einer anderen Ebene. Ich sehe dich als meinen besten Freund an, nicht als meinen Geliebten oder Ehepartner. Dazu bin ich einfach nicht mehr bereit. Ich möchte ein selbstbestimmtes Leben führen. Auf der anderen Seite fühle ich eine Verantwortung für meine Schwester. Es wäre einfacher, wenn sie hierher zu mir zöge, aber sie verträgt das Klima in Deutschland nicht, vor allem nicht in der kalten Jahreszeit. Also muss ich hin!“

Wolf schluckte den Kloß hinunter. „Das muss ich wohl akzeptieren, so schwer es mir fällt. Ich liebe dich trotzdem, und das wird auch so bleiben. Ich möchte, dass du das weißt, ohne dass du dich irgendwie unter Druck gesetzt fühlst. Im Grunde ändert sich doch nichts zwischen uns!“, sagte er mit einem schmerzenden Stechen in der Brust.

„Schön, dass du das genauso siehst. Wir lieben uns und führen trotzdem unser eigenes Leben. Das Lieben kann uns niemand wegnehmen“, bestätigte sie seine Worte.

Wolf nickte wehmütig.

„Das Haus werde ich nur an jemanden vermieten, der sich auch um Lady Gaga kümmert.“ Moni tätschelte der Hündin den Kopf, die sich mittlerweile unter den Esstisch gelegt hatte.

Da begriff Wolf, dass der Plan in Monis Kopf schon Gestalt angenommen hatte und bereits sehr weit gediehen war. Er war sprachlos und fühlte sich von der Tatsache überrollt, dass sie aus Deutschland weggehen wollte. Er hatte wohl befürchtet, dass sie sich gegen eine Beziehung mit ihm entscheiden könnte, aber dass sie ihn so ganz verlassen wollte, damit kam er nicht zurecht.

Es war Nadja, die ihn aus dieser Lethargie riss, die soeben von ihm Besitz ergriffen hatte. Er war froh, als ihre Stimme aus dem Telefonhörer in sein Ohr drang.

„Hi Wolf, ich bin eben mal rüber in die Rechtsmedizin gefahren und habe interessante Neuigkeiten. Wir können jede Gebärmutter aus der Stadtkirche nun zuordnen. Ich habe die Untersuchungen gestern gleich in Auftrag gegeben."

„Schieß los, ich bin gespannt!", sagte Wolf und war froh über die Ablenkung.

„Ich auch", lachte sie, „vor allem bin ich gespannt, was du zu meinen Ausführungen sagst und ob du zu demselben Schluss kommst. Eine Gebärmutter konnten wir der Toten aus Petzen zuordnen. Du weißt schon, die Frau, die am Pranger hing. Eine weitere gehört zu der Ermordeten, die auf dem Grabstein des Jetenburger Friedhofes lag. Und die dritte - man höre und staune - ist der Stadtkirchenleiche entnommen worden. Das ist neu, dass er die Gebärmutter der anwesenden Toten vor Ort drapiert, ihr quasi das eigene Organ selbst zu Füßen legt. Und noch etwas ist verwunderlich. Auch diese Gebärmutter war eingefroren. Das kann ich an den geplatzten Zellen erkennen, auch wenn sie ja nur ganz kurz im Eisschrank gelagert worden sein kann. Was sagt dir das, Wolf?"

„Nun lass mich doch erst nachdenken, du hattest schon mehr Zeit dazu. Vermissen wir denn noch Frauen oder Organe von irgendwelchen Toten?"

„Nein!"

„Gut, dann hat er reinen Tisch gemacht? Ist es das, was du denkst, Nadja?“

„Du bist auf dem richtigen Weg, Wolf!“

„Du glaubst, dass er seine Werke vollendet hat? Darum auch diese monströse Inszenierung?“

„Es ist doch schon merkwürdig, oder? Warum legt er auf einmal alle Organe hin, die er noch hatte? Oder sind da doch noch welche, von denen wir nichts ahnen? Warum ändert er mit jeder Toten sein Muster?“, fragte Nadja.

„Ich weiß es nicht. Will er uns verwirren? Oder meinst du, er wird jetzt aufhören, falls dies sein finaler Akt war? Und wenn ja, warum beendet er seine Serie jetzt?“, überlegte Wolf laut.

„Vielleicht, weil etwas geschehen ist, dass ihn abgelenkt oder anderweitig angesprochen hat. Möglicherweise sind diese Frauen nicht die richtigen für ihn?“

„Da könntest du etwas Wichtiges gesagt haben, Nadja, eventuell hat er eine andere im Sinn.“ Wolf stand vom Tisch auf und ging durchs Wohnzimmer.

„Ja, aber was ist, wenn die dann seine Erwartungen auch nicht erfüllt? Fängt der Hirnkranke dann wieder von vorne an?“

„Er muss sich ziemlich sicher sein, dass er diesmal richtigliegt“, sagte Wolf, „sonst hätte er sich nicht alle Altlasten vergangener Morde vom Hals geschafft.“

„Genau diesen Eindruck hatte ich“, stimmte Nadja zu, „er hat sich frei gemacht für etwas Neues und ganz anderes.“

„Wir lassen das jetzt erst mal im Raum stehen, und jeder von uns denkt noch weiter darüber nach. Vielleicht fallen uns noch andere Dinge auf. Informierst du Peter?“, fragte er mit einem Schmunzeln, das sie nicht sehen konnte.

„Kann ich machen“, gab sie zurück und streichelte Peters Bein grinsend.

Moni, die dem Gespräch einseitig zugehört hatte, schüttelte den Kopf. „Da habt ihr es aber wirklich mit einem schlimmen Fall zu tun!“

Wolf nickte und fragte sich, was momentan in seinem Leben schlimmer war, der Dienst oder das Privatleben. Er konnte keine Entscheidung treffen.

Er erinnerte sich noch genau an jenen Tag. Ganz normal wie jeder andere hatte er begonnen. Es war ein Sommertag gewesen. Die Vögel hatten seit dem Morgengrauen ein Konzert gegeben, die Sonne war satt über dem Weserbergland aufgegangen und hatte ihr erstes Licht rotgolden auf die Grashalme und Sträucher gelegt. Später sagte er sich, sie sei an jenem Morgen aus einem Blutbad aufgestiegen. Er hätte sie normalerweise um diese Uhrzeit nicht bemerken können, weil sein kleiner Körper noch schlief, aber die Unruhe, die sich im Haus breitgemacht hatte, hatte auch von ihm Besitz ergriffen.

Angst kann durch Wände sickern oder unter Türritzen hindurchkriechen. Sie liegt klamm auf Decken oder schwingt in einem unfreiwilligen Schweigen mit.

Er wusste es noch wie heute, dass er mit einem Mal erwacht war und sie spüren konnte, hautnah, die Todesangst.

Das Leben, das Leander und Luise führten, war schon lange kein gemeinsames mehr. Er hatte sich in seine Arbeit geflüchtet und war darin aufgegangen. So konnte er sich von der Tatsache ablenken, dass er nicht dazu imstande war, eine einmal geschlossene eheliche Verbindung wieder zu lösen. Der äußere Rahmen stimmte immerhin. Nicht alles war schlecht gewesen. Sie kochte, putzte und wusch für ihn, nur die Liebe war aus seinem Leben verschwunden. Und er hatte versucht, sie zu vergessen, aber das war ihm nicht immer gelungen. Es gab einsame Nächte, in denen er sich mit fast körperlichem Schmerz nach diesem Gefühl sehnte. Er vermisste die Nähe eines anderen Menschen, die Nähe einer Frau, in deren Augen er sehen konnte, dass sie ihn liebte. Ihm fehlte die Geborgenheit gegenseitiger Berührungen, das Kuscheln und Halten. Er hatte erkannt, dass ein Genug viel zu wenig war, dass ein Rahmen von scheinbarer Normalität nicht darüber hinwegtäuschen konnte, wie arm seine Ehe geworden war. Wenn er ihr beiwohnte, ließ sie dies im günstigsten Fall einfach über sich ergehen. Und trotzdem hatte er den Gedanken an ein außereheliches Verhältnis niemals ernsthaft erwogen. Denn auch das hätte ihm niemals genügt. Er wollte lieben und geliebt werden.

Das Gefühl, das in Riekes Augen lag, hatte ihn aus dem geduldigen Gleichmaß des Alltags erweckt wie ein Dornröschen aus dem hundertjährigen Schlaf. Sie hatte ihn umgehauen wie ein Seesturm, weil er plötzlich erkannte, dass sie ihm immer am Herzen gelegen hatte. Sein Leben, das zum Stillstand gekommen war, hatte erneut Fahrt aufgenommen. Seine Uhr tickte wieder.

Es war noch am Vormittag, als Rieke ihren Kindern erzählte, dass sie sich von Frank getrennt hatte. Die beiden waren müde und reagierten gelassen. Sie hatte fast den Eindruck, als ob sie etwas abwesend waren.

„Kommt ihr mit dieser neuen Situation zurecht?“, fragte Rieke. „Es könnte sich einiges ändern.“

„Besser als vorher. Das kannste mal glauben. Ich bin froh, wenn ich dieses Arschloch nicht mehr sehen muss!“, sagte Felix eine Spur zu vehement.

Lena nickte mit feuchten Augen und fragte: „Wie kommt es, dass du jetzt endlich Nägel mit Köpfen machst?“

„Das hat verschiedene Gründe. Über einige davon möchte ich gerne später mit euch sprechen. Vielleicht gegen Abend? Jetzt habe ich leider keine Zeit. Ich habe Klara versprochen, noch ein bisschen mit ihr zu üben, und um achtzehn Uhr treffe ich mich kurz mit Leander. Wir müssen die nächsten Auftritte absprechen. Danach können wir drei uns unterhalten, wenn ihr mögt.“

„Wer ist denn nun schon wieder Klara?“, fragte Felix.

„Das ist die, die vorher die Sopransoli mit den Bückeburger Sinfonikern gesungen hat. Du kennst sie aus dem Chor. Sie übernimmt jetzt gelegentlich die zweite Stimme. Das ist gar nicht so einfach. Wir proben also zwischendurch privat, auch wenn ich das Gefühl nicht loswerde, dass sie sauer auf mich ist, weil ich ihren Platz eingenommen habe.“

„Kann ich verstehen!“, murmelte Lena. „Das ist auch echt blöd für die andere.“

„Meinst du die kleine Dicke, die da in Scheie auf dem großen Hof wohnt, wo es das Biozeug gibt, das du immer kaufst?“, fragte Felix.

Rieke lachte. „Stimmt, sie wohnt auf dem Rethhof und hilft manchmal auf dem Wochenmarkt oder im Hofladen. Daher kannte ich sie auch.“

„Können wir nicht morgen quatschen?“ maulte Felix.

„Ich will noch aufs Osterfeuer. Wenn du dich erst um sechs mit deinem Dirigenten triffst, wird mir das zu spät. Ich bin halb acht mit meinen Kumpels verabredet. So dringend ist das doch nun wirklich nicht!“

„Kann ich auch mit?“, fragte Lena.

„Mit deinem AOK-Shopper? Nee, kein Bock, mich zu blamieren!“ Felix grinste.

„Gut, reden wir morgen“, sagte Rieke, „aber deine Schwester nimmst du bitte mit! Ich möchte nicht, dass sie hier alleine ist.“

„Mann! Immer dieser Klotz am Bein“, schmunzelte Felix und stupste seine Schwester in die Seite, „na gut, wenn sich's nicht vermeiden lässt.“

Lena gab ihm einen Stoß mit dem Ellenbogen. „Besorg mir da einen Stuhl, dann können wir auch so hingehen.“

„Nur eins noch. Frank wohnt jetzt in der Einliegerwohnung, drüben in der alten Scheune. Seine Kleidung habe ich ihm schon rübergebracht. Den Rest hatte er ohnehin dort. Er kann im Gästezimmer schlafen, bis er eine eigene Wohnung hat. Hier bei uns hat er nichts zu suchen. Bitte lasst ihn in meiner Abwesenheit nicht ins Haus. Er weiß nämlich, dass ich gleich zu Klara fahre. Ich möchte nicht, dass er das ausnutzt und sich noch das eine oder andere hier rausholt, was ihm gefällt."

„Klaro!", sagte Felix und Lena nickte. „Hast du ihm wenigstens den Schlüssel abgenommen?"

„Sicher!", sagte Rieke und grinste, weil sie nicht ahnen konnte, dass nichts wirklich sicher war, wenn das Leben seine Schatten warf.

Das Streicheln des Beins hatte bei Peter zu zunächst unbemerkten Reaktionen geführt. Er hatte Nadjas Telefonat mit Wolf nur im Halbschlaf verfolgt. Im Grunde genommen interessierte ihn das momentan auch gar nicht. Sie hatten gestern auf der Bückeburger Wache alles besprochen und dann auf Nadjas Ergebnisse warten wollen. Die lagen augenscheinlich jetzt vor. Nadja musste sich schon vor seinem Aufwachen auf dem Server der Rechtsmedizin eingeloggt haben und war dann wieder ins Bett gekommen. Das Streicheln hatte dazu geführt, dass seine Körpermitte zu reagieren begann, noch bevor er ganz wach war. Als Nadja endlich aufgelegt hatte, zog er sie an sich heran und ließ sie spüren, dass er sie begehrte. Sie küssten sich und es begann, ihn wohlig zu schaudern, als sie an seinem Körper nach unten glitt und ihn sanft in den Mund nahm. Er stöhnte. Ob es daran lag, dass sie sich anatomisch so gut auskannte, wusste er nicht. Er lag einfach da und fühlte sich zunehmend ins Nirwana versetzt. Ihre Zunge tänzelte um die Spitze seines Turms und leckte an dessen Seiten hinab, um anschließend wie auf einer Wendeltreppe wieder hinaufzustürmen und ihn ganz mit den Lippen zu umschließen. Als sie an ihm zu saugen begann, glaubte er, sein Hirn würde gleich wegfliegen. Es ging zu schnell, dachte er, er wollte, dass es länger dauerte, bis er kam. Behutsam hob er sie fort, nahm sie in die Arme und küsste die Kuppen ihrer Berge, in die er später vorsichtig biss, weil er wusste, wie sehr sie das erregte, wenn er in sie eingedrungen war. Es war ein Tanz, ein

Wiegen, ein sanftes Halten und starkes Drängen, das sich immer weiter steigerte, bis beide mit lautem Stöhnen kamen.

„Die Balkontür ist noch auf", lachte Peter, als sie wieder bei Sinnen waren. „Da hatten die Nachbarn wenigstens auch ihren Spaß!"

Nadja sah ihn erschrocken an.

„Nein, keine Panik, die sind alle jenseits der achtzig und schwerhörig", sagte Peter beruhigend. „Jetzt bring mich mal auf deinen Wissensstand!"

„Später, mein Bärchen", murmelte Nadja und kuschelte sich an ihn. „Nach den wunderbaren Kontraktionen meiner Gebärmutter, möchte ich mich jetzt nicht über welche unterhalten, die dazu nicht mehr in der Lage sind."

Wenig später schlief sie in Peters Arm ein, der jetzt ganz wach war und dieses selige Gefühl genoss, dass sie ihm so sehr vertraute.

Es war Luise entgangen, dass Leander in aller Stille und Heimlichkeit begonnen hatte, seine Sachen zu packen, um aus dem gemeinsamen Leben auszubrechen. Lange hatte er sich seine Neigung zu Rieke selbst nicht eingestanden, später hatte er nicht den Mut gehabt, etwas zu unternehmen. Er stand im Licht der Öffentlichkeit, wollte kein Aufsehen erregen. Auch wusste er die Verbindung zwischen Rieke und diesem komischen Kauz Frank Habichthorst nicht einzuschätzen. Der Mann war fast zwanzig Jahre älter als Rieke und hatte etwas Raubvogelartiges an sich. Nur Rieke zuliebe hatte er ihn das Klavier spielen lassen. Es gab weiß Gott andere Pianisten. Der Zufall hatte seine Hand im Spiel gehabt und ihn neulich an einer Auseinandersetzung teilhaben lassen. Seitdem wusste er, dass Frank sie nicht lieben konnte. So ging man mit keiner Frau um. Außerdem hasste er Menschen, die sich auf Kosten anderer in den Mittelpunkt stellen mussten. Habichthorst war so ein Mensch. Jedem, der es hören wollte oder nicht, erzählte er von seinen großen Auftritten, die er in den vergangenen vierzig Jahren erlebt hatte. Rieke blieb immer im Hintergrund, obwohl sie es war, die hier als Sopranistin im Rampenlicht stand. Etliche Zuhörer kamen nur wegen ihrer glockenhellen, glasklaren Stimme.

Leander verstand es nicht, dass sie sich selbst so in die zweite Reihe stellte.

Aus der anfänglichen Neigung war eine Verbundenheit entstanden. Jetzt fühlte er, dass es Liebe war, was sie verband. Er konnte nicht bleiben. Hier nicht bei Luise, die ihn nur als Dorn in ihrem Auge empfand und bestenfalls als ihren Versorger.

Glücklicherweise war Luise am späten Vormittag aus dem Haus gegangen. Leander nutzte die Gelegenheit, sich einige Bücher, die ihm ans Herz gewachsen waren, aus dem Wohnzimmer zu holen und seinen Bruder anzurufen, ob er ihn ein paar Tage aufnehmen könne. Erst dann war er halbwegs beruhigt.

Gegen Mittag hatte er zwei Koffer und drei Taschen gepackt. Lediglich seine Badutensilien fehlten ihm noch und der besondere Öffner für seine Weinflaschen aus der Küche. Leider hatte er nicht bemerkt, dass Luise inzwischen zurückgekehrt war und ihn dabei erwischte, wie er den Korkenzieher aus dem Schrank über der Spüle herausnahm und in seine Kulturtasche steckte.

„Hast du irgendwas vor?“, fragte sie mit schneidender Stimme. „Willst du irgendwo ficken gehen oder wozu brauchst du Waschzeug und Korkenzieher?“

Leander fuhr zusammen und räusperte sich. „Nein, Luise, das will ich nicht, aber ich verlasse dich.“

„Ja, hau ruhig ab“, schrie sie, „ich liebe dich sowieso nicht mehr!“

„Und warum?“, wollte Leander wissen.

„Weil ich dich nicht mehr leiden kann. Du machst mich krank!“

„Das verstehe ich nicht.“

„Ich verabscheue dich. Du widerst mich an. Und du glaubst wohl, dass ich ohne dich nicht zurechtkomme, aber da irrst du dich.“

Luises Stimme wurde immer lauter. Sie redete sich in Rage.

„Du weißt genau, dass ich mich lange um dich bemüht habe, Luise. Immer wieder habe ich versucht, eine gute Ehe mit dir zu führen, aber du wolltest nicht", sagte er beruhigend.

„Und wo willst du jetzt hin?"

„Zu meinem Bruder!"

„Das kannst du dem Weihnachtsmann erzählen. Ich weiß genau, wo du hingehst."

„Ach ja, wohin denn?"

„Du gehst zu diesem Rauschgoldengel, diesem Fickhäschen mit der tollen Stimme, die es dir so angetan hat. Glaubst du, ich bin blöd? Unterschätz mich nicht!", schrie sie mit kreischender Stimme.

Leander hatte weder damit gerechnet noch so schnell realisiert, dass Luise in Windeseile ein Messer aus dem Holzblock gezogen hatte. Vor Schreck ließ er die Kulturtasche fallen und wich ein Stück zurück. Doch er hatte die übermächtige Kraft der Raserei nicht bedacht, die sich in Luise entfesselt hatte. Als sie zustach, war er erstaunt, wie wenig das Eindringen der Klinge schmerzte. Doch das war nur der erste Moment. Als er an sich herabblickte und den Griff des Ausbeinmessers aus seinem Leib ragen sah, traf ihn der Schmerz plötzlich und mit großer Wucht. Ihm wurde schlecht, die Beine gaben nach. Er konnte sich gerade noch an der Arbeitsplatte abstützen, bevor er zusammensackte und auf dem Küchenboden zu liegen kam.

Luise, die dem Ganzen fassungslos mit großen Augen zugesehen hatte, floh mit einem grellen Schrei aus dem Raum und schloss sich im Schlafzimmer ein.

Leander bekam davon nichts mehr mit. Sein Bewusstsein hatte sich getrübt, und so blieb ihm verborgen, dass sein Blut langsam aus der Stichwunde sickerte.

Moni hatte sich nach dem Frühstück verabschiedet. Wolf sah ihr wehmütig nach. Etwas war zu Ende gegangen. Das fühlte er ganz deutlich. Ein Teil von ihr war schon fort. Er war einfach bereits auf Teneriffa geblieben.

Er seufzte und pfiff nach der Lady. Meist war ein Waldspaziergang das Beste, wenn er traurig war. Die Bewegung an der frischen Luft, der Gesang der Vögel und die schöne Natur zeigten ihm seine eigene Unwichtigkeit. Was war er schon, wenn man das große Ganze betrachtete?

Und doch hatte auch er Bedürfnisse und die Hoffnung darauf, sein Leben mit einem anderen Menschen zu teilen.

Er wusste nicht, ob Moni der richtige Mensch für diesen Wunsch war, er wusste nur, dass er sie liebte und immer lieben würde. Vielleicht hatte sie recht. Möglicherweise war der Altersunterschied für sie problematischer als für ihn. Ob die Entscheidung für Teneriffa eine Flucht vor sich selbst war, konnte er bei Moni nicht einschätzen. Normalerweise stand sie fest im Leben. Er wusste auch, dass sie ganz bestimmt mehr für ihn empfand als nur Freundschaft, aber es würde keine Lebensbeziehung geben. Dessen konnte er sich sicher sein.

Peter schien da momentan mehr Glück zu haben. Auch wenn er darüber nicht sprach, so sah Wolf doch das Strahlen in seinen Augen und denen von Nadja.

Er gönnte den beiden das Glück von Herzen, auch wenn er dadurch seine eigene Einsamkeit stärker empfand.

Lady Gaga stupste ihn mit der Nase an und lief wieder voran. Sie spürte seine Traurigkeit. Hetzer atmete tief durch. Er merkte, wie gut ihm der Wald tat, und nahm sich vor, bis zum Luhdender Klippenturm hochzusteigen.

Als er die Ruine der Frankenburg durchquerte, musste er an Mathilda denken. Warum hatte sich der Mörder nach dieser ersten Tat so viel Zeit gelassen und erst später weitergemacht? Dafür musste es einen triftigen Grund geben.

Er sah sie genau vor Augen, die wilden roten Haare, das blasse Gesicht, und fragte sich, ob die Opfer wohl auch körperlich jenseits der Schnitte und Organentnahmen etwas gemein hatten. Was genau sprach den Mörder an, weswegen wählte er genau jene Frauen aus? Oder hatte es etwas mit der Art zu tun, wie sie mit ihm sprachen oder wie sie auf ihn reagierten? Vielleicht war auch etwas an ihnen allen noch nicht genau so, wie er es suchte, aber was war dann das Optimum und hatte er es schon im Visier? Das war eine sehr wichtige Frage, wenn Nadjas Vermutung stimmte. Hatte er reinen Tisch gemacht für die Auserwählte? Dann hatten sie nicht mehr viel Zeit. Er musste herausfinden, was die Frauen verband.

Die Schreie, die damals durch das Haus gedrungen waren, hatten etwas Animalisches an sich gehabt. Das Gefühl der Panik, das ihn damals erfasst hatte, stieg wieder in ihm auf. Es weckte ihn oft. Manchmal kam es jetzt sogar tagsüber zu ihm.

Er hörte sie noch immer, diese unmenschlichen Laute, fühlte den Schmerz daraus wie seinen eigenen. Damals hatte er zu summen begonnen, um sich Mut zu machen, wie ein Kind, das in den dunklen Keller gehen muss, um etwas zu holen. Als die Starre nachgelassen hatte, in die er vor Schreck gefallen war, stieg er leise aus dem Bett und verließ sein Zimmer auf Zehenspitzen. Doch im Flur war das Stöhnen und Schreien noch lauter. Warum hörte es nur nicht auf? Und warum kam es aus dem Zimmer, in dem seine Eltern schliefen?

Er klopfte, doch die Antwort war nur wieder dasselbe tierische Gebrüll. Da fasste er sich ein Herz und zog die Klinke herab, zu der er sich erst hochrecken musste.

Die Tür ging auf. Das, was er als Erstes wahrnahm, war der Geruch - ein süßlich schwerer, der ihm wie eine Faust entgegenschlug. Er hatte Ähnliches gerochen, wenn er seinem Vater die Brotzeit ins Schlachthaus gebracht hatte. Dann wieder ein gellend dumpfer Schrei, der in ein Stöhnen überging. Es war seine Mutter gewesen, die da schrie. Mit einem Mal fühlte er nur noch Angst. Wo war Vater? Alles war rot. Heute wusste er, dass es das Blut war, das er gerochen und gesehen hatte. Damals war er unfähig gewesen zu begreifen, was da vor sich ging. Er war erst drei Jahre alt gewesen.

Zwischen zwei Wehen erkannte Mutter mit glasigen Augen, wer da fassungslos vor ihrem Bett stand.

„Oh, nein!", rief sie kraftlos. „Hol Vater, Stall, schnell!" Dann kam eine neue Wehe. Sie bäumte sich auf, brüllte und ein weiterer Blutschwall schoss aus ihrem Unterleib. Er wich zurück in eine Ecke des Zimmers mit weit aufgerissenen Augen. Stumm, regungslos und völlig unfähig zu handeln. Er schaffte es nur, sich die kleinen Kinderhände auf die Ohren zu drücken, um die Töne zu dämpfen, die alles Weltliche hinter sich gelassen hatten. Fliehen konnte er nicht, auch keine Hilfe holen. Nur starren und warten. Warten, dass es aufhörte und Mutter wieder so war wie immer.

Doch nichts würde jemals wieder wie immer sein.

Als Rieke zum Briefkasten ging, saßen Felix und Lena immer noch am Frühstückstisch. Sie blinzelten sich zu wie zwei Verschwörer.

„Gut, dass sie den alten Sack endlich los ist!", sagte Felix und streckte sich gähnend.

„Ja, da bin ich echt froh!", seufzte Lena. „Schade, dass wir dem nicht noch mal so richtig die Leviten lesen können."

Felix grinste. „Wer sagt, dass wir das nicht können? Denk dir schon mal was Passendes aus."

„Wie wäre es mit einer hochnotpeinlichen Befragung, so wie im Mittelalter? Haben wir gerade in Geschichte. Da wird er alles zugeben!"

„Drüben in der alten Scheune? Wo ihn niemand hört?", fragte Felix.

Lena nickte und sagte grinsend: „Aber erst später, wenn Mama weg ist!"

Doch ihr verging das Grinsen im selben Moment, weil ihre Mutter im Hausflur vor Schreck aufschrie.

Beide Kinder fuhren vom Tisch hoch. Felix rannte in Richtung Haustür, Lena kam langsam nach. Ihr Kreislauf war immer noch nicht stabil.

Rieke stand im Flur. Vor ihr auf dem Boden lag eine hässliche Puppe. Sie war nackt und leicht verdreckt.

„Hast du deswegen geschrien?", fragte Felix und zeigte auf das Spielzeug.

„Dreh sie mal um!“

Felix nahm die widerliche Plastikpuppe mit spitzen Fingern und wendete sie.

Auf ihrem Rücken klebte ein Foto. Es zeigte eine Grabstelle mit einem Stein, auf dem drei Namen standen. Zuerst Riekes, dann Lenas und als letzter sein eigener.

„Ja, und“ sagte er und zuckte mit den Schultern, „schlechter Scherz halt!“

Lena kam näher und sah sich das Bild an.

„Habt ihr die Sterbedaten gesehen?“, fragte Rieke.

„Bei dir steht ja heute, Mama!“, sagte Lena erschreckt.

„Na und? Kannste heute alles ganz einfach mit Photoshop machen.“ Felix gähnte.

„Soll ich nicht doch lieber die Polizei anrufen?“, fragte Rieke.

„Wenn du dich lächerlich machen willst!“, gab Felix zurück. „Ich habe eine Vermutung, wer das war. Aber lass mich erst mal machen.“

„Und wenn Mama doch was passiert?“ Lena wirkte unruhig.

„Sie ist doch eh nicht Zuhause. Da kann ihr auch keiner das Licht ausknipsen“, sagte Felix gelangweilt.

„Deine Ruhe möchte ich haben!“, erwiderte Rieke und legte die Stirn in Falten. „Das ist nicht die erste Puppe, sondern schon die dritte. Erst stand nur mein Name auf dem Foto, dann auch der von Lena und heute noch deiner.“

„Und, ist schon irgendwas passiert?“, fragte Felix.

„Nein, nichts weiter, nur die Puppen und die Fotos“, antwortete Rieke.

„Siehste! Da will dir einer Angst einjagen, mehr nicht!“

„Na gut“, erwiderte Rieke, „dann lassen wir es gut sein, aber du versuchst mal, ob du irgendwie rauskriegen kannst, was dahintersteckt, du Computerfreak. Für irgendwas muss diese Sucht doch gut sein.“

Felix verzog das Gesicht und winkte im Davonschlurfen ab. „Geht klar! Aber erst mal muss ich noch 'ne Runde pennen.“

Dass Felix im Grunde recht hatte, tat nichts zur Sache, denn was zunächst als Drohung gemeint war, war inzwischen bitterer Ernst geworden.

Eine Weile hatte Luise auf ihrem Bett gesessen. Sie wusste nicht, was sie tun sollte, und zitterte am ganzen Leib.

Die Polizei rufen? Oder einen Krankenwagen? Dann würde sie mit Sicherheit festgenommen und musste ins Gefängnis.

Sie hätte ihren Mann auf dem Gewissen, würden sie sagen. Dabei wussten sie ja nicht, wie er gewesen war. Dass er in Wirklichkeit sie auf dem Gewissen hatte. Immer diese nassen Lippen und das Betatschen. Dauernd hatte er Sex gewollt. Es juckte sie schon, wenn sie nur daran dachte. Jetzt hatte sie mal was in ihn reingesteckt, was er nicht wollte, und es tat ihr nicht leid. Sie war ihn los. Endgültig! Ja, er hatte sie unterschätzt. Sie hatte sich dafür gerächt, dass er ihr schön eingerichtetes Leben zerstören wollte. Erst hatte sie seine Nähe jahrelang ertragen müssen, und dann wollte er ihr auch noch den Luxus rauben, den sie gewohnt war und den sie hatte behalten wollen.

Das ging jetzt leider auch nicht mehr, aber sie konnte immerhin die Konten abräumen und abhauen. Genau das würde sie jetzt tun.

In Windeseile packte sie zwei Koffer und ihr Beauty-Case. Das Taxi, das sie zum Flughafen brachte, ließ sie vorher bei der Bank vorbeifahren, wo sie bis auf ein paar Euros alles plünderte, was ihr und ihrem Ehemann Leander gehört hatte. Damit würde sie die erste Zeit im Ausland spielend überbrücken können.

Die frische Luft tat ihm gut. Wolf hielt an und warf ein Stöckchen für Lady Gaga. Sein Grübeln hatte zu dem Schluss geführt, dass dringend untersucht werden musste, wie der Charakter der getöteten Frauen gewesen war. Auch wollte er unterschiedliche Bilder von ihnen nebeneinanderhängen, auf denen sie noch gelebt hatten.

Er war sich sicher, dass es Übereinstimmungen geben musste. Irgendetwas musste den Mörder angesprochen haben. Niemand, der so vorging, tötete wahllos.

Wo würde wohl der Ort sein, an dem dieser Mann ganz für sich sein konnte, wo niemand ihn beim Töten zu hören oder zu stören vermochte? Es stand für ihn außer Frage, dass es ein Mann sein musste. Eine Frau war zu einem Kraftakt wie dem in der Stadtkirche überhaupt nicht in der Lage.

Wolf hatte auch die anderen Tatortbilder noch genau vor Augen. Die Frau, die im Pranger hing wie eine Geächtete, die nixenartig drapierte auf dem Grabstein. Dem Täter gefiel es, zu schockieren, und er hatte Fantasie dabei. Leider hatte Wolf nicht die geringste Ahnung, wer es sein konnte. Die DNA-Untersuchung hatte auch nichts ergeben.

Inzwischen konnte Wolf die letzten Meter des Weges zum Klippenturm sehen und musste an Mica denken. Doch der Gedanke verflüchtigte sich ebenso schnell wieder, weil Lady Gaga mit erhobenem Schwanz auf den Turm zustürmte. Das kannte er gar nicht von ihr.

Mit schlechter Laune saß Frank Habichthorst vor seinen Kartons. Rieke hatte sofort Nägel mit Köpfen gemacht und seine persönlichen Dinge aus dem ehemals gemeinsamen Haushalt entfernt. Es war ein Rausschmiss in hohem Bogen. Das hatte er nicht verdient. Sie konnte sich auf etwas gefasst machen. Er dachte überhaupt nicht daran, aus der alten Scheune auszuziehen. Hier ging es ihm doch gut, und wer konnte ausschließen, dass sie ihn nicht bald zurückhaben wollte. Bisher hatte er es immer geschafft, sie nach seinem Willen zu beeinflussen.

Nein, er würde einfach nicht ausziehen und die Sache aussitzen. Sollte sie sich doch ärgern. Er hatte den längeren Atem. Das würde sie schon sehen.

In seinem Kopf rauchte es.

Was war das doch für eine blöde Kuh! Wie hatte er sich für sie den Arsch aufgerissen. Sei es nun im Haushalt oder mit den Kindern. Sie war undankbar. Und dass sie sich nun wegen dieser alten Geschichte aus dem Staub machte, war doch unglaubwürdig. Bestimmt steckte dieser widerlich wichtige Orchesterleiter dahinter. Wer weiß, was der ihr versprochen hatte.

Sein Blutdruck stieg bei diesen Gedanken.

So einfach wollte er sich nicht bescheißen lassen. Das würde sie büßen müssen. Er würde ihr einen Schreck einjagen, der ihr für immer in Erinnerung bleiben würde. Ganz knapp wäre ihr Überleben. Er hatte einen Plan und gedachte, ihn umzusetzen, wenn sie in Richtung Scheie fuhr. Es war ein Plan, der nur heute funktionieren konnte.

Lautlos stand er immer noch in der Ecke, als das Schreien seiner Mutter in Wimmern überging und der Vater durch die Schlafzimmertür gestürmt kam.

„Mein Gott, was ist denn hier los? Da bin ich im Stall, weil die Kuh kalben will, und du meinst, du müsstest das nachmachen?"

Sie versuchte etwas zu sagen, aber er konnte ihre Worte nicht verstehen. Ihre Haare, ihr Gesicht, das Hemd, der Körper, alles war in Schweiß gebadet. Es war nicht zu übersehen, dass sie dem Tod näher war als dem Leben. Da war keine Zeit mehr, einen Arzt zu rufen, denn im Haus war kein eigenes Telefon. Er hätte zu den Nachbarn laufen müssen, aber das würde alles zu lange dauern.

„Nur ruhig", sagte er und fasste ihr zwischen die Beine. Es war kein Haarschopf zu spüren. Alles war bereits voller Blut. Neue Matratzen würden viel Geld kosten, dachte er. Er betastete ihren Bauch und hatte das Gefühl, dass das Kind quer lag. Vorsichtig versuchte er den kleinen Körper im Leib zu drehen, aber er bewegte sich keinen Millimeter. Vielleicht lebte das Kind schon nicht mehr. Sie konnte hier schon seit Stunden liegen. Er seufzte. Es blieb nur eine Möglichkeit, wenn er wenigstens versuchen wollte, sie zu retten. Die Chance war gering, aber er wollte sie nicht ungenutzt verstreichen lassen.

Dass sein dreijähriger Sohn in der dunklen Ecke des Zimmers stand, blieb dem Vater verborgen, als er zurückkehrte und das große Schlachtermesser unterhalb des Bauchnabels ansetzte. In diesem Moment wollte der Junge schreien, doch das Entsetzen ließ ihn stumm bleiben. Mit großen Augen sah er zu, wie das Messer seine Bahn zum Schambein zog, Mutters Wimmern noch verzweifelter klang und Vater schließlich ein schrumpeliges blaues Etwas aus dem Bauch zog. Es bewegte sich nicht. Es atmete auch nicht. Die Lungen seines Bruders würden sich nie mit Luft füllen. Er war bereits tot, noch bevor er geboren war.

Dass sein Sohn im Zimmer gewesen war, bemerkte der Vater erst, als der Kleine hinauslief. Er wusste auch nicht, was er gesehen hatte. Und selbst wenn, wäre das zweitrangig gewesen. Ihm ging es jetzt nur darum, seine Frau ins Krankenhaus zu bringen. Sie lebte noch. Er zerriss ein altes Laken und band dies fest um ihren Bauch. Dann nahm er sie vorsichtig auf den Arm und trug sie zum Wagen. Ihre rotblonden Locken wehten im Morgenwind.

Das war das Letzte, was er von seiner Mutter sah, die er so sehr liebte. Sie verstarb, noch bevor sie das Krankenhaus erreichten.

Er aber stand am Fenster und wartete. Es waren Bilder und Töne in seinem Kopf, die keinen Platz fanden und in ihm herumirrten.

Wolf traute seinen Augen nicht, als er um die Ecke bog. Neben der Bank, direkt am Luhdener Klippenturm, stand eine braun-schwarze Hündin, die ihm bekannt vorkam. Auch Lady Gaga schien sie zu kennen, denn sie stand schwanzwedelnd, aber etwas hochbeinig in geringem Abstand vor ihr.

„Frau Ebeling!", rief Wolf erfreut, „das ist aber schön, dass die Hunde sich mal wiedersehen", und fand es selbst auch ganz angenehm, Anna Ebeling zu begegnen. Sie war bei den Befragungen ein hilfsbereiter und freundlicher Gesprächspartner gewesen, wenn ihre Rolle im vergangenen Fall auch zunächst etwas undurchsichtig gewesen war. Doch das hatte sich aufgeklärt. Anna Ebeling war nichts vorzuwerfen.

„Ach, Herr Hetzer, oder soll ich Herr Hauptkommissar sagen?"

„Nein, Wolf bitte. Ich ermittele ja nicht, ich bin hier privat unterwegs!", lachte er.

„Gut", sagte sie und lächelte ihn an, „ich heiße Anna. Aischa kennst du ja."

„Oh ja, ein wunderbarer Hund. Ich dachte allerdings, die beiden Hündinnen verstehen sich nicht so gut."

„Sieht jetzt nicht so aus", stellte Anna fest, „aber es ist auch immer etwas anderes, wenn sie nicht in ihrem eigenen Revier sind."

„Was hast du denn gegessen?", fragte Wolf und schielte auf ihren Teller.

„Ein Schmalzbrot!"

„Und, kann man das empfehlen?“

„Auf jeden Fall. Ich esse das hier immer, wenn ich zum Turm gehe.“

„Ach, dann gehst du öfter hier hoch, Anna?“

„Aischa und ich sind wahre Turmspezialisten. Wir wechseln immer mal zwischen dem Idaturm, dem Luhdener Klippenturm und dem Sünte‌lturm, damit es nicht so eintönig wird.“

„Dann fehlt euch noch der Klütturm in Hameln“, sagte Wolf schmunzelnd, „da könnten wir zusammen hingehen, wenn ihr mögt.“

„Gerne“, sagte Anna und Wolf bestellte sich ein Schmalzbrot zu seinem Bier.

„Möchtest du auch noch etwas trinken?“, fragte er.

„Nein danke!“, erwiderte sie, „aber wir können trotzdem mit euch zurückgehen.“

Wolf nickte und fand, dass der Tag eine gute Wendung nahm.

Durch die Gelassenheit ihres Sohnes hatte sich Rieke halbwegs beruhigt. Er hatte das Foto an sich genommen und wollte der Sache nachgehen. Die hässliche Puppe schmiss sie in die Restmülltonne.

Nein, sie würde sich nicht unterkriegen lassen! Sie war keine der Frauen, die leicht in Panik gerieten. Seitdem sie im Licht der Öffentlichkeit stand, musste sie damit rechnen, dass sie auch Neider hatte.

Eine Melodie aus dem „Elias" summend, ging sie zum Schuppen und schob ihr Fahrrad heraus. Dann stieg sie auf und fuhr in Richtung Scheie. Es war nicht sonderlich warm an diesem Ostersamstag. Aber es lag eine Ahnung von Frühling in der Luft. Die Vögel zwitscherten anders, der Stand der Sonne versprach, dass der Winter nun endlich vorüber war. Und noch etwas löste bei Rieke Frühlingsgefühle aus. Leander liebte sie. Sie würden sich heute Abend am Schützenhaus im Harrl treffen. Wie er wohl küsste? Sie hatte seit Jahren nicht mehr geküsst. Mit diesen wunderbar verzückten Gedanken fuhr sie durch die Kornmasch und auch in die Hoffnung auf eine glückliche Zukunft.

Sie hatte den Mann nicht kommen sehen, der seitlich aus dem kleinen Wald vor dem Rethhof sprang und sie vom Rad riss. Der Aufprall war hart und nahm ihr die Besinnung. Für sie selbst war es so, als ob ihr jemand das Licht ausgeknipst hatte. Auch niemand anders hatte etwas bemerkt. Der Vermummte zog sie ins Dickicht und stopfte ihr ein Herrentaschentuch in den

Mund. Dann band er eine elastische Binde um ihren Kopf, damit sie nicht schreien konnte, wenn sie wach wurde.

Rieke war ein Leichtgewicht. So fiel es dem Mann nicht schwer, sie durch den Wald auf die große Wiese jenseits des Hofes zu ziehen, wo sich um diese Uhrzeit noch niemand aufhielt. Wie ein großer Kegel war das Holz für das Osterfeuer am Abend aufgestellt worden.

Vorsichtig zog der Vermummte einige dünne Stämme beiseite und schob Rieke in die Mitte des Kegels. Sie war noch immer bewusstlos. Er hoffte, dass sie bald aufwachen würde und dann in Panik geriet. Das war es, was Frank erreichen wollte.

Er hatte keine weiße Weste und sah sich zu gerne unerlaubte Filmchen im Internet an, aber er war kein Mörder.

Um ihr Leben sorgte er sich nicht, auch nicht darum, unverhofft zum Mörder zu werden, denn die freiwillige Feuerwehr kontrollierte vor dem Entfachen des Osterfeuers genau, ob sich irgendetwas Lebendiges in dem Holzkegel verirrt hatte.

Als er wieder zu Hause war, rief er Klara an, dass Rieke leider nicht zum Üben kommen könne, da sie erkrankt sei. So würde sie während der nächsten Stunden niemand vermissen.

Was Frank nicht bedachte hatte, war, dass sich dieses Osterfeuer auf privatem Grund befand. Erst der Geruch des verbrennenden Fleisches würde verraten, dass nicht nur Holz im lodernden Feuer verkohlte.

In einem kurzen, lichten Moment erwachte Leander aus seiner Bewusstlosigkeit. Er wusste zuerst nicht, wo er sich befand, und war unfähig, sich zu bewegen. Der Schmerz war zu groß. Jeder Atemzug tat weh. Er hatte den Geschmack von Eisen im Mund. Um ihn herum war endlose Stille. Die Zeit hatte aufgehört zu existieren. Wie lange er schon dort lag, wusste er nicht. Mit großer Anstrengung gelang es ihm irgendwann, den Kopf etwas seitlich zu drehen.

Er musste in der Küche liegen, wusste aber nicht wieso. Ob ihm schwindelig geworden war? Vorsichtig drehte er den Kopf zurück und blickte an sich herab. Da sah er, dass etwas Hölzernes aus ihm herausragte. Während er sich noch über diesen Umstand wunderte, fiel ihm auf, dass das Holz von Metall durchzogen war. Mit der Erkenntnis, dass dieses Gebilde der Griff eines Messers sein musste, dessen Klinge in ihm steckte, schwand erneut sein Bewusstsein.

Soeben verklangen die letzten Akkorde der Mondscheinsonate unter seinen Händen. Seine Mutter hätte geweint bei dem Gefühl, das er in die Musik legen konnte. Es wurde für die Zuhörer spürbar. Sie fühlten seine Intensität, seinen Schmerz.

Er sah seine Mutter noch vor sich, wie sie behutsam seine kleinen Finger auf die Tasten gelegt hatte. „Töne sind etwas Wunderbares“, hatte sie zu ihrem dreijährigen Sohn gesagt. „Sie verraten oder verbergen alles. Das ganze Leben liegt in der Musik, wenn man sie versteht.“ Sie hatte recht behalten. Sein Kopf war voller Dissonanzen. In ihm rieben sich verminderte Sekunden mit schrillem Klang, Quintparallelen verhöhnten ihn. Der Tinnitus in seinem linken Ohr quälte ihn mit einer Septime.

Er brauchte sie, seine Venus, damit er in seinem Leben wieder Akkorde fühlte, die er ertragen konnte. Sie war ihr so ähnlich. So verletzlich, so zart. Er hätte nie zu hoffen gewagt, dass es eine Frau geben könnte, die ihn so mit Glückseligkeit erfüllte.

Seine Versuche, die anderen zu dem zu machen, was er ersehnte, waren kläglich gescheitert. Er erinnerte sich noch an die erste Tote mit den verschiedenfarbigen Augen. Sie hatte sich in ihn verliebt und Kinder von ihm gewollt. Das hatte er nicht ertragen.

Sofort hatte er ihren gewölbten Leib vor Augen gesehen, ihre Angst, das Blut gerochen. Warum konnten sie nicht nur Frau sein für einen Mann? Warum mussten sie gebären wollen? Es war ihr Untergang.

Als sie gedacht hatte, dass er sie von hinten umarmen und auf den Hals küssen wollte, hatte er ihr mit einem großen Ast das Bewusstsein genommen.

Ein Weiterleben war unmöglich geworden. Nur so konnte er ihr das jämmerliche Dahinscheiden ersparen. Es war ihm in jenem Moment zugute gekommen, dass er das Schächten an Katzen und anderen Kleintieren geübt hatte. Vater hatte es ihm einmal gezeigt, wie er vorgehen musste und dass beherzt eingesetzte Kraft vonnöten war.

Leider war er gestört worden, als er sie von diesem lästigen Fortpflanzungsorgan hatte befreien wollen. Ein Hund hatte den Geruch des Blutes aufgenommen. Wegen des nahenden Bellens war er geflohen und hatte sich noch im Wald der Klinge entledigt.

Es war ihm gerade recht gekommen, dass Frank Habichthorst das Haus schon vor seiner Mutter verlassen hatte. Jetzt konnte er sich ungeniert an dessen Rechner setzen und nachsehen, was sich Frank denn so alles aus dem Internet saugte. Er vermutete auch, dass er diese Grabbilder bearbeitet hatte, um seine Mutter unter Druck zu setzen.

Gemütlich fläzte er sich auf Franks Schreibtischstuhl und stellte erfreut fest, dass der Rechner schon hochgefahren war.

Das sparte Zeit. Er wusste nicht, wann Frank zurückkehren würde.

Zuerst blätterte er die Mails durch, konnte aber nichts Auffälliges finden. Doch siehe da, der miese Typ arbeitete tatsächlich mit einem Fotobearbeitungsprogramm, und er war blöd genug gewesen, die Dateien nicht zu löschen.

Unter „Schock 1 – 3" hatte er die gemeinen Bilder gespeichert, die zuerst nur Riekes, dann zusätzlich die seiner Schwester und schließlich ebenfalls seine Grabstätte zeigten. Was für ein mieses Schwein. Das würden sie ihm heimzahlen.

Erst grabschte der Widerling seine Schwester an und dann versuchte er noch, seiner Mutter zu schaden.

Wütend startete er den Internetbrowser und fand im Verlauf einige ekelige Pornosequenzen, in denen Frauen sich von Hengsten begatten ließen. Das war mehr als grenzwertig, fand er und stöberte weiter.

Später überlegte er sich, dass er das Folgende lieber nicht hätte sehen wollen, aber da war es zu spät. In einem versteckten Ordner tat sich eine kaum überblickbare Zahl von Videodateien auf. Schon als er die erste anklickte, wurde ihm schlecht, nach der dritten gab er auf. Er hatte genug gesehen von alten Säcken, die sich an ganz jungen Mädchen vergingen.

Frank Habichthorst war ein pädophiler Perversling. Das machte seinen Übergriff auf Lena noch brisanter. Es würde keine Gnade geben.

Er hatte ihre Gesundheit auf dem Gewissen. Durch ihn war sie krank geworden. Sie war immer schon zu sensibel gewesen. Der sexuelle Übergriff hatte sie zunächst in körperliche Erkrankungen und dann in seelische flüchten lassen. Es war fraglich, ob sie jemals wieder ganz gesund werden würde.

Felix verwischte seine Spuren und beschloss, dass es schon heute sein musste. Der Typ sollte von seinen abnormen Verhaltensweisen kuriert werden. Endgültig!

Seine Mutter hatte den Kerl endlich verlassen. Auf Rieke brauchten Lena und er also keine Rücksicht mehr zu nehmen. Sie würde ihn nicht vermissen. Er war froh, dass sie nicht wusste, was er auf dem Computer gefunden hatte. Sie sollte es auch nie erfahren.

Lady Gaga und Aisha liefen voraus, während Wolf und Anna gemächlich hinterherschlenderten.

„Die große Liebe ist es zwischen den beiden Hündinnen ja nicht", stellte Anna fest, „aber immerhin kommen sie miteinander klar."

„Das ist doch das Wichtigste!", sagte Wolf. „Dann können wir gelegentlich wieder einen gemeinsamen Spaziergang wagen."

„Ich würde mich sehr freuen!", antwortete sie.

Hetzer strahlte. Wie klein sie war. Das war ihm vorher überhaupt nicht aufgefallen. Allein deswegen hätte sie niemals zu Peter gepasst. Dass diese zarten Hände überhaupt einen so großen Hund halten konnten. Alle Achtung!

„Momentan habe ich leider sehr viel zu tun. Wir sind mitten in einer Mordermittlung. Trotzdem tut mir ein Spaziergang zwischendurch ganz gut. Das sollte also kurzfristig immer mal machbar sein", sagte Wolf zu ihr.

„Wie geht es denn eigentlich deinem Kollegen?"

Diese Frage gefiel Wolf überhaupt nicht.

„Och, so ganz gut, glaube ich", bemerkte Wolf süffisant, „wenn man bedenkt, dass er unter ärztlicher Aufsicht steht."

„Das verstehe ich jetzt nicht. War er denn krank?"

„Im Gegenteil! Er ist endlich gesund!", schmunzelte Wolf.

„Tut mir leid, ich kann dir nicht folgen. Du sprichst in Rätseln", sagte sie und schüttelte den Kopf. Wie niedlich, dachte Wolf.

„Sagen wir es so, er hat ein inniges Verhältnis zur Pathologie und steht seit Kurzem unter der Bewachung unserer Rechtsmedizinerin."

„Ach so, sag doch gleich, dass er frisch verliebt ist!", lachte sie. „Ich hatte schon befürchtet, dass er es auf mich abgesehen hat."

„Das wäre doch verständlich!", sagte Wolf entrüstet.

„Vielleicht, aber völlig aussichtslos."

„Wieso?"

Anna schwieg eine Weile und lächelte dabei geheimnisvoll. „Du bist ganz schön neugierig, Herr Kommissar!"

„Ich hoffe, das darf ich mit meinem Beruf entschuldigen?"

„Das überlege ich mir bis zum nächsten Mal."

„Okay, und wie ist jetzt die Antwort auf meine Frage?", bohrte Wolf weiter.

Sie gab ihm einen Stups in die Seite. Dabei grinste sie frech und rief: „Komm Aisha, jetzt geht es nach Hause!"

Sie hatten den Parkplatz am „Waldkater" erreicht. Wolf war ein wenig verdattert. Peter sah nicht schlecht aus. Was konnte es für einen Grund geben, dass sein Interesse an ihr auf keinen nahrhaften Boden gestoßen wäre? Sie war doch hoffentlich nicht lesbisch und hielt sich deshalb mit ihrer Erklärung so zurück?

„Na gut", sagte er, „dann muss ich mich wohl bis zum nächsten Mal gedulden, auch wenn es mir schwerfällt. Macht es gut, ihr beiden!"

„Bis bald", sagte Anna und strahlte ihn an.
Sie gaben sich die Hand ein wenig zu lang.

Gemächlich schlenderte er über den Parkplatz in Richtung Heimat und winkte noch einmal, bevor er wieder im Wald verschwand.

Frank Habichthorst war längst in seine Einliegerwohnung in der alten Scheune zurückgekehrt. Ihm fiel nicht auf, dass sich jemand an seinem Computer zu schaffen gemacht hatte.

Es war noch ein wenig unordentlich in den Räumen, die nun seine einzigen geworden waren. Seine Wohnfläche hatte sich durch Riekes Entscheidung gegen ein Leben mit ihm um rund einhundert Quadratmeter reduziert. Schon wieder stieg der Ärger in ihm hoch, aber der Gedanke an ihren Körper im Scheiterhaufen beruhigte ihn wieder. Wahrscheinlich würde sie dort bereits vor Angst zittern.

Es geschah ihr recht.

Habichthorst war nicht mehr der Jüngste. Das ständige Klavierspiel hatte zusätzlich dafür gesorgt, dass sein Hörvermögen frühzeitig nachgelassen hatte. So entging es ihm, dass ein junger Mann von hinten an ihn herantrat und ihm Pfefferspray ins Gesicht sprühte.

Der Schmerz war unbeschreiblich. Er brüllte. Seine Augen tränten. Er hatte gar nicht gewusst, dass die Augen so weh tun konnten.

Felix nutzte den Umstand seiner Wehrlosigkeit aus, stellte ihm ein Bein, setzte sich auf seinen Rücken und hatte seine Mühe nicht abgeworfen zu werden. Nur mit größter Anstrengung gelang es ihm, Franks Arme auf dem Rücken zusammenzubinden. Blind vor Wut und durch die Schärfe der Chilischoten trat er um sich. Felix konnte ausweichen. Er hatte ein langes Tau über den Deckenbalken geworfen und befestigte dieses an den Handgelenken des Mannes, der seine Schwester missbraucht hatte.

Sie hustete und bekam wenig Luft. Ihr Mund fühlte sich pelzig an. Etwas steckte darin, aber sie konnte nicht nachfühlen, was es war, weil ihre Hände gefesselt waren. Rieke konnte auch nicht davonkrabbeln. Irgendetwas hinderte sie daran.

Wo war sie? Um sie herum waren lauter Holzstämme. Nur durch den Spalt zwischen den Hölzern sickerte das Licht. Ihre Gedanken schwenkten zurück. Das Letzte, an das sie sich erinnern konnte, war, dass sie mit dem Fahrrad gefahren war. Sie schien jedoch nicht angekommen zu sein. Was sollten die ganzen Stämme um sie herum? Mit einem Mal begriff sie. Heute war Ostersamstag. Sie lag im Inneren einer Feuerstelle, die am Abend entzündet werden sollte.

Die Angst kroch wie das Feuer an einer Zündschnur in ihr Bewusstsein. Schreien war durch das, was in ihrem Mund steckte, unmöglich. Die Hände konnte sie nicht benutzen, aber sie musste versuchen, mit den zusammengebundenen Beinen gegen das Holz zu treten. Mit größter Anstrengung robbte sie an den inneren Rand. Wieder und wieder holte sie aus und stieß ihre Fußsohlen gegen einen der Stämme. Er begann sich zu bewegen, doch durch diese Aktion löste sich zeitgleich ein mittelschwerer Ast aus dem oberen Teil des Scheiterhaufens. Sie hörte ihn nicht fallen, weil sie in Todesangst versuchte, sich durch ihr Treten einen Ausweg zu bahnen.

Wohlig reckte sich Peter in seiner Dusche. Er war rundherum zufrieden mit seinem Leben. Nadja und er waren in jeder Hinsicht ein gutes Team. Sie passten hervorragend zusammen und auch ineinander. Bei diesem Gedanken brummte Peter genüsslich.

Später würden sie zum Scheier Osterfeuer gehen. Er nahm sich vor, mindestens fünf Bratwürstchen zu schaffen. Nadja war inzwischen kurz nach Hause gefahren. Sie wollte sich ein paar Sachen holen und nach ihren Großeltern sehen.

Er schmunzelte insgeheim, weil sie immer mehr Dinge bei ihm ließ. Es war ein bisschen wie ein Einzug auf Raten. Peter war das sehr recht. Er konnte sich nichts Besseres vorstellen.

Als das Telefon klingelte, war Peter noch nackt. Im ersten Moment überlegte er, nicht ranzugehen, aber es war Wolf und daher möglicherweise dringend.

„Wer stört?", fragte er in die Muschel.

„Du siehst doch, dass ich es bin!"

„Stimmt! Sonst wäre ich auch nicht rangegangen."

„Ich muss mal mit dir sprechen", sagte Wolf.

„Tust du doch schon!"

„Nerv nicht."

„Ist ja schon gut. Also, was ist los?"

„Zwei Dinge. Erstens beschäftigt mich immer noch die Frage, warum wir wegen der Morde bis jetzt so absolut im Dunklen tappen, und zweitens ist die zeitliche Abfolge merkwürdig. Nach dem ersten Mord dauert es irre lang, bis wieder einer passiert, und dann geht es

Schlag auf Schlag. Was war in der Zwischenzeit? Was hat der Mörder da gemacht? Wo war er? Warum hat er nicht weitergemacht? Was löste die erste Tat aus? Wieso finden wir absolut nichts, was uns weiterbringt? Alle Spuren laufen nur ins Leere!"

„Meine Herr'n, was für eine Salve von Fragen! Aber ich verstehe schon, was du meinst. Das ist wirklich alles sehr merkwürdig."

„Wir finden doch auch so überhaupt keinen Ansatzpunkt", klagte Wolf, „alle Spuren laufen ins Leere. Ich hatte mir wegen des Schlüssels zur Sakristei Gedanken gemacht. Wer hatte Zutritt zur Kirche? Und dann höre ich, dass niemand so genau weiß, wer von den Organisten, auch den ehemaligen, noch so alles einen Schlüssel hat. Ein Exemplar hängt im Kirchenbüro. Den kann sich theoretisch auch jeder ausborgen und nachmachen lassen. Also wieder nix!"

„Wolltest du nicht mal deinen Kumpel vom LKA besuchen?", fragte Peter. „Das könnte uns doch möglicherweise weiterhelfen. Vielleicht hat er aufgrund seiner Erfahrung als Fallanalytiker noch ganz andere Ideen!"

„Ich wäre schon längst bei Thorsten Büthe gewesen, wenn ich die Zeit gefunden hätte, aber jetzt sag mir mal, wann ich in Ruhe hätte fahren können."

„Warum rufst du ihn nicht einfach an?"

„Profiling am Telefon? Das kannst du vergessen!"

„Ist mir schon klar, aber es wäre doch schon hilfreich, wenn er wenigstens einen Tipp hätte. Verstehste? Er könnte den Anstoß für eine Überlegung geben, bei der wir nicht weitergekommen sind."

„Ein bisschen blöd kommt mir das trotzdem vor. Ferndiagnose im Mordfall!"

„Egal, wenn's was bringt", sagte Peter.

„Na gut", seufzte Wolf, „dann will ich mal. Er wird hoffentlich am Ostersamstag zu Hause sein. Wenn ich was Neues erfahre, melde ich mich."

„Wir sind aber nachher beim Osterfeuer in Scheie", antwortete Peter, ohne nachzudenken. Er hatte Hetzer immer noch nicht so wirklich von seiner Beziehung zu Nadja erzählt, auch wenn er vermutete, dass es sein Kollege längst wusste. Es war schöner, damit noch etwas heimlich umzugehen.

„Wer ist wir?", fragte Wolf und grinste innerlich.

Peter überlegte fieberhaft. Ihm fiel nur eine richtig blöde Antwort ein, die er sofort bereute, als er sie aussprach. „Na, Lady Gaga und ich!"

Hetzer lachte. „Ich wusste gar nicht, dass dir der Hund so ans Herz gewachsen ist. Aber gut, von mir aus. Du kannst ihn gerne mitnehmen. Ich bringe ihn dir nachher."

Jetzt hatte Peter den Salat, aber es gab Schlimmeres.

„Ich wollte sowieso noch außer der Reihe mit ein paar Leuten sprechen, die am Gründonnerstagabend in der Stadtkirche dabei waren", fügte Wolf hinzu, „vor allem mit dem Leiter der Bückeburger Sinfoniker. Vielleicht hat es schon am Vorabend irgendwelche Auffälligkeiten gegeben. Ich hörte, dass er der Letzte war, der die Kirche verlassen hat. Bisher konnte ich ihn nur telefonisch nicht erreichen."

„Der hört bestimmt laut Musik. Irgendwelche schrecklichen Ouvertüren oder so was."

„Möglich, darum will ich auch hinfahren. Vielleicht ist er aber auch verreist."

„Du wirst es ja sehen", sagte Peter und verabschiedete sich mit einem „Bis gleich!"

Seine Sehnsucht war riesengroß. Er konnte nicht mehr warten. Gerne hätte er die Räume über der alten Schlachterei schon für sie in Ordnung gebracht, aber er verzehrte sich nach ihr. Er musste die nächste Möglichkeit nutzen, sie für sich zu gewinnen, auch wenn es erst einmal gegen ihren Willen sein würde.

Das alte Metallbett musste fürs Erste genügen, auch das Bad war renovierungsbedürftig, aber immerhin nutzbar. Sie würde sich daran gewöhnen müssen, dass er alles nach und nach für sie schön machte. Irgendwann wäre das Liebesnest vollkommen.

Aber er wollte keinen weiteren Tag ohne sie verbringen. Sie war sein Lebenselixier, die fehlende Harmonie in seiner eigenen Daseinssinfonie. Heute noch würde sie sein eigen werden.

Die Stricke aus Sisal schnitten ihm tief ins Fleisch. Sie scheuerten einen Ring um Hand- und Fußgelenke. Längst waren die roten Zeichen der Fesseln an einigen Stellen aufgerissen.

Leichte Spuren von Blut zeigten sich dort, wo die Haut im Kampf gegen das Seil aufgegeben hatte. Er stöhnte innerlich. Nach außen jedoch war er stark und ließ sich den Schmerz nicht anmerken. Seine Arme waren auf Zug nach hinten gebogen. Das Seil, das vom Deckenbalken baumelte, hielt ihn in dieser Position. Er konnte sich nicht bewegen.

Man hatte ihn auf eine harte Bank gesetzt und ihm die Augen verbunden. Er spürte, dass mehrere Menschen im Raum waren. Niemand sagte etwas, aber er fühlte die Augen auf sich und das Atmen.

Mit verstellter Stimme und durch ein Taschentuch gesprochen, stellte Felix die erste Frage:

„Sag mir warum!“, forderte er mit eisiger Stimme. „Warum hast du Lena angefasst? Gesteh endlich! Sonst wird der Schmerz noch viele Stunden dauern.“

Frank wimmerte.

„Los, kneif ihn noch ein bisschen mit der Zange! Vielleicht spricht er dann“, verlangte Lena mit weicher Stimme durch das Tuch, deren Sanftheit so gar nicht zu den Worten passen wollte. „Er hat es verdient!“

„Wir müssen aufpassen, sonst stirbt er uns unter den Händen weg. Männer in seinem Alter haben oft ein schwaches Herz.“

„Aber ich will Antworten!“, schrie sie, und ihre Worte brachen sich an Balken und Ziegeln. Sie kehrten wie Dämonen zum Schauplatz zurück.

„Hab Geduld!“, sagte er. „Er wird schon freiwillig sprechen, wenn ich seine Arme etwas höher ziehe.“

„Nein, bitte nicht!“, stammelte Frank Habichthorst. „Sie war so schön. Sie hat mir gefallen. Immer war sie um mich herum.“

„Ist das ein Grund, an ihre Brüste zu fassen oder mit deinem ekeligen Mund daran zu saugen?“, fragte Felix.

„Es tut mir leid. Sie war so aufreizend angezogen. Ich dachte, sie will es.“

„Ein vierzehnjähriges Mädchen will von einem alten Sack wie dir betatscht werden? Hast du das geglaubt?“

„Ja! Ich habe immer nur genommen, was mir angeboten wurde.“

Lena schrie, als ob sie von blankem Stahl durchbohrt würde. Ihr schmerzgeplagter Ausbruch drang nicht nur Felix und Frank durch Mark und Bein. Er erschütterte auch denjenigen, der sich ungesehen dem Grundstück genähert hatte und nun vorsichtig durch die Fensterscheibe der alten Scheune blickte, um unerkannt zu bleiben.

„Du widerlicher Kinderschänder. Sie hat dich als Vaterersatz angesehen. Ihre Liebe war die einer Tochter, nichts weiter.“

„Sie hat dauernd auf meinem Schoß gesessen ...“, jaulte er.

Lena schluchzte.

„Und das hat dir das Recht gegeben, ihr dann auch noch zwischen die Beine zu fassen, oder was? Wir zeigen dir jetzt mal, wie das ist, wenn andere mit einem machen, was man selbst nicht will. Du kannst erst mal schön hier sitzen bleiben und über die Scheiße nachdenken, die du gemacht hast. Dein ganzer Rechner ist voll von diesem widerlichen Dreck, den Kerle Kindern antun. Dafür würden sich die Bullen bestimmt auch interessieren."

„Bitte nicht!", bettelte Frank. „Lasst mich hier nicht allein und nehmt mir bitte die Binde ab. Ich kann nichts sehen."

„Vergiss es, wir haben keinen Bock, in deine kranken Augen zu glotzen!", sagte Felix und stand auf.

Der Mann am Fenster hatte genug gehört. Er wartete, bis Riekes Kinder die Scheune verlassen hatten, dann trat er selbst ein.

Dreimal hatte Wolf nun vergeblich versucht, seinen Freund Thorsten Büthe anzurufen. Dann gab er auf, seufzte, lud die Lady ins Heck seines Kombis und fuhr in Richtung Kleinenbremen.

Peter stand gerade am Briefkasten, als Wolf auf den Hof fuhr.

„Ich bringe dir deine Abendbegleitung", sagte Wolf mit breitem Grinsen.

„Ja, ja, ist schon gut", gab Peter zurück, „sonst alles klar?"

„Geht so! Thorsten habe ich noch nicht erreicht, aber er sieht ja, dass ich angerufen habe. Auf die Mailbox habe ich auch noch gequasselt. Mehr kann ich jetzt nicht tun. Ich fahre gleich zu diesem Leander Winterstein. Vielleicht ist ihm noch etwas Merkwürdiges aufgefallen. Moni ist übrigens wieder da, wenn auch nur kurz", sagte er beiläufig.

Peter spitzte die Ohren. „Nur kurz?", fragte er. „Wieso ist sie nur kurz da?"

„Sie siedelt zu ihrer Schwester nach Teneriffa über."

„Aha ..."

„Ja, so ist das halt", sagte Wolf und schlenderte zum Wagen. An der Art, wie er es gesagt hatte, erkannte Peter, dass er jetzt nicht weiter darüber sprechen wollte.

Mit weit geöffneten Augen lag Rieke bei vollem Bewusstsein in dem drei Meter hohen Holzkegel. Das schwere Aststück war ihr bei ihrem Befreiungsversuch direkt auf die Brust gefallen. Sie bekam kaum Luft und konnte sich nicht mehr bewegen. Der Knebel verschlimmerte die Luftnot noch. Sie stand unter Schock.

Leise und unbemerkt war er in die Scheune geglitten. Er musste genau wissen, was dieser Drecksack seiner Auserwählten angetan hatte. Sie musste unberührt sein. Solange er das nicht wusste, litt er scheußliche Qualen. Seine ganze Zukunft war in Gefahr. Aber er würde es schon aus ihm herauskriegen. Dessen war er sich absolut sicher.

„Ist da jemand?", wimmerte Frank, der auf der Bank saß mit nach hinten gebogenen Armen.

„Ja, hier bin ich!", sagte die dunkle Stimme.

„Wer ist ich?", fragte Frank verstört. Er kannte diese Stimme nicht.

„Das Schlimmste, was du dir vorstellen kannst!" Der Unterton ließ keinen Zweifel daran, dass der Mann meinte, was er sagte.

„Wieso sagen Sie das? Ich kenne Sie nicht!"

„Vergreifst du dich an jungen Mädchen, du hässlicher Greis?"

„Nein!", heulte Frank auf.

Der Fremde zog an dem Seil, das über den Deckenbalken geführt war. Frank schrie und stand ruckartig auf, um den Druck von seinen Schultergelenken zu nehmen.

„Wie war das? Du vergreifst dich nicht an jungen Mädchen?"

„Nur das eine Mal", schluchzte Frank. Der Fremde zog weiter. Franks Schmerz nahm zu. Er weinte jetzt. „Halt", bettelte er, „nur zweimal, wirklich!"

„Und was hast du getan?"

„Die Brüste ...“, stammelte er, „ich habe sie angefasst.“

„Nur angefasst?“

„Ich habe auch die Warzen geküsst.“

Der Unbekannte zog am Seil. Habichthorst stöhnte auf.

„Und dann? Was hast du dann gemacht?“

„Bitte, lass mich!“ Ein Schrei entfuhr ihm.

„Wenn du nichts sagst, ziehe ich weiter“, flüsterte der Mann sanft, „du hast es in der Hand.“

Habichthorst versuchte, seine Schultern nach vorne zu bringen. Es gab keine Position, in der der Schmerz nicht unerträglich war.

„Zwischen die Beine, ich hab ihr zwischen die Beine gefasst.“

„Du Schwein!“, sagte der Fremde und zog am Seil.

Frank ging schreiend auf die Zehenspitzen.

„Ich habs doch gesagt!“, jaulte er verzweifelt.

„Du wirst fürs Nichtssagen und deine Taten bestraft.“

„Dann hab ich doch keine Chance!“

„Stimmt!“

Franks Schluchzen ging in ein Wehklagen über.

„Aber je eher du dein Gewissen erleichterst, umso schneller werden deine Schmerzen vorbei sein“, versprach der Mann.

Frank winselte.

„Dann lässt du mich in Ruhe, wenn ich alles gesagt habe?“

„So könnte man es auch nennen.“

„Ich wollte sie verführen und habe an ihr herumgespielt.“

„Wo genau?“

„An ihrem Lustknötchen.“

Der Zug am Seil sorgte dafür, dass die Zehenspitzen kurz vom Boden abhoben. Franks Schrei hallte in den Ecken der Scheune wider.

„Bist du auch eingedrungen mit deinen ekelhaften Wichsfingern?"

„Nein, nein", brüllte Frank und wurde wieder ein Stück hochgezogen. Die Schultergelenke standen unter extremer Spannung. Ihm wurde schlecht.

„Warum nicht?"

„Sie hat angefangen zu heulen!" Mit dem nächsten Zug am Seil waren die Qualen kaum noch auszuhalten. Er übergab sich. Die Magensäure mitsamt dem zerkauten Hering floss an ihm herab. Es stank erbärmlich.

„Wolltest du sie ficken?"

Frank antwortete nicht. Der Unbekannte zog, bis es in den Schultern krachte. Mit einem Mal hatte das Seil wieder Spiel. Das Schreien war einem animalischen Brüllen gewichen.

„Ja", keuchte er, als er wieder sprechen konnte, „ich wollte sie richtig durchficken, aber die blöde Kuh hat angefangen zu heulen. Da ist mir die Lust vergangen."

Die Wut des Fremden war jetzt so groß, dass er sich zwingen musste, ruhig zu sprechen.

„Wie alt war die Kleine da?"

„Vierzehn", lachte Frank dem Wahnsinn nahe, „aber ich hätte sie auch jünger genommen!"

Das war zu viel für den Mann, der das Seil in der Hand hielt. Er riss an dem Tau und ließ Frank in der Luft hängen. Der unmenschliche Schmerz sorgte dafür, dass Frank die Kontrolle über seine Blasen- und Darmfunktion verlor und in erlösende Bewusstlosigkeit versank.

Doch die Ruhe wollte ihm der Fremde nicht gönnen. Er hatte sein Allerheiligstes berührt, seine Venus. Sehenden Auges sollte er in den Tod gehen. Wütend riss er ihm die Augenbinde ab. Frank erstarrte, als er erkannte, wen er da vor sich hatte.

Der Mann ohrfeigte Frank, bis er wieder zu sich kam, dann schlug er ihn und trat auf ihn ein, wie ein Boxer auf einen Sandsack. Frank hing jetzt frei im Raum. Seine Bodenhaftung hatte versagt. Nichts hielt ihn mehr, bis auf das Seil, das seinen Körper schwingen ließ wie das Pendel einer Uhr.

Nachdem Wolf seine Hündin bei Peter abgegeben hatte, fuhr er nach Bückeburg und klingelte bei Leander Winterstein an der Gartenpforte. Im Haus rührte sich nichts. Er dachte darüber nach, wieder zu gehen, entschied sich dann aber, zur Haustür zu gehen und zu klopfen. Vielleicht war die Klingel abgestellt. Als er näherkam, sah er schon, dass die Tür einen Spaltbreit aufstand. Das war vom Gartentor aus nicht zu sehen gewesen.

Wolf klopfte noch einmal und trat dann ein.

„Hallo", rief er, „ist da jemand? Die Tür stand auf."

Aber es kam keine Antwort. Wolf ging ins Wohnzimmer. Auch hier fand er niemanden vor. Mit einem Mal kam es ihm so vor, als hörte er ein Geräusch aus der Küche.

Er hätte in diesem Moment mit vielem gerechnet, aber nicht mit einem Orchesterleiter auf dem Küchenfußboden, dem ein Messer aus der Brust ragte.

Wolf kniete nieder und prüfte, ob da noch ein Pulsschlag zu fühlen war, aber es sah nicht gut aus, fand er. Das Messer schien genau das Herz getroffen zu haben, und so wie es aussah, war es kein kleines Messer. Auch das Blut, das sich auf Hemd und Boden ausgebreitet hatte, sprach eine schaurige Sprache. Wolf wunderte sich, dass er dennoch einen schwachen Pulsschlag fühlen konnte, und rief die Notrufzentrale an. Aus einer inneren Eingebung heraus rief er ebenfalls Nadja auf dem Handy an. Sie war glücklicherweise im Höppenfeld bei ihren Großeltern. In knappen Worten erklärte er die Situation und Nadja machte sich auf den Weg. Natürlich habe sie als Rechtsmedizinerin auch einen Notfallkoffer, hatte sie gesagt und den Hörer aufgeschmissen.

Nadja war noch vor Rettungswagen und Notarzt vor Ort. Sie hockte sich neben Leander Winterstein und schüttelte den Kopf.

„Merkwürdig", sagte sie, nachdem sie einen venösen Zugang gelegt hatte und die Infusion lief, „ich würde wetten, der Stich ging mitten ins Herz, aber das schlägt noch." Mit ihrem Stethoskop horchte sie auf Leanders Brust, mal rechts, mal links, und nickte dann.

„Kannst du dich deutlicher ausdrücken?", fragte Wolf, aber genau in diesem Moment kamen die Rettungssanitäter und der Notarzt durch die Tür.

Letzterer guckte verdutzt. „Frau Kollegin?", fragte er. „Bin ich umsonst gekommen?"

„Nein", sagte Nadja, „bitte übernehmen Sie. Ich war nur ganz in der Nähe. Vielleicht nur noch eins. Der Mann hat sein Herz auf der rechten Seite. Sonst hätte ich ihn wahrscheinlich morgen auf dem Tisch. Darf ich mich vorstellen, Nadja Serafin, Rechtsmedizin Stadthagen."

„Interessant, Veit Hübenthal, Innere Medizin. Also ein Situs inversus viscerum. Dann können wir davon ausgehen, dass sämtliche Organe gegengleich angeordnet sind. Vielen Dank, Frau Kollegin. Das hat man ja nicht so oft."

„Ich hätte es mir gerne von innen angesehen, aber ich bin natürlich froh, wenn er überlebt", sagte Nadja mit einem Augenzwinkern.

„Ist er stabil? Können wir ihn mitnehmen?", fragte einer der Rettungssanitäter und zeigte den Ärzten das EKG.

Hübenthal nickte.

„Dann noch mal herzlichen Dank und frohe Ostern“, sagte der Notarzt und verabschiedete sich.

„Hab ich das jetzt richtig verstanden? Bei dem Winterstein ist alles andersrum?“, fragte Wolf.

„Nur die Organe, nicht die geschlechtliche Orientierung“, lachte Nadja. „Er kann durchaus hetero sein.“

„Dann hat er ja Glück gehabt, dass das bei ihm so ist, sonst wäre er jetzt ein Fall für dich.“

„Das ist höchstwahrscheinlich richtig. Er wird es vielleicht selbst gar nicht gewusst haben. Oft hat man das Phänomen bei eineiigen Zwillingen.“

„Meinst du, er packt es?“

„Das kann ich schlecht beurteilen“, sagte Nadja. „Immerhin lebte er noch, dann hat er auch eine Chance.“

„Sehr witzig!“, sagte Wolf und zog sein Handy aus der Tasche. „Dann wollen wir mal die Spurensicherung herbemühen, auch wenn Ostersamstag ist.“

Die Befragung von Frank Habichthorst hatte Lena mehr zugesetzt, als sie gedacht hatte. Sie zitterte am ganzen Körper und konnte nicht aufhören zu weinen. Immer schon war sie zu sensibel gewesen und dem Leben kaum gewachsen. Doch dieser sexuelle Übergriff hatte sie krank gemacht. Zuerst waren es Infekte gewesen, mit denen ihr Körper reagiert hatte. Als sich keine Ursache für die zahlreichen körperlichen Erscheinungen finden ließ, reagierte ihre Psyche. Noch immer war sie jedoch so geschwächt, dass sie bisweilen mit dem Rollstuhl gefahren werden musste.

Ihrer Mutter hatte sie erst viel später nur rudimentäre Fragmente dieses Vorfalls erzählt. Daraufhin hatte sich Rieke zunächst von Frank getrennt und ihn in die Einliegerwohnung verwiesen. Nach vielen Gesprächen mit Lena und Frank hatte sie sich damals entschlossen, den Schaden zu begrenzen. Man war übereingekommen, nichts weiter zu unternehmen, damit das Leben wieder in ruhigen Bahnen fließen konnte.

Aber nichts war jemals wieder so wie vor der Erkenntnis, dass der Mann mit dem sie lebte, ihre Tochter angefasst hatte. Sie war verraten worden und vegetierte fortan in einer Scheinwelt.

Als Lena sich beruhigt hatte, schlief sie auf dem Sofa ein. Felix, der sich Vorwürfe machte, seine Schwester überfordert zu haben, ging erleichtert in sein Zimmer nach oben, wo er sich in ein Computerspiel vertiefte und aus der realen Welt verschwand.

Leander erwachte, weil alles um ihn herum piepte. Überall waren Schläuche und Kabel. Er lag in einem Bett. Mein Gott, ich bin im Krankenhaus, dachte er. Da fiel ihm das Messer wieder ein.

Sofort sah er an sich herab, aber der Holzgriff war nicht mehr da.

Luise – schoss es ihm durch den Kopf –, war es Luise gewesen, die auf ihn eingestochen hatte? Dabei wäre sie ihn doch sowieso los gewesen. Er war doch schon dabei, zu gehen. Zu ihr. Zu Rieke, dieser warmherzigen Frau mit den tiefen Augen.

Sie hatte ihn geküsst. An jenem Abend in der Stadtkirche war ihm endlich ein Licht aufgegangen.

Er konnte sich lange Zeit nicht erklären, was es gewesen war, das ihn verwirrte, seitdem er sie kannte. Wenn er in ihrer Nähe war, fühlte er sich wohl, wollte einerseits bleiben, aber auch flüchten. Ein merkwürdiger Zustand, in dem er sich befunden hatte, bis er irgendwann begriff, dass sie ihm fehlte, wenn sie nicht da war. Ihre Nähe war nichtsdestotrotz schwer auszuhalten.

Irgendwann musste er sich eingestehen, dass seine Gefühle für sie doch anderer Natur waren. Es war jedoch undenkbar, Rieke anzusprechen oder sich mit ihr zu treffen.

Zu sehr war er in seinen Konventionen verhaftet, ein einmal gegebenes Wort nicht brechen zu wollen, auch wenn seine Ehe mit Luise keine Verbundenheit mehr bedeutete.

Doch dann hatte Rieke ihn geküsst, und plötzlich war alles anders. Er hatte in ihren Augen die Liebe gesehen, die er so sehr vermisste, und war vollkommen überwältigt. Nichts war danach mehr wie vorher gewesen. Ein Fortführen seines bisherigen Lebens war unmöglich geworden. Er hatte erkannt, dass sein bisheriger Weg falsch gewesen war, und sich entschlossen, einen neuen zu gehen.

Ganz langsam kehrte seine Erinnerung zurück. Luise und er hatten eine Auseinandersetzung gehabt. Das war so präsent, als sei es erst vor Minuten gewesen. Er wusste auch noch, dass er seine Sachen gepackt hatte. Dann fehlte ein Stück.

Er konnte es nicht greifen. Das Nächste, was er sah, war der Griff des Messers, auf den er blickte wie auf einen Leuchtturm ohne Licht. Doch was dazwischen war, diese Information verweigerte ihm sein Gedächtnis noch. Er hätte nicht sagen können, wer das Messer gegen ihn gerichtet hatte.

Doch genau das wollte Bernhard Dickmann wissen, als er an das Bett von Leander Winterstein trat. Er hatte Bescheid gegeben, dass man ihn verständigen solle, wenn der Verletzte aufgewacht sei.

„Dickmann, mein Name, Hauptkommissar Dickmann. Ich will Sie nicht lange stören."

Leander hustete. Das tat weh. „Ich kann nicht gut sprechen", krächzte er.

„Gut, dann stelle ich meine Fragen so, dass Sie mit Nicken oder Kopfschütteln oder Schulterzucken antworten können. Einverstanden?"

Leander nickte.

„Können Sie sich daran erinnern, wer auf Sie eingestochen hat?"

Leander schüttelte den Kopf.

„Hatten Sie Streit?"

Er nickte.

„Mit Ihrer Frau?"

Wieder ein Nicken.

„Wo ist sie jetzt?"

Leander zuckte mit den Schultern.

„Wir haben schon versucht, sie zu erreichen. Bei Ihnen zu Hause haben wir sie nicht angetroffen. Die Handynummer Ihrer Frau war aber in Ihr Haustelefon eingespeichert. Wir haben es probiert, doch sie ging nicht ran. Haben Sie eine Ahnung, wo sie sein könnte?"

Leander schüttelte den Kopf.

„Vielleicht bei einer Freundin?"

Er zog die Schultern nach oben.

„Können Sie mir eventuell die Namen der Freundinnen aufschreiben?"

Leander nickte. Rechts ging es halbwegs. Links hatte er einen Verband.

„Wieso hatten Sie einen Koffer gepackt?" fragte Dickmann.

„Wollten Sie verreisen?"

Er schüttelte den Kopf.

„Hatten Sie vor, Ihre Frau zu verlassen?"

„Ja!", klang es heiser aus dem Bett.

„Und Sie können sich nicht erinnern, dass Ihre Frau mit dem Messer auf Sie losgegangen ist?"

Während Leander den Kopf schüttelte, schossen Blitze durch sein Gehirn. Es waren Gedankenfetzen, neue, alte, er konnte sie nicht trennen. Sie vermischten sich. Er sah Luise vor sich. Sie drohte ihm mit dem Messer und schrie ihn an. Aber das war an einem anderen Tag gewesen. Er wusste es noch genau, wie schwer er sie hatte beruhigen können.

„Wir wollen es für heute gut sein lassen", sagte Dickmann. „Bitte machen Sie mir noch ein Zeichen, wie viele Koffer sich in Ihrem Haus befinden."

Leander zeigte die Zahl drei.

Dickmann nickte und wollte sich verabschieden. Da hielt Leander ihn am Ärmel fest und bedeutete ihm, dass er gerne etwas aufschreiben wolle. Der Kommissar gab ihm Papier und Stift.

Er schrieb: „Bitte Rieke Sternhagen Bescheid geben! Treffen heute Abend, achtzehn Uhr am Schießstand im Harrl unmöglich, bin im Krankenhaus. Es geht mir gut. Freue mich auf deinen Besuch."

Dann fügte er noch Riekes Mobilfunknummer dazu.

Hauptkommissar Dickmann las die Zeilen und sagte: „In Ordnung, ich kümmere mich darum, dass Frau Sternhagen informiert wird."

Leander nickte dankbar und drückte Dickmann die Hand. Keiner von beiden ahnte, dass es unter Umständen ein schwieriges Unterfangen sein könnte, Riekes Aufenthaltsort ausfindig zu machen.

Sie konnte sich nicht bewegen. Das schwere Holzstück lag auf ihrer Brust und erschwerte das Atmen, das schon durch den Knebel sehr eingeschränkt war. Irgendwo hatte sich auch etwas durch ihre Haut gebohrt. Sie fühlte Schmerzen, konnte aber nicht sagen, wo sie schlimmer waren. In ihrer Brust oder etwas weiter unten. Sie erinnerte sich an nichts.

Das Unerträglichste war die Machtlosigkeit, die sie spürte. Aus eigenem Antrieb würde sie es nie schaffen, hier wegzukommen. Wo war sie? Und wer hatte sie hierhergebracht? Und warum war sie hier?

Durch die Stämme konnte sie sehen, dass um sie herum nur Wiese war. Weiter hinten war eine Baumgruppe. Über ihr schienen die Stämme spitz zuzulaufen. Mit einem Mal schoss es ihr durch den Kopf: Ein Scheiterhaufen! Sie lag im Inneren eines Osterfeuers, das noch nicht entzündet worden war.

Der Schrei, der ihr ganz unwillkürlich aus der Kehle dringen wollte, blieb am Baumwollstoff des Taschentuches hängen, das ihr in den Mund gesteckt worden war.

Wieder überfiel sie die Panik, die Aussichtslosigkeit. Sollte sie hier verbrannt werden? Wie im Film sah sie Eindrücke ihres Lebens an sich vorbeilaufen. Das erste Fahrrad, den Mann, der ihr zwischen die Beine gefasst hatte, als sie gerade acht Jahre alt gewesen war, die Jugendfreizeit im Schaumburger Wald, die Abifete, die Hochzeiten, Lenas Geburt. Dann verschwamm alles, auch die Ausweglosigkeit ihrer Situation, vor ihren Augen.

Wolf steckte sein Handy wieder in die Hosentasche, trat aus Leanders Haustür und dachte, dass es doch immer dasselbe war. Bernhard hatte ihn noch aus dem Krankenhaus angerufen und ihm gesagt, dass er Leanders Frau zur Fahndung ausgeschrieben hatte. Es hatte einen Streit gegeben, sie war verschwunden.

Seppi und Mimi hatten längst begonnen, Küche und Haus zu untersuchen. Inzwischen war auch klar, dass zwei Koffer fehlten. Das sah ganz stark nach einer Beziehungstat aus, fand Wolf und schüttelte sich. Er konnte nicht begreifen, dass das, was einmal zwischen Menschen in Liebe begonnen hatte, solche Ausmaße annehmen konnte.

Keine seiner Beziehungen war jemals im Streit zu Ende gegangen. Manches hatte sich einfach verlebt und kurz wehgetan. Anderes war von längerem Schmerz begleitet gewesen und hatte wie Blei in seiner Seele gehangen. Seine Verlobte war ihm brutal aus dem Leben gerissen worden, Moni wollte jetzt fortgehen. Das waren Dinge, die er nicht verstehen konnte. Sie verblassten nur und würden immer bleiben. Er war sehr traurig darüber, dass Moni ihn verlassen wollte, aber er konnte sich nicht im Traum vorstellen, wie es tatsächlich sein würde, wenn sie ganz fort war.

Mühsam riss er sich aus seinen eigenen Gedanken. Vielleicht konnte er Thorsten Büthe jetzt erreichen. Er holte sein Handy heraus und wählte die Nummer aus seinem Telefonbuch.

„Büthe."

„Hallo Thorsten, ich bin's, Wolf!"

„Grüß dich, mein Freund. Na, was verschafft mir die Ehre?"

„Eigentlich wollte ich erst mal um den heißen Brei herumreden, so smalltalkmäßig, aber wenn du so direkt fragst. Ich habe Probleme mit einem Fall, eigentlich einer Reihe von Fällen."

Ohne ein wichtiges Detail zu vergessen, erklärte Wolf seinem Freund vom LKA, mit welchen Morden sie es in der jüngsten Vergangenheit zu tun hatten und dass er vermutete, dass es einen Zusammenhang mit dem Fall aus dem letzten Jahr gab.

Thorsten Büthe hörte aufmerksam zu und stellte dann einige Fragen.

„Ist es nicht merkwürdig, dass ihr so gar nichts in der Hand habt?", fragte er.

„Das stimmt schon. Der Mörder ist eben außerordentlich sorgfältig", gab Wolf zu.

„Oder er kennt sich besonders gut aus!", schlug Thorsten vor.

„Wie meinst du das?"

„Er weiß möglicherweise, wie er es vermeiden kann, Spuren zu hinterlassen."

„Jemand aus unserem inneren Ermittlerkreis?", fragte Wolf.

„Nicht unbedingt, aber jemand, der sich gut auskennt."

„Hmm ...", machte Wolf.

„Was mir noch komisch vorkommt, ist, dass zwischen dem ersten Mord und den weiteren, die so kurz aufeinander erfolgt sind, eine so große Zeitspanne liegt."

„Ja, das stimmt, darüber habe ich auch schon nachgedacht. Aber ich kann mir keinen Reim darauf machen. Vielleicht haben wir es mit einem hochintelligenten Menschen zu tun, der bisher noch nie in Erscheinung getreten ist“, sagte Wolf.

„Dumm ist er bestimmt nicht, aber ich glaube nicht, dass es ein Unbekannter ist. Ich teile übrigens die Ansicht eurer Rechtsmedizinerin, dass er etwas abgeschlossen hat. Irgendetwas ist für ihn zu Ende gegangen. Es wird keine weiteren Morde dieser Art mehr geben. Wenn ihr Pech habt, werdet ihr ihn deshalb niemals kriegen. Wenn ihr Glück habt, verfolgt er eine neue Strategie und wird wieder auffällig. Das wäre eure Chance, ihn zu packen.“

„Ich werde über all das nachdenken, was du gesagt hast, danke Thorsten!“

„Gib mal Bescheid, wenn ihr ihn erwischt habt. Für mich ist es immer wichtig, eine Rückmeldung zu bekommen, ob meine Überlegungen richtig waren.“

„Mach ich, Thorsten, bis dann!“

Wolf legte auf.

Für seine Begriffe war es dennoch zu schnell gegangen. Frank Habichthorst, dessen Klavierschüler er einmal gewesen war, hatte nicht sehr lange durchgehalten. Die Schläge und Tritte gegen Oberkörper und Unterleib hatten zu massiven inneren Blutungen geführt, denen Frank schließlich erlegen war. Seine Wut war zu groß gewesen, er hatte sich schlecht zügeln können.

Warum hatte Frank auch sein Liebstes, seinen Augapfel berührt? Er musste sie jetzt retten, damit sich kein anderer Mann jemals mehr an ihr vergreifen konnte.

Vorsichtig schlich er ums Haus und sah durchs Wohnzimmerfenster. Da lag sie auf dem Sofa und schlief. Sie war so zart und so süß, so zerbrechlich. Sein Blick wanderte im Raum umher. Er sah, dass die Terrassentür nur angelehnt war, ging um die Ecke, zwängte sich durch einen schmalen Spalt und trat ein. Sie bemerkte nichts und schien im Tiefschlaf zu sein. Wie wunderschön sie war mit ihrem rotgoldenen Haar, das wie flüssiges Feuer um sie herumgegossen schien.

Im ersten Moment erwog er, ihr mit einem kurzen Schlag das Bewusstsein zu nehmen. Doch er wollte ihr weder blaue Flecken noch eine Beule zufügen. Er entschloss sich zu einer List und schüttelte sie sanft.

„Fräulein Sternhagen, bitte aufwachen!"

Ein spitzer Schrei entfuhr ihr. Er legte ihr die Hand auf den Mund.

„Hauptkommissar Hetzer mein Name", nuschelte er, „hier ist meine Karte. Bitte seien Sie leise. Ihr Leben ist in Gefahr!"

Lena zuckte zusammen. Sie nahm die Visitenkarte, ohne sie zu lesen.

„Der Mann dort aus der Scheune, kennen Sie ihn?"

Lena nickte.

„Er läuft mit einer Axt draußen rum und ruft: ‚Lena!'. Sind Sie das?"

„Ja", sagte sie.

„Dann folgen Sie mir jetzt bitte ganz unauffällig. Im Moment hält er sich versteckt, aber wir können nicht riskieren, dass Ihnen etwas zustößt. Ich werde Sie bei mir auf dem Hof in der alten Schlachterei verstecken."

„Und was ist mit meinem Bruder? Er ist oben am Computer."

„Ist er nicht", flüsterte der vermeintliche Kommissar Hetzer, „er hat uns die Tür geöffnet. Mein Kollege hat ihn schon mitgenommen. Machen Sie sich keine Sorgen. Wahrscheinlich ist er mit zu ihm nach Hause gefahren. Es ist ganz wichtig, dass Sie mir jetzt möglichst leise folgen. Sie beide dürfen vorerst nicht auffindbar sein. Mein Wagen steht um die Ecke. Wir wollen doch nicht, dass er uns bemerkt."

Lena nickte. Sie hielt noch die Visitenkarte des Kommissars in der Hand und stand langsam auf.

„Stecken Sie die Karte bitte ein, dann können Sie mich immer erreichen. Sie haben doch ein Handy dabei?"

„Ja", sagte sie.

„Dann kommen Sie jetzt bitte, wir dürfen keine Zeit verlieren", drängte der Kommissar.

Etwas an der Stimme des Mannes ließ Lena aufhorchen. Es war das fordernde Verlangen, das aus den Worten drang. Aber sie sagte nichts und folgte ihm, weil sie sich nicht sicher war, ob ihr Misstrauen gerechtfertigt war. Wenn er die Wahrheit sagte, lauerte

Frank Habichthorst da draußen mit einer tödlichen Waffe. Im letzten Moment bevor sie die Haustür schloss, schleuderte sie die Visitenkarte in den Flur. Dann stieg sie in den Wagen des Mannes, der mit ihr davonfuhr.

Um sein Versprechen zu halten, rief Hauptkommissar Bernhard Dickmann bei Sternhagens an. Er hatte Glück, dass sein Anruf überhaupt gehört wurde, denn Felix hatte seine Kopfhörer gerade abgenommen, weil er sich etwas zu essen machen wollte. Wenn er in sein Spiel vertieft war, interessierte ihn nichts um sich herum.

„Sternhagen"

„Hauptkommissar Dickmann aus Bückeburg. Ich hätte gerne Rieke Sternhagen gesprochen."

„Das ist meine Mutter, sie ist aber nicht da", sagte Felix.

„Wo kann ich sie denn erreichen?"

„Bei Klara Klose auf dem Rethhof. Die beiden zwitschern da gemeinsam", schmunzelte Felix.

„Sie zwitschern sich eins? Gibt es denn was zu Feiern?", fragte Dickmann verdutzt.

„Nee, mit zwitschern meine ich, dass sie singen. Saufen wäre besser. Glauben Sie mir!"

„Haben Sie die Telefonnummer von dieser Klara?"

„Moment, ich guck mal."

Felix gab die Nummer durch und Dickmann bedankte sich. Sofort versuchte er, Frau Klose zu erreichen. Die allerdings war verwundert. Rieke sei überhaupt nicht bei ihr gewesen, erklärte sie dem Kommissar am Telefon. Der Lebensgefährte ihrer Bekannten, Frank Habichthorst, habe das Treffen abgesagt. Dickmann bedankte sich und rief erneut bei Felix an.

„Sternhagen", sagte Felix genervt mit dem Brot in der Hand.

„Hör mal, deine Mutter war überhaupt nicht bei Frau Klose. Angeblich hat Frank Habichthorst das Treffen der beiden Frauen abgesagt. Kann ich ihn bitte mal sprechen? Er ist doch der Lebenspartner deiner Mutter, oder?", fragte Dickmann.

Felix wurde heiß und kalt.

„Äh, nicht mehr. Keine Ahnung, wo der steckt."

„Wie? Nicht mehr?"

„Meine Mutter hat sich von ihm getrennt."

„Jetzt erst?"

„Heute Morgen, glaube ich, oder in der Nacht."

„Und wo ist dieser Frank Habichthorst jetzt? Wohnt er noch bei euch?"

Felix überlegte fieberhaft, was er sagen sollte.

„Vielleicht ist er verreist oder bei 'nem Kumpel. Er wohnt auf jeden Fall jetzt erst mal in unserer Einliegerwohnung in der alten Scheune, bis er was Neues hat."

„Dann kann ich ihn da erreichen? Gibt es dort Telefon, oder hat er ein Handy?"

„Ein Telefonanschluss ist da drüben nicht, aber ich kann ihnen die Handynummer geben."

„Hast du eine Ahnung, wo deine Mutter sein kann? Ich muss sie dringend erreichen, um einen Termin heute Abend für jemanden abzusagen."

„Nee, kein Plan, echt nicht. Ich dachte, sie ist bei dieser Klara. Auf jeden Fall ist sie mit dem Fahrrad weggefahren."

Dickmann, der von Beziehungsdramen an Feiertagen sowieso die Nase voll hatte, hatte ein komisches Gefühl. Als Frank Habichthorst auf seinen Anruf nicht reagierte, nahm er sich widerwillig vor, mal in dieser Scheune vorbeizuschauen. Aber er wollte nicht allein dorthin und rief bei Ulf an. Wie immer wenn er keine Bereitschaft hatte, ging er nicht an sein Telefon. So ein Mist! Vielleicht war Hetzer noch in Bückeburg und konnte mitkommen.

„Ich bin schon in Kleinenbremen“, sagte Wolf auf Nachfrage, „ist aber kein Problem, ich drehe eben um.“

„Danke!“, sagte Bernhard und erklärte kurz die Sachlage. „Ich habe so ein komisches Gefühl, vielleicht täusche ich mich auch.“

„Meistens haben wir ja recht, Bernhard. Glaubst du, dass Rieke Sternhagen etwas zugestoßen ist?“

„Ich halte das auf jeden Fall für sehr wahrscheinlich. Der Sohn sagte, sie sei mit dem Fahrrad weggefahren, aber sie scheint nirgendwo angekommen zu sein.“

„Gut, ich bin gleich da. Treffen wir uns dort?“

„Ja“, sagte Bernhard.

Keiner von beiden ahnte auch nur im Entferntesten, was sie dort erwarten würde.

Das schlechte Gewissen ließ ihm keine Ruhe. Felix verließ das Haus durch die Terrassentür und ging geduckt in Richtung Scheune. Er spähte durch eines der Fenster und verlor bei dem, was er da sah, sämtliche Farbe aus seinem Gesicht. Das konnte doch nicht sein! Als sie Frank zurückgelassen hatten, hatte er auf der Bank gesessen. Jetzt hing er in der Luft, beide Arme nach oben gestreckt. Keine Regung ging von ihm aus. Die Szene hatte etwas Geisterhaftes an sich. Franks Gesichtsfarbe glich der einer alten Wachskerze.

Felix wurde übel, als sich der Körper, wohl durch den Windzug der geöffneten Fenster, bewegte. Erst da sah er, dass Hunderte von Fliegen aufstoben, die durch die Bewegung des von ihnen eroberten Leibes bei der Eiablage gestört wurden.

Das war zu viel für den Heranwachsenden, der zwar Blut und Tod in seinen Computerspielen gewohnt war, aber die grausige Tatsache einer echten Leiche nicht verkraften konnte. Er floh ins Haus zu seinen virtuellen Opfern.

Erleichterung erfasste Luise, als der Flieger in Richtung Mallorca abhob. Sie war weg, endlich in Sicherheit. In ihrer Handtasche lagen knapp fünftausend Euro. Das sollte fürs Erste reichen.

Sie freute sich auf die Strände, auf den Trubel, die Diskos, das gute Essen. Vielleicht würde sie auch Dieter Bohlen sehen. Auf jeden Fall hatte sie sich vorgenommen, sich einen reichen Knacker zu schnappen. Das musste sie unbedingt schaffen, bevor ihr das Geld ausging.

Doch Luise hatte sich verrechnet. Schon am Flughafen in Palma wurde sie von uniformierten Beamten in Empfang genommen, und ihre Träume zerplatzten unter der Sommersonne der Baleareninsel.

Bernhard war zuerst am Haus der Sternhagens und klingelte, aber niemand öffnete. Felix war längst wieder unter seinen Kopfhörern verschwunden.

Da kam Wolf auf den Hof gefahren. Er stieg aus und begrüßte seinen Kollegen aus Bückeburg.

„Lass uns mal gleich zur Scheune rübergehen“, schlug Bernhard vor. „Hier im Haus macht keiner auf.“

An der Eingangstür der Einliegerwohnung klingelten sie. Dann klopften sie. Keine Reaktion.

„Sollen wir mal durchs Fenster schauen?“, fragte Wolf. „Vielleicht können wir da was sehen.“

Bernhard nickte und ging um die Hausecke. Wolf folgte ihm.

So hatten sie beinahe gleichzeitig denselben unangenehmen Anblick vor Augen. An Franks Ableben bestand kein Zweifel.

„Puh!“, sagte Wolf. „Die Fliegen sind immer vor uns da. Sie kriegen eher Wind von einer Leiche. Ich rufe sofort Seppi an. Die brauchen erst gar nicht nach Stadthagen rüberzufahren.“

„Na, die werden sich echt bedanken. So ein tolles Osterfest, super Feiertage, immens viel Freizeit. Erst die Leiche in der Stadtkirche, dann der Abgestochene im Hause Winterstein, jetzt der hier ...“, sagte Bernhard kopfschüttelnd.

„Und wo diese Rieke Sternhagen abgeblieben ist, wissen wir immer noch nicht. Frank Habichthorst kann es uns nicht mehr sagen.“ Wolf runzelte die Stirn.

„Ja, das ist blöd. Wir sollten eine Fahndung veranlassen. Sicher ist sicher! Wenn ich nur wüsste, wo der Sohn ist. Ich habe eben noch mit ihm telefoniert", sagte Bernhard.

„Warten wir hier, bis die SpuSi kommt?"

„Ja, das ist besser. Habichthorst ist sowieso nicht mehr zu helfen."

Während Wolf mit Seppi telefonierte, der mehr als genervt klang, probierte Bernhard noch einmal, Felix zu erreichen.

„Was wollen Sie denn schon wieder?", fragte ein ebenfalls unleidlicher Heranwachsender, der die Nummer im Display erkannt hatte.

„Würdest du uns bitte mal reinlassen, Felix? Hauptkommissar Wolf Hetzer ist auch hier."

„Mann, ich hab nix mehr zu sagen. Muss das sein?", maulte Felix.

„Ja, das muss sein. Du machst jetzt sofort auf!", sagte Dickmann mit einem Unterton, der keinen Widerspruch zuließ. Felix schlappte zur Haustür und ignorierte das weiße Stück Papier, das im Flur lag.

„Bitte leise sein", sagte Felix, „meine Schwester schläft im Wohnzimmer."

„Hol sie bitte, wir müssen auch mit ihr sprechen", bat Wolf. Bernhard bückte sich und hob den Zettel auf. Er steckte ihn ungesehen in die Hosentasche.

Widerwillig schlurfte Felix ins Wohnzimmer.

„Hier ist sie nicht!", rief er.

„Dann such sie", gab Bernhard zurück und der Junge stapfte missmutig davon.

„Sie ist nirgendwo!", rief Felix leicht beunruhigt von oben.

„Lena, wo bist du?", rief er. Doch es kam keine Antwort.

„Könnte sie im Garten sein?", fragte Wolf, der bemerkt hatte, dass die Terrassentür nur angelehnt war.

„Unwahrscheinlich", sagte Felix.

„Würdest du bitte trotzdem nachsehen?", drängelte Bernhard, dem das pubertäre Verhalten auf den Zwirn ging.

Felix murmelte irgendetwas Unverständliches und schob ab.

„Ich glaube, sie ist auch weg", sagte Wolf, als der Bruder draußen war. „Sie sitzt doch im Rollstuhl. Ich habe sie in der Kirche beim Konzert gesehen."

„Ach, du heilige Scheiße!", entfuhr es Bernhard. „Das fehlte noch."

Felix schüttelte den Kopf, als er wieder ins Haus kam. „Draußen ist sie auch nicht! Aber ich habe echt keine Ahnung, wo sie sein könnte. Sie geht normalerweise nie alleine weg."

„Gut, gibt es einen Freund, wo du selbst jetzt erst mal hingehen könntest?"

„Wieso?"

„Wir möchten nicht, dass du hier auf dem Grundstück bleibst. Das hat mehrere Gründe!", gab Wolf zurück.

Dickmann lachte und sagte: „Ach, jetzt wachst du plötzlich auf? Tut mir leid, wir können dir zum jetzigen Zeitpunkt nichts sagen, aber du kannst uns vielleicht helfen. Wann hast du Frank Habichthorst zum letzten Mal gesehen?"

Felix verbarg seinen Adrenalinschub, so gut er konnte, und antwortete möglichst unbeteiligt: „So gegen Mittag!" Er hatte wahnsinnige Angst, dass herauskam, was er und Lena mit Frank gemacht hatten.

„Ist dir sonst noch etwas aufgefallen?“, fragte Wolf.

„Nee, nix, ich hab ihn gesehen, mehr nicht.“

„Dann pack dir jetzt bitte eine Tasche, wir bringen dich zu einem deiner Freunde“, bat Bernhard Dickmann.

„Und was ist mit meiner Schwester?“, fragte Felix.

„Wir werden sie schon finden, genauso wie deine Mutter!“, sagte Wolf und klopfte dem Junge beruhigend auf die Schulter.

Aber in Felix war gar nichts ruhig. Zu viel zufälliges Verschwinden und ein Toter in der Scheune, von dem er nicht wusste, wie er ums Leben gekommen war.

Die Räume waren kahl und schrecklich. Überall hellgrüne Fliesen, wie in einem OP. Das war ein merkwürdiges Versteck, in das sie der Kommissar da gebracht hatte.

Lena saß auf einem Metallbett. Von den Wänden hallte jedes Geräusch mehrfach wider. Merkwürdige Gerüche, die sie nicht einordnen konnte, schlugen ihr auf den Magen. Sie stiegen von unten hoch und lagen wie eine Wolke im Raum. Ihre Mahlzeit hatte sie nicht angerührt. Sie hatte keinen Appetit.

Langsam erhob sie sich und ging zum Fenster. Sie waren alle vergittert. Um sie herum war nichts als Wald und Wildnis. Das Gebäude musste irgendwo ganz einsam liegen. Sie bekam Angst. Was, wenn er doch kein Kommissar war? Eine Visitenkarte konnte leicht beschafft oder nachgemacht werden. So genau hatte sie sich die Karte auch nicht angesehen. Trotzdem kannte sie den Mann irgendwie. Sie hatte ihn beim Konzert in der Kirche gesehen, wusste aber nicht mehr, ob er im Orchester oder im Publikum gesessen hatte.

Vielleicht war sie einfach zu misstrauisch. Vielleicht hatte er die Tür wirklich nur zu ihrem Schutz abgeschlossen.

Er

Aufgeregt saß er unten in der alten Schlachterei und atmete auf. Sie war bei ihm. Er liebte sie. Sie war noch schöner, als er sie in Erinnerung gehabt hatte. So zerbrechlich, so zart war sie. Eine Kostbarkeit, wie aus Porzellan. Ihre Haut war durchscheinend, das Haar von rotem Gold. Es floss über ihre Schulter wie das der Venus von Botticelli. Genauso wollte er sie fotografieren. In einer Muschel stehend, nackt, nur von ihrem Haar bedeckt. So sollte seine Venus für ihn neugeboren werden.

Er war froh, dass sie noch unbefleckt war, dass der widerliche Alte sie nur berührt, aber nicht penetriert hatte, denn sonst wäre sein ganzes Vorhaben gescheitert. Jetzt aber war sie nur für ihn da. Den Moment, in dem er sie zu seiner Frau machen würde, wollte er zelebrieren wie noch keinen Augenblick zuvor. Aber das musste warten, bis sich die Unruhe um ihn herum gelegt hatte.

Lady Gaga war entzückt, dass es noch irgendwo hingehen sollte. Sie erkannte das daran, dass Peter Kruse ihre Leine in die Hand nahm, und erhob sich von ihrer Decke.

„Na, Myladies, Lust auf 'ne Bratwurst?", fragte Peter seine beiden Frauen.

„Sicher!", sagte Nadja und schnappte sich ihren Regenschirm.

„Es regnet nicht!"

„Genau deshalb nehme ich ihn ja mit", lachte Nadja, „denn auf ein Osterfeuer im Regen habe ich keine Lust."

„Nee, dann lass uns lieber ...", entgegnete Peter.

„Au ja, tolle Idee", erwiderte Nadja, „aber erst später, wenn ich das andere Ding intus habe. Sonst habe ich nicht die nötige Energie."

„Mein Schatz ist ein wahrer Genießer!", freute sich Peter und ließ den Hund in den Wagen springen.

Über Bückeburg fuhren sie nach Scheie und von dort den Rethholzweg entlang. Direkt auf dem Hof waren noch Parkplätze. Sie waren früh dran. Peter hoffte, dass der Bratwurststand schon in Betrieb war. Er hatte Hunger.

„Meine Herrn", sagte Nadja anerkennend, „ein ganz schön großer Scheiterhaufen. Wenn der erst mal brennt, haben wir die ganze Nacht was davon."

„Wir wärmen uns erst hier am Feuerchen von außen, von innen mit mehreren Bratwürsten und später ineinander", schwärmte Peter, der einen vollkommenen Abend vor sich sah.

Doch der sollte durch das ungewöhnliche Verhalten von Lady Gaga und den Fund eines an den Armen aufgehängten Leichnams eine ganz andere Wendung nehmen.

Er hatte ein ungutes Gefühl, als er heimlich den weißen Zettel aus seiner Hosentasche nahm. Wolf Hetzer telefonierte noch. Er selbst war ein Stück weggegangen. Was er in den Händen hielt, war eine Visitenkarte, bei deren Anblick er erstarrte, als er den Namen las.

Das konnte doch unmöglich wahr sein. „Wolf Hetzer" stand auf der Karte.

Mit einem Mal war ihm alles klar. Die Tote von der Frankenburg, just in der Nähe von Hetzers alter Kate. Er hätte auch die Möglichkeit gehabt, die anderen Frauen zu drapieren. Bernhard schauderte. Wie sollte er mit diesem Wissen umgehen? Ihm blieb nur eine Möglichkeit. Noch während Wolf sein Telefonat beendete, zog er seine Waffe und entsicherte sie.

Wolf musste mit halben Ohr zugehört haben. Er erstarrte und drehte sich um.

„Bist du der Mörder?", fragte Wolf schockiert.

„Nein, du! Ich habe deine Visitenkarte im Flur von Rieke Sternhagens Haus gefunden, noch bevor du es betreten hast."

„Und was beweist das?", wollte Wolf wissen.

„Du musst schon vorher dagewesen sein."

„Bin ich aber nicht."

„Die Frankenburg-Leiche hast du auch schön in deiner Nähe abgelegt", bohrte Dickmann.

„Mann, jetzt wach endlich auf, Bernhard! An dem Abend habe ich gemütlich mit den Katern auf dem Sofa gelegen. Bestimmt finden wir einen Beweis für meine Unschuld, wenn wir uns die anderen Tatzeiten ansehen. Gründonnerstag war ich zum Beispiel bis spätabends im Konzert und immer mit Menschen zusammen. Da hätte ich keine Gelegenheit gehabt, eine Frau umzubringen und auszuweiden. Wo hätte ich das auch machen sollen?"

Dickmann wurde unsicher. Vielleicht war die Fantasie jetzt doch mit ihm durchgegangen.

„Wie soll aber ausgerechnet deine Visitenkarte in Frau Sternhagens Flur gekommen sein?", fragte er.

„Vielleicht hat sie jemand absichtlich benutzt, um sich als andere Person auszugeben?"

„Das wäre möglich ...", überlegte Bernhard. „Es wäre mir trotzdem lieber, wenn du dich da mit den Handschellen am Treppengeländer festmachst. Ich rufe inzwischen Nadja und Ulf an."

Wolf seufzte und tat so, als wolle er der Forderung Folge leisten. Im letzten Moment drehte er sich aber und verpasste seinem Kollegen einen linken Haken. Noch während der strauchelte, löste sich ein Schuss, der in Hetzers linker Schulter steckenblieb. Er schrie auf und schaffte es mit Mühe und Not, Bernhards Arme auf dessen Rücken in die Handschellen zu drücken, bevor dieser wieder zu sich kam.

„Du Hornochse!", schrie Wolf seinen Kollegen an. „Mensch, ich wars nicht! Jetzt komm mal wieder zu Verstand! Was ist denn mit Ulf, deinem Superkollegen? Hast du den mal überprüft?" Und noch während er das sagte, fiel ihm ein ganz besonderer Umstand auf. Etwas, das lange bekannt, aber nicht mit Ulf in Verbindung gebracht worden war. In ihm tickerte es.

„Für Ulf lege ich meine Hand ins Feuer!", sagte Bernhard. „Und jetzt mach mich los!"

„Da wäre ich aber vorsichtig mit meiner Hand", gab Wolf zurück, „und ich mache dich erst los, wenn die anderen hier sind. Nicht, dass du mir wieder sinnlos herumballerst. So was Bescheuertes! Mann, tut mir die Schulter weh."

Umständlich nahm er sein Telefon aus der Hosentasche und rief Nadja an.

Die ersten Bissen der Bratwurst lagen wohlig in Nadjas Magen, während Peter sich bemühte, den Hund ruhigzuhalten.

„Was ist denn nur los mit der?“, fragte Peter ärgerlich, während Lady Gaga unentwegt an der Leine zog und bellte.

„Guck doch mal, wo sie hinwill“, schlug Nadja vor und biss herzhaft ab.

„Schönen Dank auch, und was ist mit meiner Bratwurst?“

„Ich halte die Lady gleich!“, beruhigte ihn Nadja. „Dann kannst du in Ruhe essen. Ich will doch nicht, dass mein kleines Dickerchen ungenießbar wird.“

Peter streckte ihr die Zunge raus und gab Lady Gaga etwas mehr Leine. Die Schäferhündin zog ihn in Richtung Osterfeuer, das momentan noch einmal grob untersucht wurde, ob sich auch ja keine Tiere darin verirrt hatten. Der Großvater des Hofes stocherte mit einem Besenstiel zwischen den Baumstämmen hindurch und traf dabei auch auf Rieke, doch die, die im Normalfall auf diese Weise hätte gerettet werden können, konnte nicht schreien, sondern wegen des Knebels nur brummen, was niemand hörte außer Lady Gaga. Und die gebärdete sich entgegen ihrer Art wild, kratzte an den Stämmen und bellte.

Peter nahm sein Handy aus der Tasche, schaltete via App seine Taschenlampe ein und leuchtete durch die

Stämme. Zuerst dachte er, er sähe ein Bündel Stoff, doch dann bewegte sich das Gebilde und Peter stutzte. Mit einem Mal war er nicht mehr Osterfeuerbesucher, sondern Kommissar.

„Alle kräftigen Männer zu mir!", rief er und erklärte kurz seine Vermutung.

„Da ist nix drin!", sagte der alte Mann mit dem Besenstiel. „Ich hab schon alles überprüft."

Doch Peter veranlasste die Männer, ihm einen Zugang ins Innere des Scheiterhaufens zu verschaffen. Er selbst legte mit Hand an und sagte: „Bitte ganz vorsichtig. Nicht dass von oben irgendetwas herunterfällt. Wir haben möglicherweise eine verletzte Person dort drin."

Ganz behutsam wurden die Stämme ein wenig nach links und rechts verrückt. Der Spalt reichte aus, um besser hineinzuleuchten. Tatsächlich, da lag eine Frau! Auf ihrer Brust befand sich ein schweres Holzstück. Ein junger Mann kroch in den Scheiterhaufen und hob den Klotz herunter. Das war nicht so einfach, da ein Ast in Riekes Fleisch steckte. Sie stöhnte. Mit vereinten Kräften gelang es Peter und den übrigen Männern, sie aus dem Holzkegel zu ziehen. Sie war bei Bewusstsein, schien aber einen Schock zu haben, denn sie stierte ins Leere.

Während Peter den Notarzt und die Rettungswache verständigte, kam Nadja mit zerknirschter Miene auf ihn zu, zögerte aber, als sie die Verletzte sah, und rief Peter zu: „Los, hol mir schnell meine Notfalltasche aus dem Auto.

Peter nickte, gab den Hund irgendjemandem in die Hand und lief los.

Bis er wieder da war, hatte Nadja schon den Knebel aus Riekes Mund entfernt, aber sie war nicht ansprechbar. Nadja legte ihr eine Infusion, um den Kreislauf stabil zu halten, und dachte, dass sie ihre Tasche dringend auffüllen musste. Dann wandte sie sich zu Peter um, winkte ihn zu sich und flüsterte:

„Unser Abend ist ja jetzt sowieso zu Ende. Ich habe einen Anruf von Wolf bekommen. Es gibt einen neuen Leichenfund, männlich, in einer Scheune hängend. Du wirst sicher erst hierbleiben wollen."

„Nein, ich komme mit!", sagte Peter bestimmt. „Wir rufen eben die Kollegen auf der Wache an. Sie sollen jemanden herschicken, der alles aufnimmt. Vielleicht fordern sie Verstärkung aus Nienburg an."

„Das wäre ohnehin nicht die schlechteste Idee. Die SpuSi ist nämlich auch zum Grundstück dieser Frau Sternhagen unterwegs. Zerteilen kann sich Seppi auch nicht."

„Sag das noch mal, Nadja!", sagte Peter und strich der am Boden liegenden Rieke die Haare aus dem Gesicht.

„Was genau?"

„Wo ist die männliche Leiche gefunden worden?

„Auf dem Grundstück von Frau Sternhagen."

„Krass! Die haben wir hier vor uns liegen, guck doch mal, das ist sie bestimmt. Rieke Sternhagen, die Sopranistin. Sie war doch oft genug in der Zeitung."

„Mensch, das könnte wirklich sein!", sagte Nadja und erhob sich. „Na, da wollte aber einer gründlich aufräumen. Hier liegt sie als potentielles Feueropfer, bei ihr Zuhause hängt ein toter Mann ..."

„Lass uns da jetzt mal hinfahren", sagte Peter und verständigte seine Kollegen. „Leute, ihr haltet euch hier zur Verfügung", rief er den Umstehen zu, „mit dem Feuer wird es heute aber leider nichts."

Als die Bückeburger Kollegen eintrafen, besprach sich Peter kurz mit ihnen, schnappte sich dann im Vorbeigehen drei Bratwürste und fuhr kauend mit Nadja und Lady Gaga zum Haus von Rieke Sternhagen, die sie in der Obhut des Notarztes zurückgelassen hatten.

„Willst du jetzt drei Würstchen essen? Dir wird doch schlecht", gab Nadja zu bedenken.

„Nee, wird mir schon nicht. Ich habe einen Rossmagen. Außerdem ist eine für den Hund. Das hatte ich ihr versprochen. Sie hat sich die Wurst heute redlich verdient. Ohne Gaga hätte die Frau mit Sicherheit nicht überlebt. Der Senior des Hofes hat sie bei der Überprüfung des Brandplatzes nicht gefunden."

„Schlimm!", sagte Nadja. „Verbrennen ist kein schöner Tod, es sei denn, du wirst durch den Rauch rechtzeitig bewusstlos."

„Erspar mir die Details, mein Schatz!", bat Peter und schluckte den letzten Bissen mit etwas weniger Appetit. „Wer weiß, was gleich noch auf uns zukommt."

Sie war jetzt in Sicherheit, endlich in seiner Obhut. Niemand konnte ihr mehr irgendein Leid zufügen. Sie brauchte keine anderen Menschen mehr, nur ihn. Eines Tages würde sie das verstehen.

Er seufzte und verließ die alte Schlachterei. Als er ein Stück mit dem Auto gefahren war, schaltete er sein Handy wieder an. Sieben Anrufe! Er musste ruhig bleiben. Sie würden den Toten in der Scheune gefunden haben. Zuerst dachte er, es sei das Beste, zurückzurufen, aber dann entschied er sich anders. Er wendete, schaltete das Mobiltelefon wieder aus und fuhr zur Schlachterei zurück.

Er hätte gerne mehr Zeit gehabt, aber es musste jetzt sein.

Nadja und Peter staunten nicht schlecht, als sie Wolf und Bernhard in einer merkwürdigen Situation antrafen. Der eine stützte sich am Treppengeländer ab, an seiner linken Schulter war ein Blutfleck, und der andere lag, mit Handschellen auf dem Rücken, auf seiner rechten Seite.

„Könnt ihr mir mal sagen, was hier abgeht?", fragte Peter. „Spielt ihr Räuber und Gendarm?"

„Bernhard hat gedacht, ich sei unser Frauenmörder, mehr war es nicht", sagte Wolf und verzog das Gesicht vor Schmerz.

„Lass mich mal gucken!", schlug Nadja vor.

„Später", gab Wolf zurück, „erst müssen wir uns unterhalten. Die Leiche kann warten. Seppi kommt gleich. Wir gehen zusammen mit ihm rein."

„Gut", sagte Peter, „da bin ich ja mal gespannt, wie du auf das schmale Brett gekommen bist, Bernhard! Wolf ein Mörder? Bist du bescheuert, oder was?"

„Seine Visitenkarte lag im Flur von Rieke Sternhagen, noch bevor Wolf das Haus betreten hat", sagte Bernhard. „Könnt ihr mich jetzt mal wieder befreien?"

„Nur, wenn du mir deine Knarre gibst", bestimmte Peter. „Sie muss sowieso jetzt zur KTU."

„Einverstanden", knurrte Bernhard. „Mann, ich hab es doch nicht böse gemeint, aber mit einem Mal schien sich alles zusammenzufügen."

„Vielleicht war Bernhards Idee nicht ganz so weit hergeholt", warf Wolf in die Runde.

„Wie meinst du das?", fragte Nadja.

„Es könnte ein Kollege gewesen sein", sagte Wolf geheimnisvoll.

„Du hast doch da was ganz Konkretes im Kopf", bohrte Peter nach.

„Sicher!"

„Dann lass dir jetzt nicht jedes Wort aus der Nase ziehen."

Peter klang leicht genervt.

„Im Grunde hat mich Bernhard durch seine Aktion auf die Idee gebracht. Ich glaube, es ist Ulf, den wir suchen!"

„Nie im Leben!", sagte Bernhard entrüstet.

„Wie kommst du darauf?", fragte Peter.

„Wir wissen wenig oder fast nichts aus seiner Vergangenheit. Er ist ja eher ein stiller Typ. Wir haben uns doch neulich gefragt, warum zwischen dem ersten und den weiteren Morden so eine große Zeitspanne lag, und ich habe die Lösung hierfür."

„Na, dann raus mit der Sprache!", verlangte Peter.

„Ulf war wegen seiner Hüfte lange Zeit außer Gefecht gesetzt. Erst die OP, dann die Reha. Es hat lange gedauert, bis er wieder halbwegs der Alte war. Außerdem weiß er genau, wie er Spuren verwischen kann, und er war immer über unsere Ermittlungen orientiert."

„So wirklich überzeugt bin ich nicht", sagte Peter. „Etwas Richtiges hast du jetzt nicht in der Hand? Beweise oder so?"

„Sag ich doch", brummte Bernhard, „hätte jetzt einer von euch die Güte, mich zu befreien?"

Peter nickte und nahm ihm die Handschellen ab. „Wir sollten ihn trotzdem befragen. Wo ist er?"

„Keine Ahnung, weder Bernhard noch ich konnten ihn erreichen."

„Er hat ja auch frei!", sagte Bernhard und schüttelte seine schmerzenden Hände aus.

„Dann lassen wir ihn doch einfach mal orten!", schlug Wolf vor. „Wir müssen dringend mit ihm sprechen, und wenn es nur darum geht, diesen Verdacht auszuräumen. Aber mein Gefühl sagt mir, dass wir richtigliegen. Wir müssen auch noch zwei Vermisste finden. Rieke Sternhagen und ihre Tochter sind verschwunden."

„Da können wir euch weiterhelfen", sagte Nadja und erzählte die Geschichte vom Scheier Osterfeuer, das in diesem Jahr nicht brennen würde.

„Die Tochter habt ihr aber nicht gefunden?", fragte Wolf.

Beide schüttelten den Kopf.

„Dann sollten wir uns beeilen! Ich habe ein ungutes Gefühl. Vielleicht hat der Mörder aufgehört, weil er ein neues Opfer im Visier hatte, mit dem er etwas ganz anderes plante. Wer weiß, was in einem solchen Hirn so alles vor sich geht."

„Ich lasse das Handy jetzt orten!", bestimmte Peter. „Dann knöpfen wir uns den Ulf mal vor."

Sie schrie, als sie merkte, dass sie doch seine Gefangene war.

„Schrei ruhig, mein Mädchen, hier kann dich niemand hören!“, sagte der Kommissar.

Lena wusste, dass er recht hatte. In dieser Einöde war niemand außer ihnen.

„Es ist aber besser für dich, wenn du dich nicht wehrst. Zieh dich aus!“

Lena fühlte wieder dieselbe Ohnmacht. Tränen liefen über ihr Gesicht. Sie wollte das alles nicht noch einmal erleben.

„Wie schön du bist!“, sagte er, als Lena ihre Kleider abgelegt hatte und weinend vor ihm stand.

„Selbst die Tränen schmücken dich“, flüsterte er sehnsuchtsvoll, „aber du musst keine Angst haben. Du bist meine Frau. Ich liebe dich und niemand darf dir ein Leid antun. Den ekelerregenden alten Sack habe ich umgebracht. Das wolltest du doch auch. Ich habe dich gerächt.“

Lena erstarrte. Wieso wusste er von ihrer Schmach?

„Dein Bruder und du, ihr hattet damit begonnen. Ich habe euer Werk zu Ende geführt. Und jetzt leg dich bitte aufs Bett!“

Was sollte sie tun? Sich wehren war zwecklos. Sie hatte auch kaum Kraft. Wie ein Opferlamm ging sie langsam zum Bett und legte sich auf die Seite. Mit der einen Hand bedeckte sie ihre Brüste, die milchig unter dem roten Haar durchschienen.

„Spreiz deine Beine!“, befahl er und fesselte Hände und Füße an jeder Seite des Metallrahmens.

Dann betrachtete er sie.

Lena zitterte. Ihre Angst war im Raum fühlbar, aber sie hatte sich aufgegeben.

Die Handyortung hatte ergeben, dass sich Ulf im Schaumburger Wald befinden musste. Auf der Karte sahen sie, dass dort zwei alte Jagdhütten standen, die längst verlassen waren. Eine besaß außerdem ein Nebengebäude. Genau dort befand sich Ulf.

Wolf mahnte zur Eile und ignorierte Sprüche, die sich gegen seine Intuition richteten. Er selbst war sich plötzlich ganz sicher.

Bernhard hatte darauf bestanden, mitzukommen. Es sei sein Kollege, hatte er gesagt. Er wolle den Tatverdacht ausgeräumt wissen. Sie stimmten zu, wenn er versprach, im Auto zu bleiben.

Auch Nadja fuhr mit, weil sie befürchtete, heute noch einmal als Notärztin gebraucht zu werden. Der Tote konnte warten, oder sie sollten einen Kollegen aus Stadthagen anfordern. Das Wohl des Mädchens war wichtiger.

Sie parkten ein wenig abseits der Jagdhütte. Es war inzwischen schon fast dunkel. Wolf und Peter duckten sich, als sie aus dem Wagen stiegen, und schlichen in Richtung des zweistöckigen Gebäudes, das etwas von der Hütte entfernt an einem Teich lag. Flackerndes Licht schien aus dem oberen Stock. Vor der offenen Tür stand eine Bank. Leise betraten die Kommissare das Gebäude, in dem es entsetzlich nach Schlachtabfällen oder Ähnlichem stank. Sie kämpften sich mühsam durch die Wolke nach oben. Beide nickten sich zu. Die Pistolen waren entsichert. Peter sollte die Tür eintreten, falls Wolf sie nicht mit der Klinke öffnen konnte, und das musste möglichst gleichzeitig geschehen. Doch die Tür gab freiwillig nach. Sie standen in einer Art Vorraum.

Wie Bernhard Dickmann so plötzlich hinter ihnen stehen konnte, ohne einen Laut verursacht zu haben, konnten sie sich auch später nur damit erklären, dass sie völlig fixiert auf die Situation vor ihnen gewesen sein mussten. Er stürmte an ihnen vorbei und erschrak. Auch Wolf und Peter, die ihm folgten und ihn zurückreißen wollten, raubte der Anblick den Atem.

Da lag eine junge Frau, alle viere von sich gestreckt, nackt an ein Metallbett gefesselt, und Ulf stand daneben, ohne seine Hose, aber mit einer Waffe in der Hand.

„Ich habe mich auf dich verlassen, du Sausack!", schrie Bernhard. „Meine Hand hätte ich für dich ins Feuer gelegt. Ich dachte, wir wären Freunde!"

„Ich bin niemandes Freund und meine Liebe gehört der Musik und meiner Frau dort. Kommt nicht näher, wenn ihr weiterleben wollt."

Doch Bernhards Wut steigerte sich zu Raserei. Er stürmte auf Ulf zu. Der Schuss, der ihn traf, war laut und fällte einen Baum von Mann. Wolf nutzte den Moment, in dem Bernhard zu Boden ging, und schoss Ulf ins Bein. Es tat ihm nicht leid, dass der Schuss ein wenig zu hoch ausfiel und nach dem Durchschlagen von Ulfs Gemächt in seinem lädierten Becken steckenblieb. Der wahnsinnige Schmerz in den Hoden machte ihn kampf- und bewegungsunfähig, bis Peter und Wolf die Situation unter Kontrolle hatten.

Sie befestigten Ulf mit Peters Handschellen am Bein des Bettes. Wolf bedeckte Lena notdürftig mit den Kleidungsstücken, die er auf dem Boden fand, und sagte ihr, dass sie gleich befreit würde. Sie bedankte sich mit einem erleichterten Lächeln und nickte. Dann kniete er sich neben Bernhard, auf dessen Brust sich ein Blutfleck immer mehr ausbreitete. Wolf nahm seinen Kopf in den rechten Arm und hob ihn ein bisschen an. Mit glasigen Augen sah ihn Bernhard an. Ein Blutfaden sickerte auch aus seinem Mund.

Peter war inzwischen hinausgerannt, um Nadja zu holen. Sie hatte Bernhard nicht zurückhalten können und stand bereits an der Hauswand der alten Schlachterei.

„Du hättest im Auto bleiben sollen!", schimpfte Peter. „Ulf hätte hier rausrennen und auch auf dich schießen können."

„Ist jemand verletzt?"

„Ja, Bernhard."

„Ich hole meine Tasche aus deinem Wagen", sagte sie und wollte losrennen.

„Nix da, die hole ich, du gehst schon hoch. Es besteht keine Gefahr mehr. Ich glaube, Bernhard geht es sehr schlecht."

Damit sollte Peter recht behalten, denn noch bevor er mit der Tasche wieder da war, hatte Bernhard seinen letzten Atemzug getan. Seine Augen waren nun auf eine endlose Weite gerichtet. Nadja nahm seinen Kopf aus Wolfs Arm, schloss die Lider vorsichtig und bedeckte sein Gesicht mit einem Tuch, das sie in ihrer Notarzttasche hatte. Dann stand sie auf und ging zu dem Mädchen. Lena sah sie fragend an.

„Ist der Mann tot?"

„Unser Kommissar Dickmann ist tot. Der Mann, der dich entführt hat, lebt noch", sagte sie und schnitt mit ihrer Verbandsschere die Fesseln durch. „Du brauchst aber keine Angst mehr zu haben. Zieh dich in Ruhe an, wir rufen dir einen Krankenwagen."

Ulf lag immer noch zusammengekrümmt am Fuß des Bettes und stöhnte leise. Zwischen seinen Beinen blutete ein Trümmerfeld.

„Rufst du bitte Verstärkung, wo auch immer sie herkommen mag?", bat Wolf seinen Kollegen Peter. „Ich muss an die frische Luft!"

Peter nickte. Er konnte sich vorstellen, was jetzt in Wolf vorging.

Es war längst dunkel geworden. Der kühle, frische Wind tat Wolf gut. In der Luft lag der Brandgeruch ferner Osterfeuer. Er hatte schon einmal eine ähnliche Situation erlebt. Auch da war ein Mensch nach einem Schusswechsel in seinen Armen gestorben. Aber das war seine Verlobte gewesen. Der heutige Abend hatte ihm gezeigt, dass er noch immer nicht darüber hinweg war. Es war, als hätte er sie ein zweites Mal verloren. Er fühlte dasselbe Leid, die Trauer, den Schmerz, als sei es eben erst gewesen, dass sie von ihm gegangen war.

Was aber empfinde ich dann für Moni?, fragte er sich. Auch das ist Liebe. Er fühlte sie ganz stark in sich, und doch musste es etwas anderes gewesen sein, was er für seine Verlobte gefühlt hatte. Wann immer er ihr wehendes Haar vor seinem geistigen Auge in der Abendsonne sah, wärmte ihn diese Liebe immer noch.

Er bat Peter, ihn und die Lady, die geduldig im Auto wartete, nach Hause zu bringen. Seinen Wagen konnte er auch am Ostersonntag bei Sternhagens abholen. Seine Batterie war leer. Er konnte einfach nicht mehr. Mittlerweile waren weitere Beamte eingetroffen. Auch der Krankenwagen war vor Ort. Es gab keinen Grund, länger dortzubleiben, wo Ulf gewütet hatte.

Als Peters Wagen die Straße „Unter der Frankenburg" erreicht hatte und schließlich in seinen Hof fuhr, kam es Wolf wie eine Befreiung vor.

Er verneinte das freundliche Angebot von Peter und Nadja. Wolf wollte jetzt keine Gesellschaft. Er musste allein sein und nachdenken. Ins Krankenhaus würde er sich später mit dem Taxi bringen lassen. Die Schulter schmerzte kaum noch.

Im Briefkasten fand er einen Zettel und eine Visitenkarte. Der Zettel war von Moni. Auf ihm stand, dass sie dringend sofort habe abreisen müssen. Ihre Schwester sei gestürzt und brauche ihre Hilfe. Wolf war traurig.

Das andere war eine Visitenkarte von Anna Ebeling. Auf der Rückseite stand, dass Aisha und sie gerne mit ihm und der Lady spazieren gegangen wären, ihn aber nicht erreicht hätten.

Wenn sich eine Tür schließt, geht eine andere auf, dachte Wolf und legte sich zu den Katern auf die Chaiselongue. Sie sahen ihn ungläubig an.

„Ja, ich weiß, dass ich wenig Zeit hatte", sagte er zu Max und Moritz.

Im Einschlafen dachte er, dass es so oder so Sommer werden würde unter der Frankenburg, egal ob er diesen einsam verbringen würde oder nicht. Es tat nichts zur Sache. Die Jahreszeiten richteten sich nicht nach dem, was er empfand. Trotzdem freute er sich auf helle, wärmere Tage.

Er wünschte sich Blumen auf einer Sommerwiese und endlich wieder Schmetterlinge in sich selbst, die ihn Vergangenes vergessen ließen.

Da Bernhard Dickmann Rieke nicht mehr ausrichten konnte, um was Leander sie gebeten hatte, wunderte sich dieser zunächst, dass niemand ihn im Krankenhaus besuchen kam. Dann wurde er sehr traurig. Er hatte sich so sehr nach Liebe in seinem Leben gesehnt und geglaubt, sie endlich gefunden zu haben.

Rieke erfuhr erst nach ein paar Tagen durch Zufall davon, was mit Leander geschehen war. Ihre Versuche, ihn aus dem Krankenhaus zu erreichen, waren erfolglos geblieben, woraufhin sie gedacht hatte, er sei ihr böse gewesen, dass sie ihn am Ostersamstag versetzt hatte. Erst Nadja brachte Licht ins Dunkel, als sie bei einem Krankenbesuch von Riekes Sorgen erfuhr.

Das Wiedersehen von Rieke und Leander war von ganz besonderer Innigkeit. Sie glaubten beide schon, sich wieder verloren zu haben, noch bevor sie sich näherkommen konnten.

Frank Habichthorst war tot und niemand war wirklich traurig darüber. Da Ulf in seiner Wut reichlich Spuren auf dem Opfer hinterlassen hatte, konnte ihm dieser Mord eindeutig nachgewiesen werden.

Die Kinder blieben unbehelligt. Man ging davon aus, dass sie des Öfteren in der Wohnung der Scheune gewesen waren.

Bei seiner Befragung gestand Ulf Hofmann, auch die Frauen getötet zu haben. Alle waren seiner Mutter auf eine bestimmte Art ähnlich gewesen. Sie hatten - wie sie selbst - der Venus von Botticelli geglichen.

Wolf erholte sich schnell, nachdem die Kugel aus seiner Schulter entfernt worden war. Er ließ sich ein paar Tage beurlauben und dachte über einen Waldspaziergang mit Anna nach. Er zögerte jedoch sie anzurufen und entschloss sich, ihr eine Mail zu schreiben.

Beim Starten des Mailprogramms erhielt er eine Nachricht von einem Absender, den er nicht kannte. Als er sie ungelesen löschen wollte, fiel ihm der Betreff auf. Da stand nur „Sie …"

Mit einem Mal fielen ihm die beängstigenden Mails wieder ein, die er im Jahr zuvor auf seine dienstliche Adresse bekommen hatte. Damals hatte er die Nachrichten mit dem aktuellen Fall in Zusammenhang gebracht. Doch der war jetzt abgeschlossen. Jemand musste also etwas ganz anderes meinen.

Hetzer seufzte. Es hörte nie auf. Er hatte wieder Blut gerochen und musste der Spur folgen. Er wollte wissen, was sich wirklich hinter den geheimnisvollen Botschaften verbarg …

Danksagung

Mein besonderer Dank gilt meinen lieben Freunden, dem polizeilichen Fallanalytiker des LKA Niedersachsen Carsten Schütte und Sabine Semrau, die nun auch den vierten Krimi um Kommissar Wolf Hetzer begleitet haben. Wie versprochen, habe ich mehr Tote in das Geschehen eingeflochten!

Ein herzliches Dankeschön möchte ich auch dem Team vom Verlag CW Niemeyer, Hameln, sagen. Carsten Riethmüller hat wieder ein unglaublich gutes Cover gestaltet.

Verlagsleiter Carsten Holzendorff danke ich für die fortwährende Unterstützung meiner schriftstellerischen Arbeit. Ich freue mich auf die weitere gemeinsame Zeit.

Von Herzen danke ich außerdem meiner Familie sowie meinen Freunden für deren Geduld und Verständnis, da meine freie Zeit rar geworden ist. Hier möchte ich vor allem meine Eltern Angelika und Raimund, meine Schwester Constanze und meine Kinder Peter und Lisa nennen.

Ein liebevoller Dank sei dem Mann an meiner Seite ins Ohr geflüstert.

Bei allen lieben und nahen Freunden möchte ich mich bedanken, die meine SchattenKrimis gelesen und mich zum Weiterschreiben ermuntert haben. Es sind zu viele, um sie alle nennen zu können.

Zuletzt danke ich meinen wunderbaren Fans deutschlandweit in den Buchhandlungen, Krimiforen und sozialen Netzwerken, die mich täglich unterstützen und meine Bücher weiterempfehlen!

Was wären die SchattenKrimis ohne euch…?

Als aus der Innenstadt Holzmindens ein Kind verschwindet, versuchen nicht nur die beiden Kommissare Kofi Kayi und Stefan Ollner, dem Täter auf die Spur zu kommen. Auch die Bürger organisieren sich. Trotzdem können sie nicht verhindern, dass noch ein Kind entführt wird. Da alle Erwachsenen Wichtiges zu erledigen haben, hört niemand zu, als Kim von dem Mann mit den Katzenbabys erzählt …

Sabine Hartmann. Nur ein Katzensprung
400 Seiten. Paperback. ISBN 978-3-8271-9413-8
E-Book 978-3-8271-9614-9 (Pdf)
978-3-8271-9814-3 (Epub)

Das Vorhaben, am Husumer Badestrand Dockkoog ein Ferienressort zu errichten, stößt auf wenig Gegenliebe. Eine Leiche im Großbecken des Multimar Wattforums – schnell finden Kommissarin Wiebke Ulbricht und ihr Partner Jan Petersen heraus, dass es sich bei dem Toten um den ungeliebten Investor handelt. Geht der Mord auf das Konto militanter Umweltschützer oder hatte Heiners noch weitere Feinde? Die blutige Spur führt an die Ostseeküste.

Andreas Schmidt. WattenMord
360 Seiten. Paperback. ISBN 978-3-8271-9511-1
E-Book 978-3-8271-9616-3 (Pdf)
978-3-8271-9816-7 (Epub)

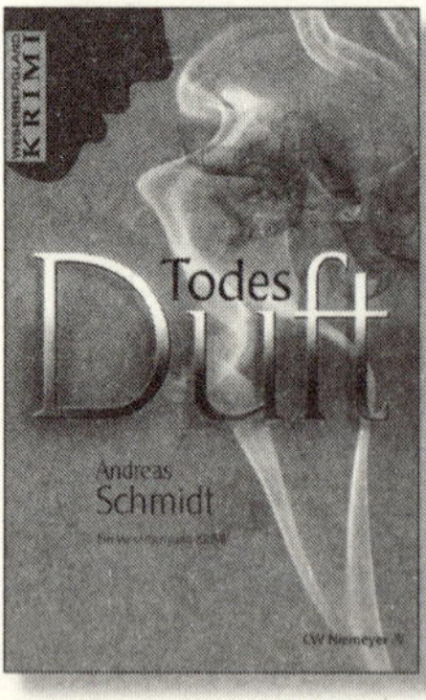

Selbst ernannte Hirnforscher experimentieren mit ahnungslosen Versuchspersonen. Welch tragisches Schicksal hat sich in der Lutterburg vor dreißig Jahren ereignet? Ein Trupp nimmt sich der Geschichten an und findet im Keller der Ruine eine Leiche. Der Tote arbeitete bei einem Hersteller von Lebensmittelzusätzen. Maja Klausen, Norbert Ulbricht und Jürgen Grundmann ahnen Schlimmes: Handelt es sich hier um einen besonders schweren Fall von Werksspionage?

Andreas Schmidt. TodesDuft
224 Seiten. Paperback. ISBN 978-3-8271-9414-5
E-Book 978-3-8271-9615-6 (Pdf)
978-3-8271-9815-0 (Epub)

Weitere Spannung pur...

Als Pfarrer Josef Fraas am Weserufer in Rinteln angespült wird, ahnt noch niemand, warum er sterben musste. Dass sein Körper nicht mehr ganz vollständig ist, gibt Kommissar Wolf Hetzer ein weiteres Rätsel auf. Dann verschwindet der stadtbekannte Politiker Benno Kuhlmann spurlos. Ein mysteriöser Täter spinnt seine Fäden unerkannt im Hintergrund. Hetzer hat das Gefühl, den Schatten des Mörders immer dichter zu spüren. Ein spannendes Duell beginnt.

Nané Lénard. SchattenHaut
352 Seiten. Paperback. ISBN 978-3-8271-9403-9
E-Book 978-3-8271-9603-3 (Pdf)
978-3-8271-9803-7 (Epub)

Wer ist die mysteriöse Tote auf dem Gelände der alten Frankenburg? Und warum findet die Rechtsmedizin merkwürdige Flecke auf ihrem Rücken? Und was hat es mit den Kindern des Mondes auf sich? Das bekannte Ermittlerduo Wolf Hetzer und Peter Kruse tappt noch völlig im Dunklen, während im Wald das Grauen lauert. Spät, viel zu spät hat Hetzer eine Ahnung des Bösen, das sich nicht greifen lässt. Es führt ihn an den Abgrund seines Verstandes.

Nané Lénard. SchattenWolf
368 Seiten. Paperback. ISBN 978-3-8271-9407-7
E-Book 978-3-8271-9608-8 (Pdf)
978-3-8271-9808-2 (Epub)

Eine Frau verschwindet. Von ihr werden blutverklebte Haarbüschel und ein Fetzen ihrer Kleidung gefunden. Ist sie ermordet worden oder gibt es noch Hoffnung? Die bekannten Kommissare Wolf Hetzer und Peter Kruse ziehen alle Register ihres kriminalistischen Könnens, um die Frau lebend finden zu können. Stundenlange Ermittlungen im Umfeld des Opfers bringen nach und nach grausame Details ans Licht.

Nané Lénard. SchattenGift
352 Seiten. Paperback. ISBN 978-3-8271-9412-1
E-Book 978-3-8271-9612-5 (Pdf)
978-3-8271-9812-9 (Epub)
Hörbuch 978-3-8271-9700-9

Im Bückeburger Mausoleum liegt ein Toter. Kai Müller, Polizist in der Kleinstadt, beginnt zusammen mit seinen Kollegen Heinrich Weber und Fanny Reichert, Licht in das Dunkel und die Vorgänge um ein verstümmeltes Mordopfer zu bringen. Während die drei sich zeitraubend durch eine wüste Menge an Daten kämpfen, pfuscht ihnen ein zweiter Mord ins Konzept. Und als wäre das nicht genug, fädelt der Mörder bereits seine dritte Tat ein ...

Regine Mädje. Licht im Mausoleum
344 Seiten. Paperback. ISBN 978-3-8271-9411-4
E-Book 978-3-8271-9604-0 (Pdf)
978-3-8271-9804-4 (Epub)

Ein Überfall auf das Campe-Gymnasium verstört Holzminden. Scheinbar wahllos schießt der Täter auf Lehrer und Schüler. Kommissar Stefan Ollner ahnt, dass die Waffe aus einem der mysteriösen Einbrüche stammt, auf die er sich gemeinsam mit seinem jungen Kollegen Kofi in den letzten Monaten konzentriert hatte. Ob auch der gestohlene Neuwagen eines Lehrers eine Rolle spielt? Ollner muss die Zusammenhänge erkennen, bevor noch mehr Menschen sterben müssen.

Sabine Hartmann. Ausweichmanöver
328 Seiten. Paperback. ISBN 978-3-8271-9405-3
E-Book 978-3-8271-9605-7 (Pdf)
978-3-8271-9805-1 (Epub)

Norbert Ulbricht wird bei einem Kurztrip im Weserbergland wieder zum Ermittler, als seine Freundin und Kollegin Maja Klausen zum Tatort Bodenwerder gerufen wird. Der Schwimmgreifer birgt ein zehn Jahre altes Autowrack aus dem Wasser. Eine verweste Leiche hinter dem Lenkrad – Mord am Chef des Sicherheitsdienstes im Kernkraftwerk Grohnde während einer Anti-Atomkraftdemonstration in Hameln. Die Ereignisse überschlagen sich.

Andreas Schmidt. WeserTod
300 Seiten. Paperback. ISBN 978-3-8271-9409-1
E-Book 978-3-8271-9606-4 (Pdf)
978-3-8271-9806-8 (Epub)

Weitere Spannung pur...

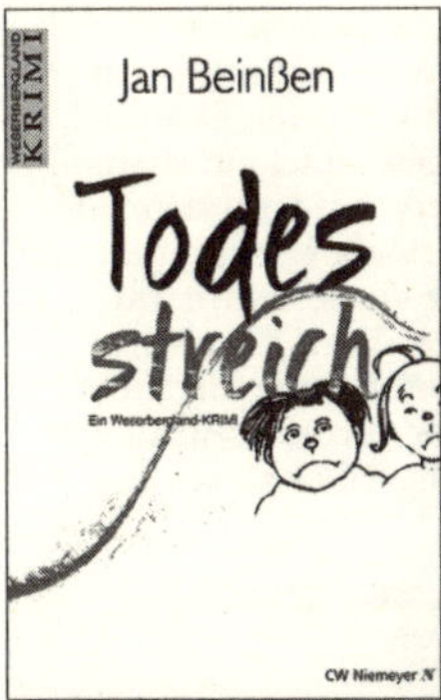

Eine derbe Lausbuben-Geschichte für den ländlichen Raum im 21. Jahrhundert. Ein romantischer Krimi im gepflegten englischen Landhausstil. Wiedensahl, ein Flecken im Schaumburger Land, ist Schauplatz der Handlung. Der Lehrer Philip Lessing gerät mit seiner sechzehnjährigen Tochter Blümchen in einen unheimlichen Spuk. Im Gegensatz zu vielen anderen Krimis werden am Ende nicht die üblichen Verdächtigen verhaftet. Makabre Moritat à la Max und Moritz.

Jan Beinßen. Todesstreich
312 Seiten. Paperback. ISBN 978-3-8271-9408-4
E-Book 978-3-8271-9607-1 (Pdf)
978-3-8271-9807-5 (Epub)

Wesemann berichtet vom Karnevalsumzug. Besonders ausgelassen zeigt sich Dr. Bodo Schobinsky. Plötzlich fällt er über die Brüstung des Wagens. Direkt neben Wesemann schlägt er aufs Pflaster. Der Mann ist tot. Infolge übermäßigen Alkoholgenusses vom Wagen gefallen und an einem Genickbruch gestorben. Tragisch, aber nicht sonderlich interessant. Doch da wird im Söltjerbrunnen von Bad Münder der abgetrennte Kopf eines Chinesen gefunden. Wesemann recherchiert.

Günter v. Lonski. Bittere Medizin
288 Seiten. Paperback. ISBN 978-3-8271-9406-0
E-Book 978-3-8271-9613-2 (Pdf)
978-3-8271-9813-6 (Epub)

Bei einem konspirativen Treffen zwischen Vorberg und einem Bekannten auf Burg Polle wird der Fotograf erschossen. Der Tote ist ein in der Region bekannter Fotograf, den man als „Paparazzo des Weserberglands" bezeichnet. Auffällig ist, dass Vorberg zwar Papiere, aber keinen Schlüssel bei sich trägt, zumal er mit dem eigenen Wagen, einem neuen Porsche 911, angereist ist. Später behauptet der vermeintliche Täter, nicht geschossen zu haben, sondern selber zum Opfer geworden zu sein.

Andreas Schmidt. Tödlicher Schnappschuss
320 Seiten. Paperback. ISBN 978-3-8271-9404-6
E-Book 978-3-8271-9601-9 (Pdf)
978-3-8271-9801-3 (Epub)

Blutiger Oktober. In der Innenstadt von Hannover werden menschliche Blutlachen entdeckt. Es fehlen jedoch die Opfer, niemand wird vermisst. Tarek Neumann, ein ehemaliger Zielfahnder des LKA, wird auf den Fall angesetzt. Der durch private Krisen und dienstliche Entgleisungen gebrandmarkte Mittvierziger wurde aus disziplinarischen Gründen zum Zentralen Verkehrsdienst versetzt. Jetzt scheint er der einzige Hoffnungsträger zur Lösung dieses Falles zu sein.

Björn Brocks. Abnorm
400 Seiten. Paperback. ISBN 978-3-8271-9452-7
E-Book 978-3-8271-9610-1 (Pdf)
978-3-8271-9810-5 (Epub)

Die Beweggründe für die Versetzung aus der Hauptstadt nach Minden möchte Kommissar Rosenbaum nicht jedem erklären. Er will nur gute Arbeit leisten und auf andere Gedanken kommen. In Berlin hatte er die schlimmsten Verbrechen zu klären, doch Sexualverbrechen an Minderjährigen gehörten bislang nicht zu seinem Arbeitsfeld. Und nun ausgerechnet ein solcher erster Fall. Rasch scheint der Täter gefasst, doch es waren nur Indizien und der „Mörderische Feldzug" geht weiter ...

Andrea Gerecke. Mörderischer Feldzug
328 Seiten. Paperback. ISBN 978-3-8271-9410-7
E-Book 978-3-8271-9609-5 (Pdf)
978-3-8271-9809-9 (Epub)

Das Ende einer Geburtstagsfeier: Ein Schock, denn eine Teilnehmerin der Party lrbt nicht mehr. Die Tote liegt in der Wohnung ihrer Freundin Laura Feldmann. Laura aber ist verschwunden. Falls sie noch lebt, verfügt sie über Wissen, das ihre tote Freundin nicht mehr preisgeben kann. Bestürzende Nachrichten scheinen Chefermittler Morlock zu bestätigen, dass Laura lebt. Damit verbunden ist eine furchtbare Gewissheit: Ihr bleiben nur drei Tage, bevor auch sie sterben muss …

Horst Friedrichs. Opferwissen
344 Seiten. Paperback. ISBN 978-3-8271-9541-8
E-Book 978-3-8271-9617-0 (Pdf)
978-3-8271-9817-4 (Epub)